文榆街的遺鬼相談所

The Wenyu Street

東燁

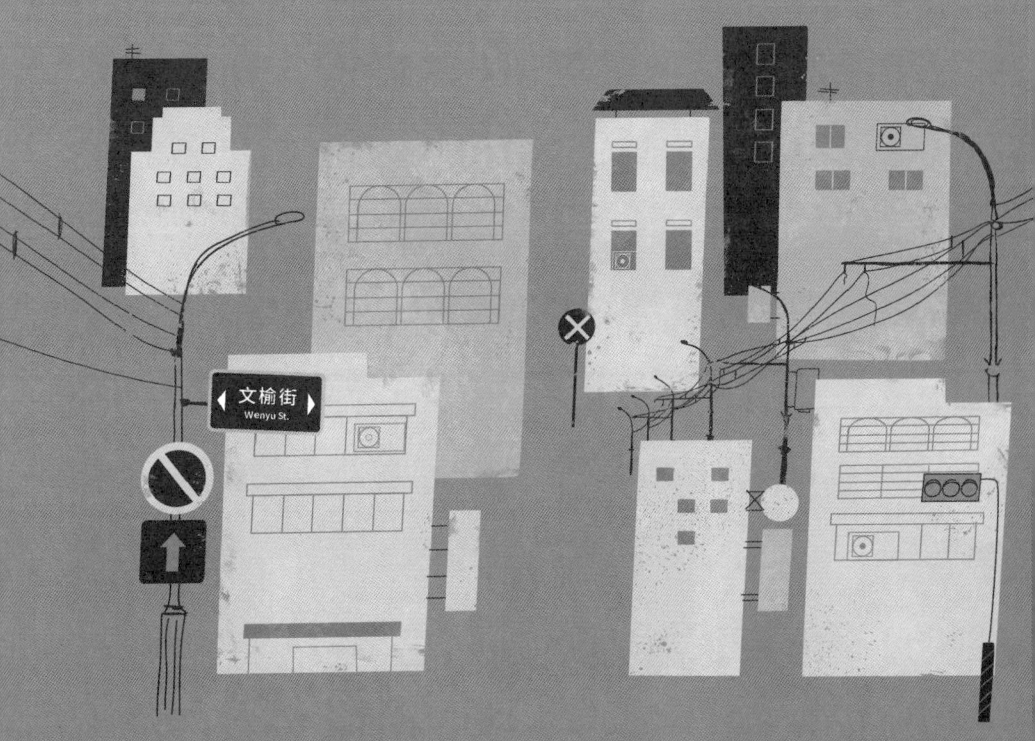

「只要妳願意開始新的人生，我就會乖乖離開，重新輪迴。」
每一縷羈絆人間的幽魂，都各自有著幽深的牽掛。

第一章 法印初現

用鐵夾撥弄整理一大籃的回收寶特瓶，一邊忙，紀雪靈不時轉頭看向神明供桌旁邊的小電視。

新聞畫面中有藍天碧海，一排舊屋已被拆除泰半，旁邊還有因居民抗議而停擺的挖掘機具。記者解釋著河口寮村改建的抗議情形，並替力宇建設發聲，由公司開發經理親上火線，強調開發案絕對合理合法，此時的延宕，都是因爲這些已經領取補助金後，卻反悔而拒絕搬遷的釘子戶所致。

經理話講到一半，後面抗議的民眾突破封鎖線，直接衝到身邊，有人一把揪住他的領帶，差點把他勒昏。

這時鏡頭對準了那團混亂，剛好特寫到一位頭髮斑白，極爲瘦弱的老頭被推倒的畫面。老人痛哭失聲，一倒地又拚命爬起，不顧滿頭鮮血，抓著那個經理的西裝褲管不停嘶吼。

紀雪靈站在家門口，看著屋內那台電視機螢幕，忍不住嘆息。

「靈姨，這麼晚了還在忙啊？」旁邊有人叫她。

紀雪靈並不老，尤其有一張精緻臉孔，搭配俐落髮型，看來根本不到四十歲。都是樓上徐嘉甄她女兒一天到晚這樣叫，叫著叫著，便成了街坊鄰居們對她的共同稱呼。但還好，被叫「靈姨」總好過被叫「雪姨」，後者聽起來更有年紀。

她回頭，見是住在對面巷子的周阿姨。周阿姨拎著一個裝滿空瓶與廢紙的大袋子走來，紀雪靈微笑接過，也跟對方閒聊起來。

河口寮村的那排舊樓房終究還是被剷平了，未來這將有一座濱海遊樂園與高級飯店。女記者結束了採訪，回到住家附近的巷弄，途中她拿著礦泉水，不停沾濕紙巾擦拭鞋子上的血跡。

下午那老人被警察架開後忽然倒地昏迷，送醫途中宣告不治，而她就踩在老人倒下時所溢流的血泊中轉播。

走進巷弄前，她將空瓶隨手擱在打烊的早餐店桌上。

這條街很熱鬧，夜裡還有快炒店人聲鼎沸。老莊推著板車，拖著瘸腿，走走停停地蒐集空酒瓶或可變賣的回收物。此時板車將滿，他推進小巷，來到紀雪靈家門口。

「哎呀，老莊啊，你這紙板濕成這樣，叫我怎麼收啦？」紀雪靈抱怨著，老莊笑得很憨厚，沒有半句解釋。

知道老莊是喑啞殘疾，紀雪靈搖頭嘆氣，幫著卸下東西，隨後掏出鈔票遞給了他。那些錢遠比滿車回收物的價值要高，憨厚的老莊連忙搖頭，嘴裡哦哦連聲，不肯收下。紀雪靈按著老莊的手，用眼神告訴他不必客氣。

老莊離去後，她拿著鐵夾趕緊整理，就怕老里長出來閒逛，要是看到了又會碎嘴。好不容易忙完，她擦擦汗水，忽然想起什麼，彎腰拿起角落的寶特瓶，擰開瓶蓋，瓶中緩緩有一團薄霧逸出。

看著眼前的老人，紀雪靈打開重播的新聞，報導提及因拉扯力宇建設經理而摔倒的老者，在送醫途中死亡的消息。畫面雖然做了處理，將其頭部傷勢與血漬都打上馬賽克，但衣服樣式與眼前這人如出一轍。

紀雪靈關掉電視，回望老人，良久後，她吁了一口氣，沒料到新聞裡的老者居然會出現在眼前。

知道這是甩也甩不掉的緣分，她兩手一攤，說：「算了，天南地北都能讓你找上門，也眞是挺不簡單的。那麼，來都來了，有話就進去說吧。」

今晚出門，紀雪靈只揹著一個小小的帆布包。

李琰之前因爲這個帆布包念叨了好幾天，怪她胡亂花錢，但紀雪靈說了，錢如果不花，那就只是毫無意義的幾張紙。

列車到站，李琰跟在紀雪靈背後繼續碎唸：「就說這種包包又貴又不實用，根本裝不了東西，中看不中用。」

深夜的車廂內安安靜靜，紀雪靈瞪了他一眼。

出了火車，踏上月台，李琰又囉嗦了：「妳看，叫妳別搭火車，就不聽我話，活該累死妳。」這次紀雪靈忍不住，回過頭，舉高拳頭，才逼得李琰噤聲。

出站後，她招了一輛排班計程車，說要往河口寮。

深夜依然有悶熱海風，紀雪靈踩著泥地過去，大約百公尺外，幾幢破敗的房舍猶存。藉著月光，依稀能分辨屋內的舊家具，遠遠地也能聽到海潮聲。

「妳確定要做？」李琰又說話了，「別人叫妳一聲『靈姨』，妳就眞以爲自己神通廣大了。」

「好啊，既然這麼擔心我，那我不做。」紀雪靈不耐煩地兩手一擺，「你來？」

然後李琰就閉嘴了。

紀雪靈從背包中取出一個小鐵盒，揭開盒蓋，裡頭裝滿灰色粉末。她用併攏的食指與中指沾起少許，在左掌心畫了畫，然後深吸一口氣，左掌猛然一甩，灰粉隨海風揚起，散進茫茫夜空。

「太君智慧，助觀三界，淨穢無分，速至眼前。」一段似吟似唱的咒詞後，她輕喝一聲：「到！」

那瞬間，原本捲動的海風忽然沉寂下來，從幾幢舊屋中，還有已經被拆毀的土石堆裡，竟隱隱約約地升起了裊裊白霧，數十縷稀薄的霧氣搖擺著，慢慢凝成人形，就在距離紀雪靈數步之外，詭異至極。

紀雪靈絲毫沒有被這古怪的景象所影響，對正前方離她最近的那縷白霧招招手，那縷霧色好像也能感知她的意思，輕輕晃動，朝她靠近。

紀雪靈舉起右手，伸進白霧之中，口氣冷峻地說：「就從你開始，一個一個慢慢說，今晚有得是時間，說完就早點離開，別在人間留戀。剩下的事，我會替你們完成。」

十七樓的挑高華廈，裝潢得貴氣沉穩。晚上十點後，屋子裡極其安靜，何文新不喜歡這時間還有傭人打擾，他挺著肥肚腩走在室內，安靜得勝過一隻貓。

此時，何文新的獨生女正在歐洲享受新婚蜜月，而他正在盤算著，自己的力宇建設接下來將如何擴展事業版圖。

不過剛才接到電話，知道表叔發生意外，在抗爭現場倒地受傷，頭部重創，到院前便死亡。在這場風波了結之前，河口寮那塊地肯定是無法繼續開發的，何文新對此感到懊惱。

他端了杯威士忌，以酒水佐窗外的美麗夜景本是何文新最舒暢的時光，只是今晚打從踏進電梯，他就老覺得有些心神不寧，左顧右盼，電梯裡空蕩而明亮，什麼也沒有。

本以為這是疲勞所致，然而回家沖涼放鬆後，異樣感卻沒消失半分，就連現在，何文新還是覺得屋子裡怪怪的。

是疑神疑鬼嗎？他檢查過屋子，確認一切正常，又解開睡袍衣帶，端詳身上，裡頭只有一條四角內褲，身上也感覺不出任何問題，接著何文新抬起頭，就在那瞬間，他的心臟像是停了一般，整個人僵住，連呼吸也頓了一頓。眼前的落地窗上照映出何文新的身影，但他看見自己背後還有另一個人。

何文新心頭一震，猛然回頭，只是脖子才剛扭動，背後的人速度更快，手掌一揮，拍上他的左後肩。這一掌沒什麼力道，何文新連踉蹌都沒有，他用力甩頭，只見裝潢華麗的客廳裡一個人也沒有。

「誰！」何文新吼了一聲，但客廳裡空有迴響。這時他才有些恐懼，急忙朝客廳左側的那道門奔去，門把卻偏偏扭不開。才想起這扇門平常是鎖上的，鑰匙只有他本人才有，可這當下，鑰匙擱在西裝外套裡。

何文新還抓著門，後臀一痛，竟憑空被人踹了一腳，力道之大，讓他狠狠撞上厚重的實木門扉，一聲嘎響，門被撞破，他也摔進房間裡，已經頭破血流。

那間小小的偏廳內有兩盞長年不滅的立燈，靜靜佇立在從不曾拉開的窗簾邊。

何文新一跌進去，顧不得劇痛，連滾帶爬地往前鑽，爬到房中的大楠木桌前，再一探手，將桌上的一件事物拽在懷中，縮身鑽進桌下，從頭到尾嘴裡都是夾雜著慘呼、嗚咽聲。何文新不理會額頭的鮮血，雙掌捧著那東西，拱手向前，總算迸出了一句他自己聽得懂的話：「大將軍救命！」

他不停叨叨著同一句話，滿是驚駭的雙眼看出去，只見昏暗的小廳中，在他眼前不到一公尺處猛然爆出幾道青光，青光閃動的每一瞬，他都覺得兩手一震，手上的東西幾乎抓握不住，且青光爆閃時，還伴隨一種低沉得讓人心臟悶痛的詭異聲響。

何文新知道手中握著的是能夠保命的唯一救星，兩手拚死掐緊，哭號著求大將軍顯聖，爲他阻擋那不知名的攻擊。

也不知道過了多久，震閃的青光終於止歇，屋內也重歸平靜，何文新大口喘氣，動也不敢動，緩過神來時，發現自己已然兩腿無力，手臂更是痠麻得舉不起來。

費了極大工夫才慢慢鑽出桌下，何文新聽見自己的哭聲。他無力地磕著頭，叩謝大將軍的救命之恩，過了良久才狼狽起身，一步步顫簸著走進浴室。

何文新簡直不認得鏡子裡的人，他兩眼滿是血絲，額上血都快乾了，一副驚魂未定的樣子。艱難地脫下浴袍，忍受滿身痛楚，抓起毛巾想擦拭頭臉，然而手剛抬動，忽然又感到有點不對勁，他的左後肩傳來一股熱辣辣的觸感。

痛苦地扭身，就著大鏡子，何文新看到左肩上多了一個圖騰般的傷口，就像被烙印上去的一般。他心中一凜，想起來那正是剛剛見鬼時，左肩被拍了一下的位置。

這應該不算挫敗吧？起碼那一枚太君印已經眞眞切切地打在何文新身上了。至於那小房間裡供著什麼玩意，居然可以阻擋她的太君印，這一時半刻也不忙著釐清，還是先離開再說。

當電梯門開啓，紀雪靈頭也不回地走出來。兩名保全人員錯愕不已，其中一個納悶地問同事，這電梯不是才剛保養過，怎麼又故障了。好端端地自行下樓還開了門？

紀雪靈沒有理會他們，逕自走過去，足跡帶出水漬，但若不仔細查看地板也難以發現。

她從一旁的小門鑽出去，外頭車水馬龍，但她完全不管交通號誌，直接穿越馬路。轉角一輛搶快的貨車疾駛過來，不偏不倚地迎面撞上，這熙來攘往的熱鬧大街上，被一道長長的緊急剎車聲給劃出口子。

司機急忙跳下車，卻沒看到傷者，車輪邊也沒有血跡。他懷疑自己是出現幻覺，可路口剛剛分明有身影掠過，他也眞切感受到車頭的碰撞。

距離那輛貨車不遠的路邊，有個艾蒿紮就的人形草偶已經被撞得瀕臨解體，草偶臉部釘著一張藍色小紙片，身上蒸出白煙，轉瞬就著火燃燒了起來。

門口堆了幾袋回收品，紀雪靈並不急著清理，反正里長帶著里民旅遊去了，這幾天暫停巡視。紀雪靈邊看電視，手上忙碌得很，折來折去，已經紮好了六七只草偶。

「小茜不在啊？」李琰問。

「剛跟她老媽吵完架，我給了她五百塊，讓她出去玩了。」紀雪靈說著。

徐嘉甄離婚後，幾年前花了半生積蓄買下公寓三樓的一戶，因爲刑警工作的緣故，根本沒時間陪女兒，徐小茜跟放養沒有差別，母女關係差得很。

以前徐小茜經常窩在公寓的大門邊發呆，跟紀雪靈混熟後，就當起了回收小站的代理站長，更成爲文榆街六巷一號一樓，這間「太一宮」小宮廟的灑掃童女。若要論親密度，她跟供桌上的太君娘媽聊天的次數，恐怕還多過親生母親。

此時剛好播完偶像劇，紀雪靈順手轉台，看到一則新聞快報。記者站在一幢華廈外，報導一位企業大老闆昨晚離奇死亡的消息。據說死者身上有不少瘀青外傷，像是生前遭到毆打，且詭異的是，其身上有疑似灼傷的痕跡，傷口很深，竟似熔入骨肉，深抵臟腑。

法醫初步研判，大老闆是被這莫名可怕的熔燙傷給要了性命。

「放屁，這點燙傷哪會要人命？有這種法醫，難怪一堆懸案。」紀雪靈嗤之以鼻，「重點是心臟！心臟打碎了啊！」

「妳用太君印打他，會不會太狠了？」李琰大吃一驚，陪伴紀雪靈多年，他自然知道太君印的威能，訝異地說：「我還以爲妳只是去教訓教訓他，怎麼下這麼重手，把人給弄死了？」

「教訓？何文新那種人能學到什麼教訓。」紀雪靈哼了一聲，說：「你知道那個何文新跟前幾天死在抗爭現場的老頭，還有整個河口寮村，到底有多深的瓜葛嗎？」

她說話時，順手將桌邊的空寶特瓶拿起，旋開瓶蓋，瓶中散逸出一股微弱白霧，凝化成在抗爭現場倒地而死的老人。

要說河口寮的鄉親們，人人都對何氏兄弟有養育之恩也不爲過，特別是永叔。在輩分上，何家兩兄弟得稱他一聲表叔。

靠著永叔張羅，幾十戶貧困鄉親們各盡心意，幫助兩兄弟就學，直到何文新專科畢業。而哥哥何文遠更有出息，還考取國立大學公費生。

只是誰也沒想到隔沒幾年，何文遠參加一次公費研習團，在國外出了車禍，竟然客死異鄉。

自那之後何文新就變了，他不再回河口寮，彷彿刻意要切斷與這塊土地的淵源似的。更後來，力宇建設成立，在附近大肆購地。居民們不敢相信這個外人罕至的小漁村，竟會搖身一變成爲財閥眼裡的一塊肥肉。

有些人不堪其擾，選擇搬離，將土地賤價出讓；有些人則誓死抗爭，不願祖輩心血在一紙廉價讓渡的合約書上被消滅。

當永叔知道，原來力宇建設的負責人就是何文新時，他幾乎要崩潰了。好幾次，他來到企業大樓外只求能見何文新一面，卻遭到保全驅趕；他也幾度向政府陳情，然而始終沒有下文，只能眼看著大型機具進駐。

永叔不願放棄，但唯一能做的，只是以肉身阻擋工程車，拉起布條抗議，引來更多媒體關注，最後在衝突拉扯中不幸倒地，徒留現場一條寫著「忘恩負義，會有報應」，卻被踩滿鞋印的抗議布條。

「我就知道是妳幹的。」

宮廟的玻璃門開啓，走進一名穿著純白色西裝，還留著老派大波浪捲髮的微胖中年女人。她看起來比紀雪靈大上好幾歲，滿臉跋扈，一進屋就露出不高興的表情。

紀雪靈瞄了那女人一眼，嫌棄地說：「瞧妳這一身，同爲女人我都替妳可恥。平常死要錢，但錢到手又不會花，怎麼，妳那邊沒有像樣的服飾店，非得穿成這樣？」

「在我們那邊，這已經是最時尚的造型了。」中年女人扁扁嘴說，看了桌上的神像一眼，又說：「祢呀，怪就怪祢沒把晚輩管好，只好讓我來插手。」

「屁放完的話，就快點把人帶走吧，其他的廢話，我可沒興趣聽。」紀雪靈說。

中年女人冷笑著，走到面色灰白的永叔身邊，從懷中取出一雙雕飾繁複，尖端還鑲著小小紅色寶石的筷子，直接探入永叔的前額，只見筷尖綻放光芒，永叔身子散出白霧，然後逐漸縮小，最後凝成被那雙筷子夾著的一顆圓珠，珠子七彩斑斕，非常好看。

這個鬼差勾魂的動作，紀雪靈已經看過無數次，那雙涅槃筷一夾，無論死者生前還有多少留戀，魂魄都只能乖乖凝化成一顆寶魂珠，過往前塵都得放下。

紀雪靈問她：「何文新呢？他的魂魄還能收嗎？」

「怎麼收？被妳的太君印打得支離破碎，還剩什麼能收的？」中年女人呸了一聲，說：「妳說打就打，也不管他在生死簿上還有多少陽壽，現在我簿子裡空著他那一格，妳說，上頭要是查起來，我要怎麼解釋？」

「簿子是妳在管，閻王要查，跟我有什麼關係？」紀雪靈嗤之以鼻。

「妳以爲自己能撇得一乾二淨？」中年女人指著紀雪靈的腰間，冷笑說：「取他性命的人是妳，這些業障當然算在妳頭上，妳逃得了一時，將來也逃不了那一天。」

「那就到時候再說嘍。」紀雪靈滿不在乎地說。

「姊，別這樣嘛。」打從那中年女人進屋後，李琰一直很安分地沒敢插嘴，這時他卑躬屈膝地陪笑說：「您大人有大量，何必跟晚輩計較呢？這樣吧，規矩我們當然是明白的，再拜託姊姊幫忙遮蓋一下就是了，好不好？」

聽到這話，中年女人總算稍稍滿意了些，她睨著李琰，點頭說：「好一陣子不見，你小子也懂事不少了。」

「都是託姊姊的福。」李琰笑著揮揮手，恭順到了極點。

「對了，昨晚在何宅還發生了一件怪事。」紀雪靈不想看那中年女人作威作福，說：「那個畜生的屋子裡不曉得供奉了什麼東西，差點把我給打傷了。怎麼樣，妳不覺得應該去查一查嗎？」

「關老娘屁事。」中年女人笑著聳肩，「閻王付我薪水，是讓我負責勾魂而已，抓鬼可不干我事。」她下巴一努，玻璃門再次開啓，這女人兩手插在褲子口袋裡，囂張地揚長而去。

當玻璃門再次闔上，李琰這才鬆了口氣，紀雪靈卻呸了一聲，罵了兩句：「囂張個什麼玩意，去你媽的白無常。」

說著，她捲起衣服下襬，露出纖細側腰上幾條細微的紫色斑紋，其中一條特別鮮豔，那是今天才新增的。

「醜死了。」李琰嫌棄地說：「妳就是講不聽。」

「又沒人叫你看。」紀雪靈橫他一眼，進廚房盛了一碗飯菜，又取了一柱香。把香點著後，她回頭對李琰說：「好了，你可以閉上嘴巴，乖乖吃飯了，少跟我囉嗦個沒完。」

說著，她將那柱香插在飯菜盤子上，擺在李琰面前。

第二章　百靈寄物

那個人的模樣，無論過了多少年，在她心裡始終清晰著，即使在這滿天暗紅彩霞撩亂的眩惑光影中，紀雪靈也能夠一眼辨認，眼前的人就是父親紀長春。

他頭髮有些凌亂，老是穿著一件舊外套，模樣很是瀟灑。在光影流轉的幻境中，像是正要前往某處。臨行前他回過頭，雙唇微張，彷彿有話要說。紀雪靈很想開口問他，卻又發不出聲音，只能看到父親愈來愈遠，怎麼也難以挽留。那片光影在紀長春消失後，只剩一境寒冷，最後讓她在哆嗦中醒來。

「做噩夢啦？」李琰問她。

「都怪你靠那麼近，想把我冷死啊？」紀雪靈橫他一眼。她不知不覺地在火車上睡著，旁邊是不用買票的李琰，正跟她比肩而坐。

「座位這麼小，我有什麼辦法？」李琰聳肩。

「我又夢到我爸了。跟以前一樣，他好像有話想講，但人很快又不見了。」

「他有講跟沒講，有任何差別嗎？」李琰嘲諷，「反正妳從來不是一個乖乖聽話的好女兒，他當年叫妳別幹這一行，妳有照辦嗎？光憑這一點，妳就百口莫辯。」

紀雪靈頓時無言。

李琰又說：「我覺得啊，如果他眞的是來託夢，想告訴妳什麼的話，那一定是想勸妳改行。這世上有很多事情，並不是都得找到眞相不可的。妳知道答案又怎樣，日子就會過得更好嗎？」

「我只是做個夢，你就有這麼多道理可以講，煩不煩啊？」

「小聲點，妳想讓全車廂的人都知道這裡有鬼嗎？」李琰笑了出來。

莫可奈何，紀雪靈嘆了口氣，「說得簡單，不做這個，我還能做什麼？」

李琰嘿嘿一笑，說：「妳又不是靠抓鬼賺錢的。妳可以找個人嫁呀，不找人的話，找鬼也可以。」說著，他拍拍自己胸口，一副毛遂自薦的模樣。

「別以爲我不知道你在打什麼主意，想都別想。」紀雪靈嫌惡地說：「也不看看自己年紀。」

「拿筷子吃飯，拿了十幾年，拿香吃飯，吃了也快二十年，算一算跟妳差不多，門當戶對呀。」李琰自豪地說。

「拜託，人一死，年齡就不會再往上加了好嗎？哪有鬼會變老的啦！」紀雪靈抗議的聲音有點大，終於引來其他乘客的注意，有人好奇回頭，她趕緊用手摸著耳朵，一副戴著藍芽耳機在講電話的樣子，那模樣太過好笑，讓李琰又笑了出來。

從火車轉搭客運，來到郊區一座不太宏偉的塔院外。

踏進去前，李琰問她：「妳覺得今年可以見到他嗎？」

「誰知道呢？」紀雪靈自己也沒有把握。

空氣中透著檀香，來到父親的塔位前，紀雪靈雙手合十，誠心祝禱後，才拿出小鑰匙，把木格門扉打開，結果一如往年，細緻光潔的罈子靜置其中，她還是沒能瞧見思念的人。

「這麼乖，又來看妳爸爸啊？」旁邊的老太太問她，說：「眞奇怪，他怎麼老是不在呢？」

「人家搞不好有錢，喜歡到處買房子，妳管得著嗎？」更後面一點，一位大叔冷不防開口。

「欸，姓趙的，你有腦子沒有？這種房子會需要買那麼多間嗎？」老太太的腦袋直接轉了一百八十度，瞪向後面那個說話難聽的男人。

「好了啦，你們別吵了，大家那麼多年鄰居，還這麼喜歡吵架啊？」紀雪靈無奈苦笑。她不能理解，爲什麼左鄰右舍都在家，可她就怎麼也見不著自己的父親。

「我爲什麼不改行？我就是怕改了行，以後更沒機會見到他。」出了塔院，紀雪靈嘆氣說。李琰靜默著沒有回答，陪伴紀雪靈一步步在塔院後的邊坡步道閒走。

紀長春是天生的乩童，多年來請娘媽降駕，替鄉親排憂解難。種種儀式、口訣，紀雪靈旁觀多年老早了然於胸。不過父親什麼也不教她。紀雪靈覺得不解，自己名字都被取了個「靈」字，爲什麼卻不能碰觸神靈之事？她還小時，這些話不知道怎麼向父親開口，只能趁著紀長春出門，自己在家裡依樣畫葫蘆，七星劍、符術、咒詞等等，是她最習以爲常的遊戲，當別的小孩在扮家家酒，她腦子裡已經全都是抓鬼收妖的畫面。

後來紀長春發現女兒的遊戲，他臉上難得嚴肅，嚴令絕對不准再碰。他說沒有修行的人卻妄動法器，一者褻瀆神靈，二者也於自身並無半點好處。

但年幼的紀雪靈可不管，她一次又一次，偷偷撬開櫃子，將裡面的法器當成玩具戲耍，但娘媽從來不曾降駕。

愈到後來，她玩耍的規模也愈大，不但接觸的法器更多，甚至還多了個玩伴。長年往返海外，到處做古董生意的黑仔伯，那幾年經常跟父親往來，有時出門，他就把兒子丟在這兒，讓父親幫忙照顧。

那個名叫李琰的男生長得瘦瘦高高，非常清秀，但就是有點白目。他第一次看到當時剛上國一的紀雪靈拿出七星劍比劃時，很不識相地說了一句：「妳敢拿那個來玩，我要跟妳爸說！」

爲了這句話，他們打了一架，李琰竟完全不是紀雪靈的對手，被打得滿地找牙。

紀雪靈將一張保安符貼在李琰額頭上，威脅說：「從現在開始，我演道士，你演妖怪。你敢說不玩就試試看。」

說著，她將李琰拽起來，逼他伸長脖子，捱了這位女道士一劍。

當「收妖」完成後，紀雪靈開心地說：「好了，現在你也有份了，如果你敢告狀，你就跟我爸說，說你也一起玩，讓他連你一起揍。」

從那天起，這個驅魔收妖的把戲，就從一個人玩，變成兩個人玩，過不久則變成兩個人跟一群鬼玩。

紀雪靈不知道所謂的「天眼」究竟是怎麼被開啓的，那是紀長春不在家的某一天，她睡在神明桌旁的小椅子上。

當時她做了一個夢，朦朧中，有一道溫暖的光自遠而近，娘媽出現在光中，對她親切微笑。那是紀雪靈第一次，也是唯一一次在夢中見到娘媽，娘媽臉頰豐潤，眼神中帶著慈悲。

後來紀雪靈聽見戶外聲喧而醒來，意興闌珊地走出家門。一推開門，就看到一個滿身血汙，左半身肢體不全的男人在哀號，那男人右手捧著自己的腦袋，腦袋缺角，嘴巴卻還能張開，哀號著肚子餓。

這件事讓年幼的紀雪靈深受震撼，雖然用一碗白飯插香，還眞能給那個斷肢餓鬼飽餐一頓，之後卻讓她大病好幾天。在冷熱煎熬的病苦中，彷彿有無數尖叫、嘶吼的痛苦呻吟，在她耳邊此起彼落，讓紀雪靈飽受驚嚇；但有時她又覺得渾身舒坦，好像處在某種溫暖的懷抱中，彷彿聽到一個親切的語調，在告訴她一些法門。她知道那是娘媽，可是娘媽沒有現身，只是讓她用心去感受眾生的苦，還有修行者應有的慈悲心。

這件事唯有只有李琰知曉，但他一來遭受「脅迫」，二來也覺得能陪在這女孩身邊，跟她一起胡鬧，是非常有趣的事情。最重要的，是他知道，自己早在不知不覺間，對紀雪靈有了好感，所以更不想看她受到父親責備。

紀長春雖然沒再撞見女兒偷玩法器，但偶爾也會提醒，說這種工作不但窺探天道，有時甚至違逆天道，是大損陰德的事，因此無論如何，要她絕對不可繼承。那時紀雪靈才理解，父親以前說神職工作沒多大「好處」的意思，但當時的她不知道這已經是父親最明顯的暗示。

十七歲生日前幾天，一個秋意微寒的夜裡，紀雪靈的房門忽然被敲了幾下。開門見父親穿著外出服，紀雪靈有些訝異。父親臉色凝重，說剛剛接了一個工作，現在急著要出門，但在離開前，他有兩件很重要的事要做。

看女兒怔然，紀長春拿出一個小禮盒給她，說：「這是妳今年的生日禮物，不急，可以等生日當天我再陪妳打開。如果我來不及趕回來，妳也可以自己開。」

聽他這麼說，紀雪靈看著上面一張小紙卡，寫著「致愛女 靈」，一時不曉得該說什麼才好。

「來，坐過來。」紀長春招招手，要女兒坐到床邊。他從口袋掏出一個小鐵盒，揭開盒蓋，裡面裝滿香爐中取出的香灰。

紀雪靈見識過太多次，這些香灰只要搭配咒詞與手勢，就可以施展出各種神術。只見紀長春手指沾灰，憑空畫出繁複線條，口中唸唸有詞。她知道一定發生了什麼事，不然不會發生這種父親在她面前施術的怪事。紀雪靈安靜坐好，等待儀式完成，當最後一句口訣唸完，紀長春要她閉上眼睛，然後用手指在她眉心輕觸兩下，才讓她再次睜眼。

「我知道妳能看見很多東西，也知道妳還是經常偷玩那些法器，只是平常總由得妳胡鬧，一直不願意戳破而已，我總希望有一天，妳會自己放棄，去追求其他眞正喜歡的興趣。」紀長春蹙眉，語調卻出奇溫和，說：「爸爸不讓妳碰這些事，也都是爲妳好，妳懂嗎？」

紀雪靈點了點頭，倉促間，連該心虛或認錯都無法決定。

「懂就好。」紀長春一點也不在意女兒的尷尬，他像是還有話想說，但沉吟半晌，卻嚥回了肚裡。走出房門前，他又回頭看看紀雪靈，說：「妳長大了，要學著照顧自己，也要學著明辨是非。天道自有神明去管，妳是女孩子，將來要嫁人的，不用去管那些，知道嗎？」

聽父親這麼說，紀雪靈覺得有些不對勁，但紀長春給她一個微笑。

「乖，聽爸爸的話。我把妳的眼睛關掉，從今以後什麼妖魔鬼怪都跟妳沒有關係了。除非我不在了，不然妳是永遠看不見那些東西的。」

紀雪靈聽得錯愕，只能在父親出門後，靜靜坐在床邊發呆，連最後是怎麼睡著的都不曉得。

那天晚上，紀長春匆忙外出，從此再也沒回來。而紀雪靈隔天一起床，連忙走出門外，想知道父親所謂「把眼睛關掉」究竟是怎麼一回事，結果剛出門，便看到巷子對面的魏伯伯在那澆花。

紀雪靈倒吸了一口涼氣，差點癱軟。上個月才剛出殯的魏伯伯發現了紀雪靈，轉過頭對她微笑。屋內電話響起，她膽戰心驚地接起，對方自稱是南部一家醫院的工作人員，告知她兩個不幸的消息。

在女警的陪同下，紀雪靈進了殯儀館，直到兩塊白布揭開時，她都還無法相信自己竟然在一夜之間，同時失去了父親跟兒時最好的玩伴。

生日當天，她獨自打開禮物盒，裡頭是父親送給她的一串青玉佛珠。從此，那串佛珠成為紀雪靈的護身符，她深深相信，只要佛珠還掛在手腕上，父親就永遠都在。

「說真的，我到現在都不相信像我爸那樣健康的人，竟然會心肌梗塞。」紀雪靈說。

「別說是妳，我也不相信自己的心臟居然這麼不爭氣，說不跳就不跳了。」李琰聳肩。

「不合理的地方太多了。你們在同一個地點，死於同一個原因，天底下哪有這麼湊巧的？更難解釋的是兩個人都死了，為什麼你在這裡，我爸的魂魄卻怎麼也找不到。然後黑仔伯在那天晚上失蹤，消失了二十多年，他人呢？」紀雪靈細數著多年來始終難解的疑點，「黑仔伯到底去了哪裡？如果他還在世，為什麼要避不見面？如果他已經過世，又為什麼也找不到魂魄？」

「這問題妳已經問過八百遍了，結論就是沒有結論。」李琰搖頭。

午後陽光耀眼，他們回到自家屋簷下，李琰從衣領內側揭下一小張青色紙片，紙片上用硃砂畫了一個複雜的符號，那是紀雪靈特地給李琰準備，讓他可以不畏陽光，自由在外行走的護魂印。

「徐小茜，妳怎麼在這裡？」紀雪靈愣了一下。

李琰也注意到了，宮廟外頭，裝滿回收品的大簍子後面，居然坐著一個大約十四五歲的女孩。她白淨臉龐顯得稚嫩，但眉宇間又有股倔強神色，那是遺傳自她從事刑警工作的母親。見到徐小茜，李琰當即閉嘴，以免嚇著小孩。

「妳終於回來了！」徐小茜滿臉不悅，站起身已經快要到紀雪靈肩膀的高度，但還是像小孩般嘟嘴埋怨說：「我都等妳半天了。快點開門啦，我尿急得要命耶！」

「妳家就在樓上，那麼想上廁所，幹麼不回去呢？妳媽咧？」

紀雪靈打開門鎖，話還沒說完，徐小茜搶著直奔廁所，嘴裡嚷著：「我才不要回去，這裡才是我家！我才不稀罕徐嘉甄當我媽！」

看著女孩頭也不回地跑進屋內，李琰苦笑：「恭喜妳不勞而獲，撿到一個免費的女兒。」

徐小茜很懂禮貌，她上完廁所擦乾手，先抽出兩支香來點著，一支拜完天公就插在門外的大香爐中，一支則走進室內，拜太君娘媽，插在小香爐裡，接著又主動出來幫忙，她擰開水龍頭，蹲在街邊清洗空寶特瓶，水濺了滿身。

「有時間洗瓶子，妳還不如上樓去讀書。」紀雪靈說。

「月考才剛結束，有什麼好讀的啊！」突然，徐小茜咦了一聲，拿起一支瓶子，問：「靈姨，妳看這瓶子好漂亮，回收掉也太可惜了吧？」

紀雪靈瞥了一眼，發現那是一支限量紀念款包裝的可樂瓶，便笑了笑，正想回話，又察覺有些不對。

「是眞的很漂亮啊。」紀雪靈接過瓶子。

寶特瓶很輕，幾乎毫無重量，然而到了紀雪靈手上，卻讓她渾身一涼，跟著便感受到瓶蓋縫隙間透出一股不屬於人類的氣息。

「這個丟了確實可惜，不如洗一洗，擺起來當裝飾品。」不想在孩子面前露出異樣，紀雪靈淡淡微笑，將瓶子擺在太君娘媽的供桌前。趁著背對屋外，紀雪靈稍微擰開瓶蓋，用極爲小聲的音量說：「想要找我幫忙的話，妳就乖乖待著，等我忙完再來問妳話。」

金水嬸有些侷促不安，不曉得自己置身何方。此時娘媽的神像被一塊紅布遮蓋，以免神威顯赫，會沖散了陰靈。

紀雪靈蹺腳坐在椅凳上，李琰也稀鬆平常，盤腿「飄」在椅子上方。好多年前，紀雪靈就請示過娘媽，得到神明恩允，讓李琰這樣的陰鬼可以在祂面前走動。

「這是哪裡啊？」老婦人眼睛瞇了瞇，聲音沙啞，又問：「我怎麼會在這裡？」

「妳怎麼會在這裡，這問題我比妳更想知道。總之這裡不是死人該來的地方。」紀雪靈看看時鐘，她說：「距離子時還有十五分鐘，這就是妳剩下的時間。如果十五分鐘內不能把話說完，自然會有人來帶妳走。」

「帶我走？」身材矮小癟瘦的金水嬸抬起頭，一張皺紋老臉顯得激動，雙手不停揮舞，哀求著：「不行啦，還不行啦，我還不能被帶走啦！」

「人一死，自然有該去的地方，要不是在酆都長居，就是往地獄贖罪，再不便是輪迴投胎，這是天道常規，有什麼好怕的。」紀雪靈問她。

「不行，還不能去……」金水嬸有些失常地喃喃自語，周身漫出陰氣。

紀雪靈連忙安撫對方：「別緊張，妳冷靜點，有話慢慢說。」

金水嬸雖然死而為鬼，但本能地張大嘴巴，只是一口氣也吸不到，身子不停顫抖。

「我看妳還是自己動手吧，光用問的，大概是問不出什麼來了。」李琰看看時鐘，說：「要想等這位阿姨慢慢說，只怕難嘍。」

有些無奈，紀雪靈只好右手雙指併攏，慢慢前伸，直到快碰觸到老婦人胸前。

「妳要做什麼？」金水嬸驚魂未定，語氣中帶著畏懼。

「別怕，我不會害妳。」紀雪靈溫言說：「這只是讓我認識妳的方法。」一邊說，手指慢慢前移，指尖碰觸到虛無的靈體，緩緩透體而過，指尖也跟著泛出光芒。

人雖亡故，但只要還沒被鬼差用涅槃筷夾出寶魂珠，一般都是意識尚存。紀雪靈走在一片瀰漫白霧的小街上，她知道這就是金水嬸意識最深處，永難磨滅的場景。

在一片傳統市集角落，老舊杏仁茶攤上坐滿在享用湯品的客人，攤子內有人不停忙活，那是中年的金水嬸，攤子後頭還有一個男人，那人黝黑健壯，端著一口大鍋，裡頭盛滿剛煮好的杏仁茶。夫妻倆忙得不亦樂乎，偶爾彼此對上視線，也有會心的微笑，一切都非常美好。

紀雪靈知道這不是故事的全部，只是確認了這必定是金水嬸生命中最美好的記憶而已。果不其然，周遭白霧愈來愈濃，逐漸將這幅幸福的畫面掩覆。

當濃霧漸開，場景改變，一條長廊在前，盡頭處有兩個人影。

那是一個佝僂老婦，攙扶著另一個舉步維艱的老者，老婦人正在安慰老伴，說：「會好起來啦，醫生有說。」

老人搖了搖頭，神色黯然。

「你不要先走，要好起來，知道嗎？」老婦人叮嚀。

「不會先走啦，我會等妳。」老人忽然微笑，「等妳來了，再一起走。」

霎時，白霧又聚攏，紀雪靈眼前一迷，隨即什麼也看不見，反而有股濃濃陰氣亂竄。知道是回憶至此觸動了金水嬸的陰靈之氣，紀雪靈唯恐這片渾沌神思一亂，魂魄墮魔，自己在當中被困盤桓，那可就萬分不妙。紀雪靈右手兩指縮回，撤開法訣，一切幻影褪去，身子稍微晃了晃，已經回到現實世界。

「看完啦？」李琰在旁邊問。

點點頭，看著金水嬸，紀雪靈嘆氣說：「金水嬸，我知道妳眷戀不走的原因了，妳想找他，對吧？但我告訴妳，生死兩隔幾十年，妳丈夫的下落只怕根本無從找起，最有可能的是他照著天道倫理，早就投胎去了。我勸妳最好趕緊放下，該怎麼走，就怎麼走吧。」

「怎麼，她賴在陽間不肯走，是想找老公啊？」李琰愣了一下。

「可不是。」紀雪靈無奈搖頭。

「那還不簡單，直接請白無常來確認一下，或者妳幫忙找找，這不就好了？」李琰問。

紀雪靈還沒回答，門口忽然傳來一個冷冷的聲音，輕蔑地說：「你以為說找就找，簡直是異想天開。」

紀雪靈錯愕回頭，只見那個穿著舊款西裝的中年女人，一臉鄙夷地倚在門邊。

「憑什麼我要幫她查一個死鬼的下落？」中年女人掏出涅槃筷，冷笑道：「我只要輕輕一夾，立刻可以打卡下班，沒事幹麼找自己麻煩？」

話剛說完，她步步逼近，作勢要夾取寶魂珠，金水嬸露出驚懼神色，往後退了幾步。

「等等。」李琰連忙攔在中間。

「你有什麼毛病啊？」紀雪靈不耐煩地問李琰：「一件簡單到不行的小事，你插什麼手？」

「話不是這麼說吧。這麼微小的心願，順手幫她一下，有這麼困難嗎？」李琰說：「大家都是鬼，我這叫感同身受啊。」

「感你個大頭鬼。」紀雪靈哼了一聲，說：「陽壽一止，萬念皆空，所有的牽掛都得放下，要是不肯放，就像這位金水嬸一樣，一念懸心，魂魄難安，只能如孤魂野鬼四處遊蕩，永遠到不了西天極樂，這樣對她半點好處也沒有。」

「所以我才說呀，既然她的心不安，那就幫她安心嘛。」李琰抗議。

「說的比唱的好聽，怎麼安？」紀雪靈說：「我可不像你，整天吃飽撐著沒事幹，老娘還得賺錢養家呢！」

「妳什麼時候賺過錢、養過家了？再說了，上次那個死不瞑目的永叔，妳還替他收拾了一條人命，這次也不會比妳之前更難，而且這才是真正的好事，是可以積陰德的。」

看著李琰滔滔不絕，反倒讓紀雪靈失笑，她說：「話不是這麼說，鬼海茫茫，你叫我去哪幫她找老公？」

「咱們無常姊姊就在眼前，想找個鬼還不容易？」李琰手朝旁邊一比，阿諛說：「天底下誰不知道，無常姊姊本領高強，區區一個鬼，哪能逃得過她法眼？」

「不用叫得這麼親熱，還想把事情扯到我頭上。」白無常說。

「怎麼樣，這件事對您來說，確實是易如反掌，對吧？」李琰轉頭問白無常。

「要說簡單，的確簡單得很；但要說困難，確實也難如登天，就看你怎麼想。」白無常陰側側地笑著，她撥了幾下手指，樣子像在數錢。這筆生意對白無常來說根本穩賺不賠，如果金水嬸的老公就在地府，她就等於白賺了一筆橫財。

「這規矩我們懂，保證讓您滿意。」不等紀雪靈開口，李琰搶先說：「一口價，兩千億！怎麼樣？」

「錢嘛，老娘向來是不缺的。」白無常傲慢地笑了，說：「不過我那房子住得有點久了，每天爬上爬下也挺辛苦。」

「電梯大廈，有空中花園，還附帶兩個車位！」李琰忙著點頭，說：「好人……不對，我這是好鬼做到底，乾脆再送一輛車，加碼司機，怎麼樣？」

「說好的兩千億呢？」白無常已經神魂飄飄了。

「三千億！」李琰豪氣干雲地說。

「成交。」白無常這才滿意。她收回涅槃筷，從口袋中拿出一支智慧型手機，手指滑了幾下。

沒想到這時代的鬼差們居然連手機都有了，紀雪靈有點詫異，湊過來想多看幾眼，但白無常身子一側，偏不讓人看到手機畫面。

「怎麼樣？」李琰也急著問：「能不能找到金水嬸的老公？」

「奇怪，怎麼會沒有？」白無常愣了，她手指接連滑動，表情愈來愈怪，從茫然不解，忽然轉爲憤怒，回頭望向還躲在牆角邊的金水嬸，瞪著她問：「從生死簿上來看，妳老公十幾年前就死了，怎麼會沒有勾魂紀錄？」

「沒有勾魂紀錄？」李琰錯愕。

「有沒有搞錯啊？」紀雪靈也不相信會有這種事。

白無常朝著金水嬸走過去，問她：「妳名叫黃金水，生在戊子年九月初七酉時，妳老公叫做周寶康，生在丙戌年正月初八，沒錯吧？」

金水嬸點了點頭。

白無常搔搔腦袋，說：「按理，這個周寶康死於肺病，也算得上是壽終正寢，沒理由錯過勾魂才對，怎麼會這樣呢？」她想了想，看看李琰跟紀雪靈，清了清喉嚨，忽然朗聲說：「這樣吧，剛剛的交易維持不變，但是無常老娘我心情好，三千億就不用給了。」

「不用給了？」紀雪靈知道一個死要錢的鬼差，絕對沒有平白放棄大把冥幣的道理，她自願退讓，表示一定有古怪。

果然白無常嗯哼一聲，又說：「我給你們省下三千億，再給你們多三天時間。三天之後，我會再來。到時候記得把這個女鬼，還有那個失蹤的男鬼一起準備好，知道嗎？」

「憑什麼啊！」紀雪靈忍不住大聲。

「是你們自己說要幫這女鬼。」白無常冷哼說：「既然這樣，我就給你們一個做功德的機會，還不快謝謝我的仁慈？」

「放屁，當年勾魂失敗，這個責任再怎樣也算不到我頭上。妳仁慈？妳仁慈個屁！」紀雪靈一拍桌子，轉頭對李琰氣沖沖地說：「而且，想讓這隻女鬼安心上路的人可不是我！你自己去找，別把我拖下水！」

「你們倆住一起，還用得著分彼此嗎？」白無常耍賴到底，她瞅著紀雪靈說：「記得啊，就三天。三天後的子時，除了電梯大樓、車子跟司機，還有兩隻鬼！」

儘管李琰堅持要做，他卻半點頭緒也沒有，他死時只有十六歲，對這世界仍只是一知半解，真要他來想辦法，那是行不通的。

紀雪靈莫可奈何，想了又想，總算想到一個好點子，爲此，她特地又出門，半夜裡找了一家全天候營業的水果店。

徐嘉甄本就作息不定，這時根本還沒睡，她一頭短髮，身上穿著外出服，神色略顯疲憊，大概是剛剛下班。電鈴按響，她將鐵門打開，看到紀雪靈來訪，客氣地邀請客人進門。

屋內瀰漫泡麵香，母女倆正在吃宵夜，只是餐桌氣氛不太對，徐小茜更是一副臭臉，看到紀雪靈，她嘟著嘴打招呼。

「這麼晚了還吃宵夜啊？」紀雪靈問。

「對她來說是宵夜，對我只是晚餐而已。」徐嘉甄伸個懶腰，笑著說，順便叫女兒去斟茶。徐小茜端茶過來時，橫了母親一眼，徐嘉甄也還以白眼，然後問紀雪靈：「怎麼，找我有事？」

「不好意思啦，本來明天再問也沒關係，但我實在有點等不及，所以就冒昧上來了。」紀雪靈早已想好說詞，她將水果放下，婉轉地問徐嘉甄：「事情是這樣，有個人想拜託徐小姐幫我找找，不知道方不方便？」

「找人？」徐嘉甄疑惑地問：「靈姨想找誰？怎麼要我幫忙呢？」

紀雪靈用爲難的語氣說：「徐小姐也知道，我那個小宮廟平常沒什麼香火，但是前兩天忽然來了一個老太太，老太太說她不久前夢到年輕時的好姊妹，對方已經過世了，特地入夢跟她告別。老太太醒來後挺不安的，可是又沒有對方的聯絡方式，後來才想起來，夢裡好姊妹提到要她來太一宮參拜。所以大老遠跑來，求我幫忙尋人。」

見徐嘉甄微微皺眉，紀雪靈連忙說：「我已經拒絕了好幾次，還跟她說託夢什麼的，未免太不可信，但是妳也知道，老人家就是這樣，一旦記掛在心，總是念念不忘，非得求我幫忙不可。我就在想啊，還好只是老太太想找人，也不算什麼大事，不知道徐小姐能不能……」

「這種小事當然沒問題啊。」一旁的徐小茜沒等紀雪靈說完，諷刺地說：「我媽是刑警耶，多了不起啊，爲了抓壞人，她上山下海都沒問題，找找人當然難不倒她啊。」

「妳給我閉嘴，吃完麵就乖乖睡覺去。」

徐嘉甄瞪了女兒一眼，轉頭過，口氣一改，變得和顏悅色。

「我知道妳的意思了，透過警政系統，要找個人確實不難，這件小事，我應該幫得上一點忙的。」徐嘉甄看了女兒一眼，又對紀雪靈感慨說：「平常我工作忙，女兒都放著當野生動物，要不是有妳，死丫頭早就不曉得跑哪學壞去了。今天別說是找個老人家，就算再困難，只要是妳開口，我也都會想辦法的。說吧，妳想找的那個人，叫什麼名字呢？」

「黃金水。」紀雪靈說：「除此之外，我只知道她當年嫁給一個叫周寶康的人，這樣有辦法找嗎？」

「當然，我可是刑警呢。」徐嘉甄笑著說。

「眞看不出來，妳也是個演技派呢！」李琰打趣說：「連我都想叫妳一聲『靈姨』了。」

「你可以叫看看啊，阿姨照樣收拾你。」紀雪靈瞪了李琰一眼。

在城市西端，大河北岸的渡口附近，隨處可見沿山而建的老舊房舍。紀雪靈不停核對地圖，總算找到這條山坡邊的小巷。一排低矮平房約有六七間，每一戶都破落荒蕪。他們找到其中一戶還有門牌，確認就是周寶康家所在的巷弄。

「這下麻煩了。」李琰皺眉說：「本來還以爲按圖索驥，起碼可以找到幾個周家後人，問問消息的。」

「就知道事情沒那麼簡單。」紀雪靈雙肩都垮了下來，懊惱地說。

這時天空飄起雨絲，紀雪靈從巷中走出來，回到車子旁，拿著麵包啃，李琰在她旁邊踅來踅去，忽然手朝遠處指了指，示意她看過去。

斜風細雨的陰沉午後，是孤魂野鬼們可以外出飄移的天氣，紀雪靈瞇眼張望，只見街尾遠遠地有個灰影，那身影在移動時兩腳沒有擺動，反而是足不點地，一看就知道那不是個人。

李琰說：「那鬼挺可疑的，一般來說，除非是剛死的鬼魂，才會這麼渾渾噩噩，否則人老精、鬼老靈，哪會是這麼沒頭沒腦的樣子。但是這傢伙看起來，不像新死之人。」

「噓。」紀雪靈用手指在嘴邊虛比，她發現那灰影鬼身子前傾，像是趕著要去某處。

「不太對勁，對吧？」李琰忍不住又說話。

「何止是不太對勁而已。」紀雪靈搖頭，她將麵包一丟，帶著李琰跟上。

順著小坡向前，再沿磚牆邊的小巷轉進，這是一條街的尾端，已然是死路不通，而巷子最底處只剩一戶人家。看著這緊鄰山坡邊的舊宅院，紀雪靈不禁蹙眉，從低矮的牆上望進去，裡頭別墅的牆面斑駁，像是棄置已久，但剛剛的灰影鬼卻消失在這戶人家緊閉的生鏽鐵門邊。

「看來今天是進不去了。」紀雪靈嘖了一聲，她沒料到會遇到這樣的狀況，自然也沒準備草人。

「妳進不去，但我可以啊。」

「別急，我總覺得有點不太對。」她凝神感知半晌，又搖頭說：「很怪，裡頭有好幾股陰氣，但當中又夾著煞氣。」

「到底是陰氣還是煞氣？」李琰納悶，說：「陰鬼是陰氣，惡鬼是煞氣，妳知道這中間有多大差別吧？」

「廢話，我第一天出來混嗎？」紀雪靈說：「所以我才說這裡很怪，一個屋子裡居然有好幾股陰氣跟煞氣並存，這簡直是鬼屋中的鬼屋了。」

「怎麼可能！我去瞧瞧。」李琰笑了笑，身子往前一傾，已經穿過鐵門，紀雪靈還來不及出聲阻止時，李琰跨了兩步，踏進院落中。

「別進去，快回來！」紀雪靈連忙叫喚。

才剛探頭穿過鐵門，撲面就是一股濃烈而複雜的氣，讓李琰感受到極爲強烈的壓迫感。他先是愣然，跟著穩定神思，露出好奇臉色，隔著牆對紀雪靈說：「看來妳的感應並沒有錯，我覺得自己好像進了動物園。」

紀雪靈在牆外等了許久，她頻頻往內探看，卻沒看到任何動靜。

當年李琰死時才十六歲，正是年少輕狂的年紀，雖然他這麼多年來一直陪在紀雪靈身邊，但心智卻沒成長多少，還是嘮叨煩人的個性，紀雪靈就怕他過於莽撞在裡頭遇上困難，尤其李琰進去後，她很快就察覺不到他的陰氣，再一想到李琰說什麼像動物園的話，心裡總覺得不安。

眼看天色漸暗，紀雪靈於是把心一橫，兩手攀牆，躍入院內。

院子裡雜草荒蕪，西式別墅在黃昏光線下透出不祥氛圍。她走到玄關邊，發現門鎖著，也不遲疑，拎起一塊草坪上散落的磚頭，對著那道舊鎖狠狠敲下，將它直接砸壞。

就說不該接下這差使的，大老遠跑來，也不曉得會碰上什麼邪靈古怪的東西。

紀雪靈啐了一口，點開手機照明，一踏進玄關便察覺不對勁，感到四周似乎潛伏著各種不同的精怪，自己明明是帶著天眼的，可無論怎麼張望，也沒瞧見異樣，倒是偌大的客廳裡左右擺滿櫥櫃，裡面是五花八門的裝飾品，有些是陳年舊物，有些則是書籍典藏，而客廳後方那道牆邊則是幾層櫃子，一格一格置放了大約二十幾尊的懸絲人偶，一看就是被精心整理過的收藏品。

見到那些人偶，紀雪靈喉頭一緊，劇烈的噁心感襲來，她急忙右手兩指併攏，口中吟咒，指著一排人偶，劍指陡然迸出靈氣，朝著那股巨大壓迫感揮去，揮指間只覺得好像碰到什麼無形的沉重之物，她整個人竟反被重重彈開，背部撞上櫥櫃，痛得差點岔氣；便在此時，她小腿好像被什麼東西捲上，低頭一看，竟是兩團灰濛濛的妖靈，從牆角的青銅獸像中「鑽」了出來，伴隨腐臭怪味，蠕動著來到腳邊，將她小腿裹住。紀雪靈心中一驚，劍指劈下，那兩團纏在腿上的靈體被瞬間劃破，閃出點點紅色光芒，伴隨怪異的動物哀啼，頓時神形俱滅。

「你們到底是什麼東西！」紀雪靈吸了一口氣，大叫：「有本事的都出來，不要躲躲藏藏！」

這句話喊得氣勢十足，但話說出口，她立刻後悔，因爲話音剛落，屋子裡一大堆擺設竟紛紛逸出陰氣，有些透著動物嗚叫，有些還臭氣沖天，那些大多都不是人形的雜靈，正四面八方湧現，在這個積滿灰塵的舊客廳裡到處亂竄。

那排擺放懸絲人偶的櫃子最上方，有三尊看來極爲陳舊、頗有異國古風的怪異人偶，似笑不笑、似怒不怒的臉面上，慢慢浮現三道古怪的煞氣，先是涓滴細流般溢出，跟著就無邊地湧來，充斥整個客廳。

「妳瘋了是吧？」忽然，紀雪靈聽到一個熟悉的聲音，李琰不知何時從玄關旁的樓梯口一躍而下，急忙扯住她的手腕，叫了一聲：「還不跑！」

「你……」手腕一陣沁涼，李琰雖無實體，但那股帶著寒意的力量卻讓紀雪靈眞實感受到了，可知他也正鼓足全力。

雖然退出那個幽暗的客廳，但在細雨紛紛，天色昏暗的荒涼庭院中，卻還能感受到巨大的妖靈之氣正從門口竄出。

紀雪靈不敢遲疑，跟李琰一起拔腿就跑，她左手扶牆，身子輕輕一躍，跨過牆頭；李琰則毫不猶豫，一頭朝著磚牆衝過去。只是說也奇怪，先前進來時還能輕巧地透牆而過，此時他卻好像撞上了一道無形的牆，將他震退幾步。

「怎麼了？」紀雪靈在牆外叫喚。

李琰不敢大意，卯足了勁，身上綻出黑氣，再奮力往前一撞，結果又是砰地一下，把自己反彈回來，一屁股跌坐在地。

「怪了，我出不去！」李琰急忙大叫。

心中焦躁，紀雪靈只好又跳進院內，恰好見到一大群紛紛亂亂的妖靈氣息，正從大宅門口透出，她連忙抽出背包裡的寶特瓶，飛快旋開瓶蓋，大叫一聲：「快進去！」

李琰也沒敢囉嗦，身影一淡，如煙似霧地竄進寶特瓶。紀雪靈重新鎖緊瓶蓋，那群妖靈已近在咫尺，她手按牆頭，身子剛剛躍高，腳踝忽然一緊，回頭看見一隻好像貓狗的動物靈，正張嘴啣住她的褲管，紀雪靈罵了聲髒話，右手一甩，劍指掠過，把那東西給劈得魂飛魄散。

待紀雪靈逃出大老遠，隔著一段距離再回頭，發現那一大群在宅院中亂竄的妖靈，居然沒有追擊出來。也許他們都跟李琰一樣，被那道圍牆所困，不能隨意竄出。

這時天色已晚，紀雪靈倚著電線桿喘息，她自從承襲父親的志業以來，經歷過的事情也不算少了，卻從沒碰過這種事，竟然會在一幢破屋子裡，被各種莫名其妙的妖物糾纏圍困。

「還真是見鬼了，媽的。」她啐了一口。

陪著紀雪靈坐在宮廟前的凳子上懊惱，李琰愁思半晌後，下了一個結論：「我覺得問題還是出在那棟房子裡。」

「你說那棟超級鬼屋嗎？」紀雪靈拿著手機，瀏覽徐嘉甄給她的訊息，說：「跟那鬼屋有什麼關係？周寶康家在麗水街，鬼屋在隔壁巷子底，地址差那麼多！」

「雖然位處不同巷弄，但直線距離很近吧。」李琰搖頭說：「一進去那院子，我就明白妳的意思了，那房子裡藏著太多似靈非靈的東西，有些是人死所化，有些則像是附近的貓狗動物，千奇百怪，什麼都有。」

「然後呢？」

「那天不是還看到另一隻灰影鬼嗎？那傢伙一副趕路投胎的樣子，朝著鬼屋飄過去，平常哪有鬼會這樣？而且不只是那隻灰影鬼，就連我踏進院子後，也感覺到有股吸引力，要把我往屋子裡扯。」

「你的意思是，周寶康的魂魄也可能是在死後被吸進那院子裡去了，從此困在當中，所以才錯過了勾魂，是嗎？」看李琰點頭，紀雪靈冷笑問：「這可有趣了，那你倒是說說看，世界上有什麼專門吸引鬼魂投奔的法寶，居然可以把方圓幾百公尺內，各種大大小小的靈體都吸過去的？至於牆上的結界，你又怎麼解釋？」

「結界的事情我不懂，但要說會吸引靈體的妖怪嘛，」李琰笑說：「那天我遇到的豬八戒就可以。」

「什麼？」紀雪靈愣了一下。

李琰說那天他進了宅院，從屋外直接飄上二樓，一進去都還來不及瀏覽牆上的各種卷軸畫作，以及諸般擺設收藏，就先被牆邊一尊雕刻木像給吸引。那木像被收在大玻璃櫃中，約有一公尺高，挺著肥肚腩跟一對招風大耳，赫然就是隻栩栩如生的豬八戒。

那時李琰沒有半點欣賞的興致，一見木像，立刻感受到非常強烈的不自在，幾乎連腦子都快脹開，而從四面八方的擺設中，正緩緩浮出千百種不知名的靈體，朝著他逐漸侵近。從沒遇過這種事，李琰吃了一驚，正想轉身逃走，那隻豬八戒跟著也有一股詭異的煞氣浮現，煞氣渲染下，讓他神思昏顚，不由自主地前傾，就像那隻灰影鬼一樣，要往豬八戒的懷抱投奔過去。

幸虧李琰還算機靈，就在抬腳瞬間突然驚醒，急忙鼓起自己的陰靈之氣，與那股牽扯的引力抗衡，而與此同時，樓下傳來紀雪靈大喝，李琰心頭掛念，一時不察，全身被猛力拖行，扯到豬八戒身前。

離得很近時，李琰嗅到一股極爲濃郁又難聞的油臭味，讓他噁心不已，連忙兩手前推，將全身陰氣匯聚掌心，與那隻豬八戒對撞，李琰被撞得眼前一花，趕緊往旁邊跳開，沿著樓梯躍下，正好看到紀雪靈也被一樓客廳那三尊人偶所困。

當徐嘉甄問起尋人的後續，紀雪靈說目前尙無頭緒，倒是在那附近看到一幢很別緻的別墅，挺適合養老退休，只是目前似乎荒廢。她問：「不知道屋主是誰，能不能調查得到？」

「這更簡單了呀。妳等我五分鐘。」徐嘉甄打了通電話，很快就查到消息，她指著手機螢幕中的地圖，說：「妳說的是這一棟吧？十一巷一號，這房子很有故事喔！」

「故事？」

「前屋主是個研究戲劇的藝術大師，不過已經過世了。」徐嘉甄說。

「怎麼死的？」紀雪靈微微皺眉。

「這就不得而知了，不過應該是善終吧，畢竟沒有刑案紀錄。」徐嘉甄搖頭說：「但大師過世後，他的子女們互相爭產，到目前遺產還沒有歸屬，妳如果想買那棟房子來養老，只怕還有得等。」

休息了一夜，時間已所剩不多，紀雪靈不敢怠慢，又一次前往現場。她心裡思索，已經大概猜到原委，只是還有部分尚未釐清。

「應該就是百靈寄物。」紀雪靈說：「你知道吧？有很多畫像、照片，甚至是具備人形或動物形體的東西，都可能因為放置在欠缺陽氣的地方過久，導致靈體寄居。」

「然後呢？」李琰好奇問：「事情就這麼簡單？」

「你不覺得這就是最合理的解釋嗎？那個藝術大師死了，遺物放在家裡好幾年，結果便宜了附近的邪靈，讓大家免費借住了。」紀雪靈邊開車邊說：「但奇怪的是，就算屋子裡住滿各種靈體，按理說也沒有作亂的本事才對，怎麼能夠吸納鄰近的新死亡靈呢？此外，牆邊的結界又是怎麼回事？結界這種東西，可不是一般靈體所能布下的，那非得是道術高強之人，或神靈降旨才行。」

一邊討論，紀雪靈在路旁停車，她先畫一道太君印在掌心，以備不時之需。來到宅院外，隔著圍牆，可見宅院每扇窗戶都被厚重的窗簾所遮蓋，半點陽光也透不進去。

紀雪靈還在牆邊眺望，已經飄到一旁的李琰忽然叫喚。她好奇走過去，只見巷道盡頭，還有一條狹窄的泥土小路，小路旁的雜草叢中有座低矮的小型建築。

此時李琰已經先感應到，他停了下來，搖頭說：「噢，這個我可不想過去打交道。」

「這個是哪個？」紀雪靈話還沒說完，隨即會意，她露出微笑，任憑李琰佇立原地，獨自信步向前，看到那座紅磚砌成的神龕。

神龕已經斑駁，小香爐裡一根香也沒有，裡頭也沒有神明塑像，倒是擺放著一根繫著紅色布條的細竹筒。布條褪色，竹筒上書寫的墨色字跡都模糊不清了。紀雪靈更仔細瞧瞧，發現上頭寫著「敕令西營六戎軍」幾個字。

「劉將軍，您也太不像話了，怎麼好好一營兵馬，竟落魄成這副模樣呢？」

紀雪靈微笑著扶正那根敕令竹筒，又從包包中取出一盒香灰，小心地填滿香爐，再拿出一柱短香，點燃後，朝神龕拜了幾拜，重新恢復香火。

這一系列動作完成後，她在神龕前悠哉坐下，整理了一下想法，這才開口問：「好了，說說看吧，在您的管區裡，居然會鬧成這個樣子，您有什麼要解釋的沒有？先講好，我可沒有權力對您興師問罪，您也用不著生氣，我只是想知道，這件事要是讓太子元帥知道了，您打算如何解釋而已。」

紀雪靈這模樣，彷彿眼前真的坐著一位正與她對話的「劉將軍」似的。

只見她略笑一笑，說：「也是啦，我知道您的苦衷，附近居民都搬光了，根本沒人來添香火，我看天兵天將們大概日子也挺不好過的。可是話又說回來，就算再窮，也不能囫圇吞棗過日子，對那群髒東西們視而不見吧？」

紀雪靈停了一下，像是在等待「劉將軍」辯解。半晌後，她點頭說：「好，那就這麼說定了，您幫我一回，這件事我也會保密到底，絕對不會告訴別人。」交易談妥，紀雪靈滿意地回頭叫喚李琰。

「打過招呼啦？」李琰不敢靠得太近。

「放心，劉將軍知道你是自己人。」紀雪靈笑了一下，說：「不對，是自己鬼。」

翻了個白眼，李琰湊近神龕，瞇眼感受了半晌，說：「結界是他們布下的。」

「沒錯。」紀雪靈說：「對一營斷了香火的兵將來說，設下禁界，不讓宅子裡的東西跑出來作亂，這已經是他們唯一能做的了。」

「那現在呢？該怎麼辦？」抬頭看看，剛過中午，李琰說：「明天晚上就是第三天期限，妳只剩今晚可以動手，無論如何都得再進去一次，要設法從那滿屋子的龍蛇雜處當中，找到叫做周寶康的老鬼。」

「是啊，但我們得先解決豬八戒跟那一堆鬼東西，接著還要賭一把，希望那位周老先生就住在裡頭才行。」

「要是賭輸了呢？」

「那就再拿兩間房子、四輛轎車，還有幾千億去賄賂白無常吧，不然還能怎麼辦。」紀雪靈笑著，回頭望向神龕，說：「怎麼樣，劉將軍有沒有興趣，今晚陪我們走一趟？」

不需要擺設祭壇，也沒有請神降駕，紀雪靈重新燃起清香，就地焚化紙錢，然後清理出神龕外的一小片空地，再拿出一包白米，輕輕鋪灑出一個線條橫豎交織的符號，李琰在旁邊看得清楚，那正是一個太君印的圖像。

布陣完成後，紀雪靈拿出一只草偶，再取一枚銅錢，口中唸了幾句咒詞，塞進草偶體內。

「你猜，那隻豬八戒會不會上當？」她笑著問。

「如果他眞的是豬八戒的話，那肯定會。」李琰也笑了。

當瑰麗唯美的黃昏褪去，晚風徐起，周遭又變得詭譎迷離。荒僻小徑上杳無人煙，但巷道中卻傳來一聲嗚咽，乍聽很像貓叫，又像嬰兒啼哭。一縷晃晃悠悠的白影，看似個不滿周歲的嬰孩模樣，正往前飄盪。嬰兒飄到舊宅院外，輕輕地穿牆而入，進到宅院門邊，毫不遲疑地飄了進去。

剛入客廳，玄關處一幅斑駁的古代仕女圖中也漾出一道身影，在那嬰兒的身邊徘徊，像在引路一樣，把他帶入室內。客廳中到處都是櫥櫃或畫像，無處不是各種精巧裝飾；櫥櫃上方三尊古老的戲偶，那似笑不笑的詭異面孔中隱隱泛著光芒。

那嬰孩魂魄彷彿對一切毫無所知，任憑無數靈團在他身上盤桓。他轉而向左，沿著木造樓梯向上。那些在他周邊徘徊的靈光一路尾隨其後，像是在熱情簇擁一個新加入的成員，推擠著嬰孩魂魄上樓。

來到二樓的小客廳，大玻璃罩子裡安放著的，正是那尊雕刻精巧、活靈活現的豬八戒木像。此時木像早已漾滿魅惑的青光，不少隨著嬰孩上樓的靈體像是受到鼓舞一般，不由自主地朝著那團青光湧去，但只要穿透玻璃櫃，碰觸到木像，靈體隨即被蒸散，發出細微的嗤嗤聲響，而每吞噬一道靈體，青光就愈顯得妖豔燦爛，木像上那張豬頭笑臉，就笑得更加詭異而駭人。

此時嬰孩魂魄彷彿也受到感召，身子微微前傾，向著豬八戒緩緩靠近。眼看新鮮的亡靈到來，豬八戒的青光更熾，迫不及待要將他吸納消化。就在嬰孩身軀觸及豬八戒之際，嬰孩的雙眼突然綻起刺眼的黃色金芒，將那隻豬給用力震開，一聲清脆聲響後，大玻璃罩瞬間爆裂，碎片四散激飛，將屋裡的擺設震得東倒西歪。

嬰孩魂魄的身子一縮，手腳疾速向外張開，轉眼間幻化身形，從一個頭大身體扁的嬰孩，變成一身輕巧裝扮，腳下還踏著名牌球鞋的女子。

紀雪靈兩掌揮開，左掌撒出一團香灰，粉塵在半空中閃爍金光，隔成一道屏障，將千百靈體阻絕在外，右掌前伸，狠狠拍在豬八戒的肥肚子上。

紀雪靈輕喝一聲：「玄宗天地，道印無極，破！」

掌中發勁，金光迸出星芒，爆出火花，嗶嗶剝剝地燒著木像，接著她向後一躍，退出戰團，竟是頭也不回地直接破窗而出，從二樓一躍而下，落在外頭的草坪上。

腳尖一著地，她立即快步跑開，翻身過牆，出了宅院，而這時宅院二樓傳來怪聲，混雜著男女的叫嚷，還有無數動物的哀鳴。

這些怪響一個個幻化成灰影，伴隨一道青色光亮，從被撞破的大窗子裡湧出，全都追了出來。在此同時，一樓半開的大門裡同樣奔出無數妖靈，領頭的赫然就是那天讓紀雪靈吃了不少苦頭的三道影子。

這些原本寄居在各種物品中的靈體，全都湧到圍牆邊，而本來貼牆所布，用以圈禁靈體的結界，此時竟然半點不起作用，千邪百靈蜂擁而出，沿著小徑追襲而來。

紀雪靈已經回到小神龕前，她站穩腳步，雙臂垂下，一副好整以暇的模樣，在等著以那隻豬八戒爲首的妖靈大軍趕到，任憑他們湧入白米鋪成的太君印陣中。

等妖靈們幾乎全都湧入米圈，她雙手平舉，掌心朝上，閉著眼睛，對眼前的恐怖景象看也不看，喃喃唸著：「三聲法鼓鬧紛紛，拜請西營軍西營將，火炎光明到座前，金鎗白旗降壇來，神兵火急如律令！」

霎時間，神龕內綻出千百道白光，紛紛亂閃，從神龕內激射而出，繞著那群被困於太君印陣中的妖靈，彼此混雜交織，並不時傳出令人聽著就頭皮發麻的嘶啞哀號，還有隱約的腐爛血肉惡臭。

「快，把人給找出來，別讓兵將們給誤殺了。」眼看著妖靈們轉眼被白光戮盡，紀雪靈朝著一旁叫喚。

她喊聲未完，樹上一道黑影竄了出來，混入百靈亂攪的戰圈之中，幾個轉折來回，黑影又躍了出來，到紀雪靈身邊站定。李琰面帶微笑，左手拎著一個身形近乎透明的灰影，看來是個佝僂老人的模樣。

「沒抓錯人吧？」

「如假包換，就是他。」李琰笑著說：「所有的妖魔鬼怪全都繞著圓圈打轉，就這隻與眾不同，拚命想往外面擠，看來他對妳手上的東西很有反應。」

李琰指了指紀雪靈手中，那是李琰衝入太君印陣之際，她從口袋裡掏出來的一支玻璃瓶，瓶口打開，透出陰氣，裡面待著的正是金水嬸。

點個頭，紀雪靈伸手抓住周寶康的魂魄，居然塞進了口中，吞嚥入腹，而在此時，地上用來描繪太君印陣的白米蒸出青煙，竟是負載不住，已經快讓妖靈們破陣而出，那道還在戰團中的青光幾度突圍，伴隨嘈雜的豬吼叫，幾度要衝到紀雪靈面前。

「這個交給我，剩下的就麻煩劉將軍了。」側頭對神龜說了這一句，紀雪靈踏出兩步，一腳踩進陣中。

當那隻豬八戒再次衝來時，她抬起右手，掌中符印黃光大盛，籠罩著豬八戒，將牠團團圍住。青光與黃光猛烈衝突，暴風席捲，一些殘存的妖靈都被震盪開去，連紀雪靈的髮絲與衣角也被撕裂灼焦。青光漸弱，光圈愈縮愈小，隨著一陣如裂帛般非常難聽的動物哀鳴，最後終於消蝕殆盡，只留下滿地炭化後的白米灰燼。

「那眞的是隻豬嗎？」看著一切趨歸平靜，原本瀰漫的噁心惡臭也逐漸隨風淡去，李琰好奇地問。

「天知道，反正豬八戒的身體住久了，本來不是豬的，最後也變成豬了。」

滿臉都被刮出紅色血痕的紀雪靈搖搖頭，她摸摸腹部，只見原本平坦的小腹上，這時竟然不停起伏。

紀雪靈一笑，說：「這位老先生可眞活潑呢！」

說著，她雙掌合十，深吸一口氣，再吐出時，全身上下都冒出白煙，跟著身形又變，整個人不停縮小，當濃煙散盡後，紀雪靈已經不見，只剩落在地上，一只全身焦化的草偶。

「大功告成。」

這時紀雪靈從神龕後面緩緩走出來，依然是清麗的臉龐，也是與剛剛同樣的身形衣著，差別只是頭髮有些凌亂，氣色略顯疲憊憔悴，而她臉上的血痕都不見了，語氣中更是透著欣喜。

走到李琰身邊，紀雪靈撿起那只草偶，從其軀幹中掏出一枚銅錢。她將銅錢在掌中輕輕拋了兩下，回頭笑著對神龕說：「多謝劉將軍。」

「這樣的東西，妳叫我怎麼救？」白無常歪斜著眼，說：「算了啦，一魂二魄還在，看得出來是個鬼樣子，妳就應該心滿意足。我也可以回去交差了。」

「交差？妳可以交差，那我呢？我要怎麼跟金水嬸交差？」紀雪靈指著金水嬸旁邊那隻滿臉迷茫痴呆的老鬼，說：「他這樣魂魄不全，根本沒辦法跟金水嬸相認啊。」

「他們相不相認，關我什麼事？」白無常冷笑說：「再說了，相認又怎樣？難不成還可以約定成來世夫妻？」

「就算成不了來世夫妻，好歹牽手下黃泉的路上，可以敘敘舊吧？」紀雪靈生氣地說：

「我不管，總之妳得給我想想辦法。」

「沒有辦法啦。」白無常端詳一下老鬼後，說：「他剩下的魂魄早就被那隻豬給吞沒了，要不是那棟宅子裡還有點地方可以棲身躲藏，只怕早就連這一魂二魄也不剩了。」

白無常站起身，拿出涅槃筷，想想卻又收了回去。

「這樣吧，也算是無常老娘我發個慈悲，讓你們這一路下去，還能手牽手，多看彼此幾眼也好，我就不把你們的魂魄給斂了。等到了下面，各有各的因果與前程，可就別再埋怨了。」白無常轉身就要往外走，臨行前忽對紀雪靈說：「對了，妳有空的話，不妨再回那地方走走，說不定會有什麼收穫。」

「什麼收穫？」紀雪靈愣了一下。

白無常嘿嘿一笑，也不把話說完，她擺擺手，將金水嬸跟周寶康的鬼魂招到跟前，叮嚀紀雪靈說：「還有啊，別忘了老娘的房子，要有電梯的那種。」說完，她也不用推門，逕自穿門出去，而跟在她背後的，則是金水嬸夫婦倆。

「就這樣完事啦？」看著這一切，李琰轉頭問。

「不然呢？」紀雪靈沒好氣地說。

雖然邪祟已除，但要再次回到那舊宅院，紀雪靈還真是百般不情願，只是顧念著白無常的提醒，她也只能照辦。

「我就說嘛，吃力不討好，你還非得叫我辦這種事。」紀雪靈埋怨了一整路，這時日正當午，她提著兩大袋香燭紙錢，走得汗流浹背，去劉將軍的神龕「犒軍」後，才慢慢走向宅院。

進了屋，她將客廳窗簾揭開，久違的陽光透入，屋內一片明亮，可以看清楚那些來自世界各地的收藏品，有木雕、人偶、版畫等，全都極為精巧細緻，雖然年代久遠，但仍價值不菲。

「收藏這麼多有形的東西，屋子卻又人氣淡薄，難怪會招來一大堆妖魔鬼怪。」紀雪靈搖頭。

確認一樓並無古怪後，他們沿階梯上去。二樓小客廳的地上滿是碎玻璃，原本擺放豬八戒木像的櫥櫃已經翻倒，木像全身都有被火焚燒過的焦黑痕跡，只剩隱約輪廓可辨，顯見當時火勢不小，但奇怪的是火焰卻沒有波及地板，更沒有引發火災。

李琰看著焦黑的木像，嘖嘖連聲說：「居然燒成這樣，妳下手也太狠了！」

「開什麼玩笑，在那種狀況下，不是他死就是我死，當然一出手就得下狠招啊。」紀雪靈哼了一聲。

兩人在二樓反覆查看，沒發現任何異狀。

「奇怪，到底叫我們來看什麼呢？」李琰環顧周遭，這裡跟樓下如出一轍，都已不再有靈體寄居。

滿腹疑竇，紀雪靈推開窗戶，頓時涼風透入，將屋子裡沉鬱的穢氣沖散。她只覺得神思一清，迎著風，深深吸了一口氣，跟著忽然露出詫異，盯著院子草坪問李琰：「你看，那裡是不是有什麼？」

「有什麼？」李琰疑惑。

「煞氣。」她皺眉。再仔細瞧瞧，指著偌大院內，分散在周遭的一些物事，紀雪靈說：「看來那位藝術大師也不是外行人啊！你瞧，這是一個龍離坎位，五石倒錯的布局。那幾個角落，要麼種樹、要麼擺花盆，全都照足章法在操作，這哪是什麼庭園造景，這是布陣才對。」

「布陣？」

「因爲院子裡雜物太多，我們又不曾這樣俯瞰，所以之前根本沒有發覺，這院子其實就是個陣形，而且是個『煉法』專用的陣勢。」紀雪靈點頭冷笑，「走，咱們去看看，只要把陣眼找出來，就知道白無常那個老肥婆的葫蘆裡，到底賣的是什麼關子了。」

院子裡雜草叢生，再加上近幾年颱風肆虐，更弄得滿園荒蕪。紀雪靈對風水之道並不精通，然而自幼耳濡目染，對自家的幾部經卷也還有幾分印象，她專注探勘，李琰憑著自己的陰靈之氣專心感應，過沒多久就循著煞氣的來勢，緩緩朝院子東邊的一株老榕樹「飄」了過去。

「找到啦？」紀雪靈問。

她跟上去，就在老榕樹前，李琰轉向她，認眞地點點頭。

紀雪靈拾起地上一截樹枝，用力刨開雜草，還好院子裡的土質並不堅硬，刨了將近一尺深，就發現土坑裡埋著一個正方形的金屬小盒子，拿在手中沉甸甸的。她見盒子沒有鎖扣，先停下動作，看了看李琰。

「老實說，我有一股不好的預感。雖然是白無常叫妳來的，但正因爲是她，我才覺得不懷好意，總覺得肯定有古怪。」看紀雪靈躊躇，李琰說：「也許妳這一開，會把很多妳不該攬的事情給攬上身。」

「或許也會因此知道我一直很想明白的事情也說不定，不是嗎？」

說著，紀雪靈用力一扳，將生鏽的盒蓋揭開，霎那間，四周忽然群鳥驚啼，濃烈的煞氣透了出來，讓紀雪靈眉頭一緊，側身避讓，連李琰也退開一步，就怕禁受不起，會被沖得魂飛魄散。

等那陣煞氣褪去，只見盒子裡裝著一枚黝黑金屬，已經嚴重鏽蝕，這東西形狀扁平，是個不太對稱的菱形，

「這是什麼？」紀雪靈納悶。

「有點像箭鏃。」李琰凝神多看幾眼，說：「就是古代的弓箭啊，箭桿拆掉以後只剩下箭鏃。」

也不知道那東西能做何用，更不理解爲何有人將其深藏地下，還布下一個陣勢來煉養煞氣。李琰若有所思良久。

紀雪靈問他：「怎麼樣？看了半天，看出什麼端倪嗎？」

「嗯。」李琰說：「我看到這上面有很多鐵鏽。」

「去你媽的。」紀雪靈啐了一口。

他們回到車上，紀雪靈先拿一張便條紙，用口紅畫了一道符，貼在盒子上做爲封印。

「現在怎麼辦？」李琰問：「這種東西邪門得要命，直接毀了它算了，妳帶回去幹麼？」

「天曉得呢，晚上再問那個老肥婆。」紀雪靈說：「她總不會是叫我們來這領取紀念品，對吧？」

第三章　冥婚姻緣

從傍晚到夜深，堆積如山的紙錢與紙紮別墅、紙紮名車，才終於盡數焚化，果然一過子時，白無常就出現在宮廟門邊，她露出滿意的表情，欣賞著那堆灰燼。

「辦事都沒見妳這麼勤勞，收錢妳倒是馬不停蹄。既然來了，順便幫我看看一件怪東西吧！」紀雪靈哼了一聲，拿出鐵盒，盒蓋一開，立刻有股濃濃煞氣透出。

「這是哪來的東西？」白無常揮手驅散煞氣，皺眉問。

「不就是妳叫我去翻出來的嗎？」

「原來如此，我幾次勾魂經過那附近，老覺得有些古怪，結果就是這東西在作祟。」白無常忽然笑了，又說：「那看來這也是緣分，注定了要妳來插一手。」

「先說說這是什麼玩意吧？」紀雪靈問。

「這就是一枚箭鏃啊。」白無常肥胖手指在鏽蝕的金屬上輕撫，說：「自古以來，兵器最凶，尤其像這枚不曉得沾染過多少鮮血的箭鏃，匯聚了無數死於戰亂者的怨氣，正是煉法修煞的最佳助益。怎麼，妳連這東西都不認識？」

被白無常問得莫名其妙，紀雪靈跟李琰對望一眼，只能聳肩納悶。

「就這點眼界，還好意思吃這行飯，連曾經碰過的東西都不認得，也不知道太君娘媽是怎麼挑人辦事的。」白無常搖頭說：「那天妳弄死何文新，給我添了一大堆麻煩，自己還差點被人給打傷，難道忘了嗎？」

「妳說的是何文新所供奉的東西？」紀雪靈霎時想起，那天何文新捧著一枚不曉得什麼東西，嘴裡反覆哀求著「大將軍救命」。

「沒錯，就是這玩意啊。」白無常說：「跟這枚一樣。」

「他們供奉這種東西做什麼？」紀雪靈問：「舊宅院裡有人用它來煉法，這我還可以理解，那何文新呢？一個財團大老闆，他難道也在煉法？」

白無常聳肩說：「這種大凶之物最有靈性，只要用對法門來供養，往往有求必應。至於求的是什麼，那就看個人嘍。」

「爲什麼何文新會有這種東西？」紀雪靈眉頭皺得很緊。

「問得好，可惜何文新已經被妳打得魂飛魄散，所以沒人可以解答。」白無常笑說：「不過天道循環，自有因果，既然他會被妳纏上，那就表示這事或許跟妳有關。依照妳任性的作風，遲早會攪和更多麻煩事，說不定攪著攪著，就攪出答案來了。既然箭鏃都現世了，那另一樣東西說不定也快了。」

「還有什麼東西？」李琰好奇地問。

「但凡經過戰爭的物事，比如各種兵器，本身都是帶著凶煞之氣的。此外，如果是見過血的，威力自然更強，箭鏃如此、刀槍也是如此，然而兵器雖凶，又怎麼及得上虎符？」

「虎符？」紀雪靈茫然。

「虎符爲派兵之用，通常一分爲二，由君王與將軍各執一半。一枚虎符的頒授，象徵一場戰爭的發動，也就意味著無數生靈的災劫。這種東西因血肉之靈的餵養，千百年來積怨成魔，才是眞正的可怕。」白無常似笑非笑地說：「所以我才勸妳，平常最好少管閒事，要是碰上這些難纏的凶煞，別說是你們了，搞不好連我都招架不住，還是好自爲之吧。」

當屋內恢復安靜後，李琰望著那枚箭鏃良久，幾次伸手想去觸摸，但又遲疑著縮回。他轉頭問紀雪靈：「妳說現在該怎麼辦？」

「誰曉得。」紀雪靈也很無奈。

她闔上鐵盒，將符印貼好，收進櫃子深處，然後打開電視。幾個頻道轉了轉，最後看到新聞，一位衣冠楚楚的議員正在受訪，談到河口寮的開發案。議員義正詞嚴，說環評既已通過，徵地也一切合法，政府就不能阻礙開發，這是發展地方與拉近城鄉差距的重要工作，不該淪爲政黨惡鬥下的犧牲品。

「放屁，這種政客什麼時候在乎過城鄉問題了？」

紀雪靈鄙夷地關上電視，正想再罵幾句，忽然心念一動，忙又將電視打開，但很可惜，新聞已經播到下一則。

「你剛剛注意到了嗎，那個滿嘴狗屁的議員，他姓什麼？」紀雪靈急忙問。

「我哪知道啊？」李琰茫然。

紀雪靈嘖了一聲，連忙掏出手機，找到前些天徐嘉甄發給她的訊息，都是舊宅院那位已故藝術大師的資料。

「你自己看，大師姓什麼？」她將手機轉向李琰，「容我提醒你，剛剛電視上那個議員姓程，鵬程萬里的程。」

李琰讀了照片下方的文字，愣愣地問：「程浩德……大師也姓程？」

紀雪靈點頭，「河口寮是何文新的老家，何文新供奉箭鏃之靈；另一枚箭鏃埋在藝術大師的宅院裡，藝術大師跟程議員同姓，然後程議員又主張河口寮的開發案要繼續進行。你不覺得一切好像都有關聯嗎？」

「那又如何？難道妳還想繼續查下去？不必要的麻煩拜託少惹一點吧。」李琰瞪她，「像幫助金水嬸這種好事，才是可以多積陰德的，這種可以多做，盡量存一點本錢，免得妳一天到晚拿著金木水火土各式的太君印到處亂打，不分活人或厲鬼，全都打得灰飛煙滅，最後沒能查到妳爸的下落，反而把自己的陽壽都折盡了。」

很多年前，紀雪靈第一次違逆天道，把一個差點喪命公車輪下的小女孩給救回來，那次她被勾魂失敗的白無常臭罵一頓，回家就發現腰間出現了一道淺淺斑紋。那時她很驚訝，翻遍家中的典籍也沒找到解答，倒是白無常獰笑著出現，告訴她這就是違逆天道的代價。

嘆口氣，不願再多想，紀雪靈拿起父親的七星劍邊擦拭邊比劃，神威赫赫，讓李琰忍不住退縮，而門邊響動，伴隨徐小茜的唉聲嘆氣，李琰趕緊又縮回角落，以免嚇著小孩。

「妳這是怎麼回事？」看她揹著背包，紀雪靈納悶。

徐小茜沒有回答，露出莫可奈何的表情，於是紀雪靈立刻明白，看來是發生了什麼大案，徐嘉甄又將幾天幾夜回不了家，只好把女兒託付給鄰居了。

任由徐小茜去看電視，紀雪靈收拾了法器，轉頭看到李琰坐在另一邊的沙發上，也專注地看著旅遊節目，她忽然感慨，這多像一個再平凡不過的小家庭，有慈祥的父親跟活潑的女兒，還有一個操持家務的媽媽。但想著卻又苦笑，這三個演員未免也太不倫不類，一個是嫁不出去的熟女，一個是別人家借住的小女孩，至於爸爸則根本不是活人。

「如果要出國，妳想去哪裡玩？」趁著廣告時段徐小茜去廁所，李琰問。

「日本吧，日本好像不錯。」紀雪靈隨口回答。

「好，妳去訂機票吧，我陪妳去。」李琰指著廁所那邊說：「我看小茜應該也會喜歡，大家一起去。」

「說走就走，你以為我出門很方便嗎？帶個早熟的小鬼不夠，還要再帶個幼稚的老鬼。」紀雪靈橫了他一眼，「你們眞把我當成資源回收站了？」

那群想跟紀雪靈購買紙板，要進行環保設計的大學生剛走，隨即又來了幾個小學生，他們為了學校的廁所綠化比賽來索要幾十支空寶特瓶，紀雪靈全都免費奉送。等這些人都離開後，瘸腿的老莊推著板車也來了，又是滿滿一車貨，按照慣例，她多給了幾百元酬勞。

白天的太一宮很熱鬧，入夜後一樣有客來訪，只是這位客人很難讓人開心。白無常劈頭就問，有沒有收到新死的鬼魂。

「找鬼找到我這裡來，妳未免太抬舉我了。」紀雪靈咋舌。

「妳這經常收留一堆孤魂野鬼，說不定就有我要的傢伙。」白無常不耐煩地說：「快點，幫我找找，前天晚上才死的，是個二十幾歲的男人，就死在你們這社區後面的大樓裡，他肯定跑不遠，如果要躲，也只有妳家能躲。」

「這是什麼鬼話！」紀雪靈手一伸，「名字呢？生死簿拿來我看！」

「生死簿是妳說看就看的嗎？」白無常斷然拒絕。

「那至少要給個名字吧！」

紀雪靈瞪著漂亮的大眼睛，但白無常卻氣勢一軟，期期艾艾半晌才說：「這是個外國鬼，名字我也不會唸。」

紀雪靈愕然，忍不住噗哧一笑。

「外國鬼也歸您管啊？」李琰忍不住好奇插嘴。

「廢話，死在我的管區，當然歸我管啊。」白無常難得羞愧，嘖了一聲，「我剛到現場時，那鬼還不知道自己死了，懵著腦袋在那徘徊。本來我拿著筷子就要把他的魂魄給夾了，沒想到他嘰哩咕嚕說著一些我聽不懂的洋話，最後居然就跑了。」

白無常臉上一陣羞窘，但又不想被瞧扁，手一擺。

「哼，總之就是這樣。你們兩個留神點，如果找到了記得通知我一聲。」說完，她西裝外套一掠，連句再見也不說，直接閃出門去。

「妳說，這種忙我們幫不幫？」李琰轉頭問。

「關我屁事。」紀雪靈不屑一顧，哼了一聲。

這一晚紀雪靈睡得很不安穩，雖然沒有夢見父親，但神思不寧，恍惚中紛紛雜雜，而且隱約好像聽到有人不停在對話，縈繞在耳，讓她睡一陣又醒一陣。也不曉得是半夜幾點，最後終於受不了了，她睜開眼睛，卻看見床尾朦朧中有個身影。

「媽的，你這個死變態！」從人影輪廓就知道那是李琰，她罵了句髒話。

「噓，有客人。」夜燈昏暗，看不清楚李琰的神情，但他語氣戒備，低聲說：「快點起來，有好戲看！」

紀雪靈納悶著，這屋裡一窮二白，根本不會有竊賊光顧，要說鬧鬼，那就更荒唐了，自家前廳供著神明，後面小房間也養著一堆鬼，哪還有什麼惡鬼敢來自投羅網？她光腳下床，小公寓才二十來坪，出房門往左就是客廳，廳中神案的兩盞紅色小燈籠透著光，只見徐小茜坐在板凳上，正對著旁邊說話。紀雪靈聽得出來，那的確是英文沒錯，只是很奇怪，徐小茜說話的對象並無實體，僅是一道隱約的輪廓，而且還透著陰氣。

那瞬間，紀雪靈全身寒毛直豎，驚訝的不是自家真的有鬼，而是徐小茜怎麼會有這種舉動？一股涼意從背脊傳來，讓她張大嘴巴，半晌都不知如何是好。

「發什麼呆啊？」李琰拍她肩膀，讓她猝然一涼，整個人回過神來。

一步踏進廳堂，她拍亮電燈開關，日光燈耀起，那道虛無的靈體反而顯得黯淡，然而紀雪靈看得清楚，那應該是個身材高大的男人。二話不說，她劍指就要劈去，徐小茜急忙叫了一聲，跳下板凳，擋在紀雪靈跟那鬼的中間。

「別別別，這個是好鬼，不是壞鬼。」徐小茜張著手臂，忙著澄清說：「是我讓他進來的。」

「妳讓他進來？」紀雪靈滿頭霧水，指著那隻鬼問：「妳看得見他？」

見徐小茜點頭，紀雪靈幾乎都要崩潰了。

她轉頭看看同樣一臉訝異的李琰，於是指著李琰，又問徐小茜：「那這隻呢，妳也看得見？」

「看得見啊。」徐小茜點頭。

紀雪靈她難以置信，只覺得眼前一黑，差點暈倒，就這樣兩人兩鬼在神明廳堂沉默了半晌，紀雪靈忽然想起前陣子金水嬸的那件事，那天也是徐小茜將裝了鬼魂的瓶子撿出來的，現在想來，當時根本就不是巧合。

紀雪靈拍拍臉頰，確定不是作夢，又問：「來，妳跟我說清楚，妳是怎麼看得見的？」

這些年來，徐小茜成天在她家出入，倘若這孩子也帶著天命，是個與生俱來的靈媒，自己不可能毫無察覺才對。

「這個……」輪到徐小茜躊躇，她猶豫一下才說：「其實我也是最近才看得見的。」

「誰幫妳開的天眼？」

徐小茜又陷入遲疑，看向供桌。

那瞬間彷彿又一股電流淌過，讓紀雪靈瞠目結舌，她看向娘媽神像，問徐小茜：「是祂？」

見徐小茜微微點了點頭，紀雪靈又問：「那為什麼不跟我說？」

「那個……這個……」知道終究得坦誠不可，徐小茜像是鼓起很大決心似的，指著神像說：「娘媽不讓我說，祂說不要讓妳知道比較好。」

「我的媽呀……」紀雪靈手按額頭，看看徐小茜，再瞧瞧始終慈祥的娘媽神像，她哭喪著臉，對著娘媽說：「拜託祢行行好、幫幫忙，我都還沒死呢，祢就急著找接班人啦？人家這麼年輕漂亮，將來要嫁好人家的，祢不要把她拖下水啦！」

焦慮地搓著手，紀雪靈說：「我該怎麼跟妳媽交代？這樣吧，妳現在立刻回家，好好睡一覺，以後沒什麼事的話，就不要到這裡來了，就算路過也別進來，更不要拿香拜祂。」

「那怎麼行！我都已經答應娘媽了。」徐小茜氣鼓鼓地說：「這可是神明降旨的，我們怎麼可以違抗？」

「靠，神明降旨又怎樣？」紀雪靈也生氣了，「要不要我把房地契拿出來，這裡是文榆街六巷一號，屋主是我耶！」

「那個……」李琰看著她們對峙，忍不住插嘴：「二位，這件事也不用急著決定，我們是不是還有另一個更要緊的狀況要處理？」

「什麼狀況？他嗎？」紀雪靈看了一眼，那外國鬼死了幾天，已經可以意識到自己是個鬼魂，他一臉無辜，看著這群人用中文吵架，自己卻絲毫不懂。紀雪靈哼了一聲，拿起供桌上一座小小的銅製鈴鐺，說：「這還不簡單？三清鈴一搖，白無常馬上就到，直接帶走就好了。」

「那怎麼行！」徐小茜大聲抗議，說：「我已經答應他，要請妳幫他的！」

「我？憑什麼。」紀雪靈瞪著她：「妳答應娘媽、答應這個外國鬼的每件事，都不是妳一個人可以辦好的！」

「所以才要妳幫忙嘛！」徐小茜嘟著嘴，滿臉委屈，淚水已經在眼眶打轉，「這裡就是我家，我連在自己家都不能決定任何事的話，那不如滾回去當徐嘉甄的女兒算了！」

「妳本來就是徐嘉甄的女兒啊！」

見紀雪靈不答應，徐小茜氣得一跺腳，轉身就往門口走。

李琰一急，連忙將她攔住，又轉頭看向紀雪靈，說：「這是好事，而且又不難，不是嗎？」

「算了，算了，妳留下吧。」紀雪靈長嘆，一擺手，看著徐小茜登時又有了笑容，她莫可奈何地搖頭說：「先講好，我可沒有答應妳任何事。畢竟人死爲鬼，自有鬼該去的地方，無論是金水嬸或這個外國鬼都一樣，對我來說，這個才叫多管閒事。」

徐小茜才不管紀雪靈怎麼說，跑過來又親又抱，喜孜孜地說：「就說這裡才是我家，妳才像我媽嘛！」

「那我呢？我呢？」李琰湊過來，諂媚地問。

不知道該怎麼回答，徐小茜天眼初開不久，她雖然早就看過李琰，也知道他是個鬼，卻不明白究竟爲何鬼可以不怕神靈也不懼鬼差，還跟紀雪靈像家人一樣住在一起。

「他就是個無聊鬼，不用理他。」沒好氣地，紀雪靈走到那個外國鬼面前，稍微端詳一下，然後才問徐小茜：「說吧，到底是怎麼回事？」

小約翰沒想過自己竟會死在距離故鄉千萬里的他方。當年來到這裡，名義上是求學，其實是爲了能跟所愛的人長相廝守。在他的故鄉，人們無法接受一個男人愛上另一個男人。

六年來，小約翰跟克雷格生活得非常開心，他們都在大學的語文中心就學，也到補習班任教英文，小約翰還是個開過畫展的業餘油畫家。他們已經決定等辦完婚禮後，就要飛往歐洲去度蜜月，但沒想到那天中午剛走出藝廊，小約翰在烈日下忽然一陣天旋地轉，他倒下時最後看見的，是自己的手機摔得老遠，那時他剛撥出電話，正要打給一個裱框師傅，詢問拿取作品的時間。

「死因是心臟病。」徐小茜告訴紀雪靈，小約翰有心血管方面的痼疾。

「妳也算調查得夠清楚了。」紀雪靈冷哼了一聲。

「畢竟我身上流著另一個姓徐的女人的血液。」徐小茜聳肩。

「好吧，那妳應該也知道，這位小約翰先生還有什麼遺願了吧？」

「很簡單，他想結婚。」

「結婚？」紀雪靈跟李琰都是錯愕的表情。紀雪靈說：「人死都死了，婚結不結還有什麼差別？再說我們連他的愛人是誰都不知道，外頭還有個正在到處找鬼的白……」

紀雪靈話還沒說完，原本緊閉的玻璃門忽然搖晃兩下，紀雪靈心中一驚，反手抄起李琰平常居住的那支玻璃瓶，手一揮，先將外國鬼收進去，瓶蓋剛旋緊，白無常已經現身。

「對了，傍晚走得太急，有件很重要的事情忘了說。」一開口，白無常忽覺有些不對，屋子裡多了一雙正看著她的眼睛。

「妳看得見我？」她問，而徐小茜點點頭。白無常錯愕地再問紀雪靈：「妳收徒弟啦？」

紀雪靈嘆氣不答，李琰則告訴她：「實不相瞞，這位是我們太一宮未來的接班人，是娘媽指定的天命人選。」

白無常笑著對紀雪靈說：「看樣子是妳平常太過任性，連娘媽都知道妳活不久，急著找人接班了。」

「廢話就省省吧，妳又跑來幹麼？」紀雪靈扁嘴。

「對了，差點又忘了。」白無常抖抖外套，抽出一小張紙片，說：「下個月初八，是九殿閻君的壽誕，我也得備些壽禮，但有些東西可不是陰間能找到的，非得從陽世張羅不可。我想來想去，這任務也就派給妳最適合。」

「那當然，這點小事就包在我們身上。」李琰露出諂媚的笑容，卑躬屈膝地答應。

居然被委託這種工作，紀雪靈雙眉一軒，差點就要發火，而白無常鼻子嗅了幾下，卻問：「妳家怎麼有股怪味？而且是一種挺陌生的味道。」

「那是因爲今天多了一個人嘛。」李琰連忙陪笑，手指徐小茜，說：「您以後多來幾次，常常見到她，說不定就習慣了。」

白無常嗯了一聲，又吩咐：「好啦，總之別把壽禮給忘了，老娘還要趕著去勾魂，先走了。」說完，她手一擺，又消失在門邊。

紀雪靈跟李琰都還驚魂未定，徐小茜先好奇地問：「那個白無常很厲害嗎？就算再厲害，應該也沒有妳威風吧？」

「別鬧了，她是鬼差，雖然地位不高，但也是個小神啊。」紀雪靈搖頭，指著桌上的玻璃瓶，「這傢伙多待一天，我們就寢食難安，還是趕快幫他完成心願，早點送他去投胎吧！」

「但是我們不知道他家在哪裡呀？」徐小茜問。

「再過兩天，等頭七的時候，他會帶我們去的。」瞅著玻璃瓶，紀雪靈無奈地說。

午夜寧靜，十二樓邊間的小套房中，客廳只剩立燈微亮，落地窗旁克雷格伏身啜泣，不時輕輕叫喚愛人的名字。小約翰靠過去，想給克雷格一個擁抱，伸手卻無法觸及對方。

從頭到尾，李琰半句話都沒說，他只是陪小約翰回來一趟，然而看著看著，卻想起了當年自己的事。

那陪他戲耍的少女，那些以爲永遠不會結束的青春美好，都已悄然遠去，就像眼前這對戀人，再有多少難捨，也注定只能天人永隔。

「走吧。」良久後，李琰嘆口氣，對小約翰招招手。

回到太一宮，紀雪靈正在準備冥婚的道具。接手宮廟多年，主持冥婚卻還是第一次。

瞥見兩隻鬼進門，紀雪靈隨口問：「看好地點了嗎？」

李琰點點頭，他沒有心情說話，只是靜靜望著紀雪靈忙碌的背影。如果做一個人，不該奢求太多，那麼當一隻鬼，最好也是這樣，他心想。

克雷格居住的地方並不遠，幾條街外，走路就能抵達。紀雪靈上樓後摁了門鈴，等了幾分鐘，開門的是個容貌憔悴、滿臉鬍渣的外國男人。

爲了有效溝通，紀雪靈很認眞複習了英文，沒想到那男人打量她一眼，開口卻是中文：「請問妳找誰？」

「你會說中文？」紀雪靈愣了一下。

「抱歉，我們家最近不太好，暫時不收家教學生了。」外國男人神態消沉，話剛說完就要將門關上。

「等等！」連忙伸手將門擋住，紀雪靈硬是擠開門縫。

對於她的無禮舉動，外國男人皺了皺眉。

「你是克雷格先生吧？」她一進屋，見兩盒喜餅擱在桌上，稍微環顧一下，屋內收拾得非常整齊，唯獨沙發旁好幾支空酒瓶顯得突兀。她說：「小約翰一句中文都不會說，原來平常都是靠你來跟別人溝通，是吧？」

「妳認識小約翰？」克雷格疑惑著。

「其實也才剛認識兩三天。」

「妳說什麼？」克雷格從納悶瞬間轉爲氣憤，「小姐，我不認識妳，也不想聽妳開玩笑，請妳離開，否則我就要報警了。」

「就一個外國人而言，你中文講得非常好，但如果你把我攆出去了，只怕後悔的人會是你。」紀雪靈笑了，她拿出一個紅包袋，從中抽出一張紙片遞給克雷格，「你不想再見到他嗎？」

那當下，克雷格猶豫了。理智告訴他，這個女人如果不是瘋了，那肯定是別有所圖，可無論如何，她都不應該開死者的玩笑，偏偏從這女人手中的紙片上，他看到一串文字，上面寫著小約翰家鄉的英文地址與出生日期，以及中文的天干地支，他知道那是華人所謂的生辰八字。

「妳到底是誰？」

「媒人。」紀雪靈收起笑容，「小約翰託我來告訴你，他還欠你一個婚約，而他即使過世了，也不打算違背承諾。」

克雷格啞口無言，難以置信。

紀雪靈將紙片遞到他手中，「受他所託，我必須問你一句話：克雷格先生，你願意與那個至死都深愛著你的人，完成你們原有的婚約嗎？」

「我欠他的，又何止是一個婚約呢？」仰望大樓中庭的樹梢，克雷格說：「這麼多年了，他一句中文也不肯學，到哪裡都靠我翻譯。很多人都以爲是我把他照顧得很好，才讓他居然能只靠英文就能生活，但他們都錯了，眞正被照顧的人是我，如果沒有小約翰，我早就待不下去，回故鄉去了。」

「爲什麼？」

克雷格嘆息，「我沒有外表看起來的堅強。以前在家鄉，很多人認爲我是怪物，只有小約翰懂我，也愛我，是他支撐著我每一個脆弱的時刻。妳明白我的意思嗎？」

紀雪靈點頭。

「他很想結婚，在一個能獲得祝福的地方，而我答應了。」克雷格語帶哽咽，「只是這個約定，恐怕是無法實現了。」

「按照華人的習俗，你們還有一次機會。」紀雪靈說：「我就是爲此而來的。」

克雷格抹去眼角的淚水，卻啞然失笑。

「我知道，你們有很多這樣的故事，死去的人，還可以跟活著的人結婚，對吧？但非常抱歉，第一，即使故鄉的人認爲我沒資格信奉上帝，然而我從來都不曾拋棄過主的道路；第二，我不相信世上有鬼。」見紀雪靈皺眉，克雷格說：「我並不是在侮辱你們的信仰，無論妳是怎麼認識小約翰的，我相信妳一定知道，我跟他是眞心相愛的，對我來說，他一直都活在我心裡，這樣就夠了。」

紀雪靈有點急了，很想揪著克雷格的頭髮告訴他，要讓一個人永遠活在另一個人的心裡，那是一回事，但信不信鬼神則又是一回事。如果不能完成婚約，這兩人無論生前有多恩愛，死後都沒有干係，各走各的三途川，過各自的奈何橋，到時候魂魄各奔東西，再難相逢。

她想將這些解釋給克雷格聽，然而克雷格卻用眼神表明，今天的談話到此爲止。

「我們華人有句話，說是『寧可信其有，不可信其無』，難道你眞的以爲我是瘋子，又或者是騙子嗎？」

「妳叫我如何相信呢？」克雷格苦笑，「妳無法解釋自己是怎麼認識小約翰的，更不能證明這世上眞的有鬼。當然，妳也不能說服我，爲什麼小約翰過世後，是妳見到了他的靈魂，而不是我。」

「你以爲我是怎麼找到你的？」

紀雪靈盯著克雷格。

「兩天前，你穿著一件白色襯衫跟茶色棉褲，坐在陽台邊喝了一整晚酒，不小心打翻酒瓶，染紅了襯衫，這件事你還有印象吧？」在克雷格詫異時，她又說：「怎麼，很難以置信嗎？放心，我沒在你家安裝監視器，看到那一幕的人也不是我，而是你最愛的人。」

「怎麼可能？」

「怎麼不可能？」紀雪靈哼了一聲，「那天是他的頭七，他回家看你了。」

那瞬間，克雷格的眼淚流了出來。紀雪靈沒有安慰他，看了看錶，轉頭望向街邊，一部計程車剛好停下，徐小茜捧著個東西，匆匆忙忙跑了過來。

「如果還需要的話，我想這就是最好的證據了。」

從徐小茜手中接過，那東西被一層油紙包覆保護。紀雪靈將紙撕開，裡面是一幅精緻的裱框油畫，畫著兩個男人相視而笑。油畫角落有克雷格再熟悉不過的簽名。

「你不知道還有這幅畫，對吧？小約翰在學校畫了很久，想送給你當結婚禮物。發生意外的那天，他就是爲了去取回裱框完成的作品，才在路上暈倒的。」紀雪靈淡淡地說：「你還要問我，究竟是怎麼知道這些的嗎？」

「我……」

「我也沒有侮辱你信仰的意思，但我告訴你，眞正的愛情是超越宗教，更是超越生死的，不管你信不信，我就是這樣認爲的。」紀雪靈用堅定的語氣說。

克雷格穿著筆挺的黑色西裝，肅穆地站在供桌前。太君娘媽的神像已用紅布遮蓋，以免神威顯赫，沖散滿屋子陰魂。

丑時剛過，宮廟裡燭火幽暗。紀雪靈坐在供桌邊，權充小約翰的家人，並在克雷格燒香行禮後，將寫著姓氏與生辰的神主牌位遞交到新郎手上。

克雷格此時已再無懷疑，他強忍淚水。這一幕觸動了紀雪靈與李琰，勾起兩人對自身際遇的回憶，也不免有些感慨。但這可不是傷懷的時刻，紀雪靈的手一招，徐小茜隨即捧起一個米斗，裡面放了一張摺疊妥當的紙，紙上畫著要給小約翰的西服與鞋子，讓克雷格將神主牌位安置於內，然後再由新郎親自捧起米斗，小心翼翼走出門外。

紀雪靈拎起紙紮的金童玉女像，帶著徐小茜一起出門，至於李琰則揮揮手，打發一屋子「觀禮」的孤魂們回去各自安歇——神桌後頭的小房間裡，有一座小小的供奉堂，裡面擺滿幾十支大小不一的瓶子，收容的大多是尚未符合勾魂條件，只能暫時棲身於此，在等待輪迴的無主孤魂。將那些傢伙都趕回瓶子裡去後，李琰才跟出門來。

紀雪靈把車開到河濱公園，那是小約翰生前最喜歡與克雷格散步的地方，也是徵得他們兩人同意後，要舉辦冥婚儀式的地點。

兩支紅燭搖曳，野營用的小桌上擺放麵線一碗、白酒一壺、三顆雞蛋，以及一盞小香爐，正中央則是那幅小約翰親手所繪的油畫，畫中兩人溫柔對視，多少不言的承諾都在丹青筆畫中。

紀雪靈點燃七柱香，讓克雷格拜過，接著焚化紙錢，同時將一條紅絲線繫在克雷格的肩膀上，然後再取另一條，連著米斗內的西服與鞋子圖畫一併焚盡。此時河濱靜謐，唯有這個隱僻的角落光影閃閃，顯得詭譎神祕。

「都要拜堂成親了，新人總不能看不見對方。」紀雪靈說著，拿出小鐵盒，沾點盒中香灰點在克雷格的眉心處，兩指一指，口中唸禱幾句咒詞後，輕喝一聲：「開！」

克雷格一時不明所以，但隨即看到徐小茜手捧的寶特瓶中，緩緩溢出一道灰霧，在他面前逐漸凝成人形，不用等到五官輪廓都清晰，克雷格已經看出來，這身形正是自己朝思暮想，眷戀難忘的那個人。

一時情緒有些激動，克雷格伸手就想擁抱對方，紀雪靈阻止他說：「別靠近，人有陽氣，鬼有陰氣，你這樣衝上去，要麼他傷了你，要麼你沖散了他。有什麼話想說，都等拜堂後再講。」

強忍著內心悸動，克雷格雙眼有淚水滾落，而紀雪靈把手一指，說：「先拜天地吧。」

讓徐小茜引導著，克雷格跪在堤岸邊，朝夜空與潺潺水濱各拜一拜。克雷格拜下時，旁邊那個淡淡的身影也做了同樣的動作。

紀雪靈口中唸道：「吉辰良日共執手，天地爲證做佳偶。」

這時徐小茜將克雷格扶起，轉而面向西方。

紀雪靈又說：「兩位的生養父母都不在這裡，望西遙拜即可。」

聽著指揮，徐小茜又引導克雷格跪下，朝西再一拜。

同時紀雪靈唸道：「夫妻同心謝親恩，連理傳家福滿門。」

等克雷格起身後，紀雪靈點頭。

「好了，現在夫妻可以對拜了。」

於是徐小茜讓克雷格轉向，與小約翰的魂魄恭敬對拜。

「這樣眞的就能讓我們結婚嗎？」三拜過後，克雷格哽咽著問。

點點頭，紀雪靈露出微笑，她伸出雙手，牽起克雷格與小約翰，讓他們彼此交握，說：「從今以後，你們再也分不開彼此了。只要你時常記得他，他就永遠都在。」

「我不會忘記的。」克雷格篤定地說。

徐小茜繼續焚化紙錢，也將金童、玉女一併焚燒，閃耀的火光中蹦出來兩個身影，赫然是剛剛焚化的紙人，都是清朝裝扮，蒼白的臉上各有兩團大腮紅，皮笑肉不笑的，讓克雷格有些膽怯。

「不用怕，這是給小約翰準備的僕人。」紀雪靈說。

「那這位是……」克雷格顫巍巍地指著紀雪靈身邊，他剛剛開眼後就看見了，還有另一個眉清目秀的男人就站在不遠處，一直笑吟吟地望向這邊。

「那是我朋友。」紀雪靈點頭說：「不用懷疑，他跟小約翰一樣，都是鬼。」

克雷格用力嚥下口水，從來不信鬼神的他，今天不但經歷了一場冥婚，跟死去的愛侶完成拜堂，還看到兩個紙人跟另一個鬼魂，真是大開眼界，而且驚心動魄。

紀雪靈原本心中矛盾，既充滿了對他們兩人的祝福，但也自傷身世，然而望著捲動的火光，看著看著，眉頭卻逐漸緊鎖。

「看來這對新人太標致，吸引了不少覬覦之心啊。」這時李琰踅到她旁邊，冷笑著說。

紀雪靈淡淡微笑，吩咐徐小茜說：「人見不得人好，連妖怪也見不得人好。待會你們躲到車上去，沒有我允許，絕對不准下車，知道嗎？」她往旁邊瞄了瞄，壓低聲音說：「妳應該已經感應得出來了吧？」

徐小茜戒慎恐懼地點頭，不敢耽擱，她左手勾著克雷格，右手往旁邊一撈，虛挽住小約翰的臂膀，拔腿就往車上跑。

紀雪靈轉身面對漆黑河濱，左手揚起，一縷香灰撒開，粉塵在路燈照耀下竟然閃爍出點點光芒，並伴隨著嗤嗤聲響，周遭瀰漫一股難聞的腐敗惡臭。一時間，原本平靜的河濱公園，竟籠罩著詭異的氛圍。

「嘖，這是什麼烏煙瘴氣的破河，居然藏了這麼多髒東西！」紀雪靈啐了一口，她撒開那把香灰，擋下幾隻撲上來的惡靈，跟著右手凝成劍指，咒詞剛唸過，接連揮砍，指鋒過處，像是碰觸到了什麼無形之物，四下裡傳來低微的呻吟哀鳴。

她知道那些都只是貓狗之類的靈體，嗅著今晚這場「戶外婚禮」的氣味而來。隨手幾下將那些東西都驅逐後，她本來已經放心，然而右肩突然一涼，差點撲跌倒地，但驚嚇中一回頭，卻什麼也瞧不見。

「還有隻會隱身的，快點幫我找！」紀雪靈單膝跪倒，連忙大叫。

不等她喊完，一道黑影掠過，李琰早就撲上前去。他的身影輕淡，忽高忽低，揮灑出淡淡煞氣。紀雪靈知道，那是李琰心焦氣躁，急著出手搭救，才會使一般靈魄原本就有的陰氣，轉為凶厲的煞氣。

黑影飄忽，左旋右繞，李琰張開雙手，十指如爪，不停朝著空中虛抓，連紀雪靈都看不出來究竟他在朝誰攻擊，然而那股隱形的惡靈氣息非常濃烈，兩股煞氣衝撞，讓那對洋溢喜氣的大紅燭光不停晃動，再沒幾下，隨即熄滅。

只見李琰身子一低，右爪上探，像是抓到了什麼，跟著左爪掃過，可是說也奇怪，就在那一爪橫越時，他反而像是遭受到重重一擊般被反彈開，虛軟無力地飄回到紀雪靈身邊。

見他不敵，紀雪靈急忙凝出劍指防禦，逼著前方那道惡靈煞氣不敢靠近，她低聲問：「感覺到對方是什麼東西了嗎？」

李琰胸口悶滯，只覺得魂魄都快被沉重的壓力給壓散了，他搖頭說：「不知道，但有一點很奇怪，我好像能感應到他的意念。」

「什麼意思？」

「說不上來，就是一種很怪異的感覺，我……」

李琰話沒說完，紀雪靈先低頭閃過猝然來襲的一擊，但耳根一涼，跟著熱辣辣的疼痛，讓她差點又跌倒。

李琰怕她受傷，連忙奮力躍起，十指勾勒出煞氣軌跡，將那惡靈給招架開。

那瞬間，紀雪靈心念一動，當不遠處的惡靈挾帶強烈煞氣又奔來，她劍指在左掌心先畫太君印，跟著從地上抓起一把泥土，牙齒用力將下唇咬破，吐出帶血的唾液在泥土上，在那陣煞氣撲面之前，她大喝一聲：「太一尊前無極道，黃輪罡煞鎮九天，急急如律令！」

咒詞一過，她將手中泥土往前擲去，幾撮土塊竟沒落地，反而凝浮半空，正好那股無形煞氣猛撞上來，震盪得周遭空氣爲之一滯，趁著土塊裹住那團煞氣之際，紀雪靈縱身一躍，右拳疊在左掌上，奮力一拍，只見耀眼的光芒瞬閃，一聲詭異慘呼劃破寧靜的夜空。

另一邊徐小茜在車上看得清楚，紀雪靈縱身而下的一拳一掌，飽含了太君印的赫赫靈威，光芒閃過之際，有一道淺淺的灰影被彈了開去，摔在不遠處的草叢中。

「在那邊！」徐小茜喊著：「快點，那東西還沒死！」

紀雪靈一驚，連忙快步趕去，果然草堆中似乎有東西在輕微蠕動，就著路燈一瞧，她差點沒嘔出來，那是一隻非常巨大的肥胖老鼠，但滿身黑血正涔涔而出，散發出噁心臭味。肥鼠雖然一息尚存，可是兩眼無神，顯然已經瀕死。

皺著眉頭，紀雪靈根本不想汙了手，於是抓起一把香灰，灰塵灑落，覆在那隻鼠妖身上，在一陣細微的嗤嗤聲中，將妖物緩緩化去，散成輕煙。

「解決啦？」一步一顛，李琰挨到她身邊。

「這隻愚蠢的大老鼠，如果不要起了妄心，跑來攪局，也不至於賠上一條命。」紀雪靈嘆口氣，卻嘲笑李琰：「連一隻老鼠都打不過，你也太差勁了吧？」

沒被這幾句調侃所影響，李琰搔搔下巴，蹲下來仔細端詳著鼠妖正在灰化的屍身，嗅著那股正在消失的煞氣。

「看什麼？」紀雪靈好奇。

「很奇怪，我居然在這傢伙身上嗅到一種熟悉感。」李琰搖搖頭，說：「不對，不是老鼠，而是牠身上的『氣』，一股血腥味很濃的煞氣。」

他彎腰聞嗅，不停朝著河濱過去，來到岸邊一棵柳樹下。

李琰指著樹根，對紀雪靈說：「這裡，底下有東西，快幫我挖開！」

紀雪靈丈二金剛摸不著頭腦，踩得滿腳汙泥，嫌惡地撿起一截木片。爛泥雖然容易掘開，但每一下都剜出腐爛的臭味，讓她幾乎要吐了，好不容易挖開爛泥，卻發現底下還有較爲乾燥的土塊，她用木片掘了幾下，再用手指掰了掰，最後竟從土坑深處掏出一堆東西。

「這是什麼玩意啊！」紀雪靈乾嘔幾聲，仔細辨認，原來那淨是些毫無意義的垃圾，有彈珠、瓶蓋、廢棄打火機等，還有些裹滿泥巴，看不出原本形狀的東西。

「這是什麼？」指著一團黑泥，李琰問。

「我哪知道啦！」

紀雪靈感覺自己滿嘴都是噁心的臭味，更不想去觸碰這堆從老鼠窩裡掏出的雜物，然而李琰連聲催促，逼得她只好又伸手，將沾在那東西上的黑泥都抹掉，結果抹著抹著，卻連她都目瞪口呆，看傻了眼。

「現在你還覺得一切都只是巧合嗎？」紀雪靈拿著那枚黑黝黝的箭鏃，問李琰：「這已經是我們遇到的第三枚了耶？」

李琰皺起眉頭，也不敢相信竟會接二連三遇到這東西，他正想開口，忽然眼前一眩，癱軟倒地。

對於車外發生的一切，克雷格根本沒有在意，他只想多看幾眼身邊的這個人。

「何其可悲，他們愛了一輩子，卻只能做一天的夫妻。」紀雪靈輕輕搖響三清鈴，鈴聲清脆，白無常很快就會到來。她遠遠地看向車內，嘆氣說：「但起碼一魂猶存，他還能陪伴所愛的人。」

「能一魂相伴，永不流離，那就算是幸運了。」李琰在那之後靈氣大虛，他盤腿休息，不敢妄動，只能低聲嘆息。

貼心的徐小茜也不願打擾那對新婚夫夫，跑到紀雪靈身邊，她對很多事都納悶不已，一連串地問：「爲什麼白無常是女的？又爲什麼她把鬼魂帶走後，小約翰還能陪伴他所愛的人？他不是就去投胎，哪來的『一魂』？妳剛剛是怎麼施法的，那隻大老鼠是妖怪嗎？牠爲什麼會忽然跑來？」

紀雪靈苦笑，拍拍徐小茜的肩膀。

「太君印共分五行，型態與用法各有不同，我剛剛用的只是土印而已，至於剛剛那隻大老鼠確實是妖怪沒錯，這種靈性太差的動物，就算修成了妖，也依然弱肉強食，會捕捉一些更弱小的靈體爲食，好壯大自己，但因爲殺業過重，往往愈修愈邪門，如果不盡早除掉，以後也是危害地方。」她看著不遠處的廂型車，又說：「至於他們……人身上有三魂，一旦身死，三魂很快就會分離。其中一魂被白無常勾走，會消業障、入輪迴；一魂居於墓地；一魂則在神主牌位中。小約翰沒有神主牌，就只能寄居畫作了。」

「所以克雷格只要一直帶著那幅畫，就能把他心愛的人帶著走了，是嗎？」徐小茜又問。

紀雪靈點頭。

「想不到妳還挺有本領的，居然眞的幫我把鬼給找回來了。」身後傳來陰側側的笑聲，不用回頭，大家都知道那是鬼差白無常。

「噢，至於剛剛的第一個問題，」一聽到這聲音，紀雪靈就沒好心情，對徐小茜說：「『白無常』只是一種職業名稱，倒不是專屬於某人的名字。地府工作也沒有性別規定，白無常可以是男的，當然也有女性擔任。反正就是個跑腿送貨的而已，不分男女。」

「說話客氣點。」白無常瞪了紀雪靈一眼，掏出筷子，要往不遠處的那輛車走過去。

「等等。」紀雪靈叫住她。

「怎麼，還想耽誤妳無常老娘『跑腿送貨』的時間不成？」白無常哼了一聲。

看了鼠妖灰化的方向一眼，紀雪靈問：「剛剛跑出來一隻大老鼠想搶親，碰巧被我給收拾掉了，妳覺得這合理嗎？」

「我只管鬼，妖物可與我無關，合不合理也不是我需要考慮的問題。」白無常冷笑說：「不過話說回來了，雖然天機不可洩漏，但稍微給點線索倒也無妨。我告訴妳，這就是命中注定。那隻老鼠呢，原本只是河濱一隻獨修的小田鼠，然而受到魔物所染，自然就失卻了常性，今晚算牠倒楣，吃個晚餐都遇上妳。」

「魔物？妳說的是這東西嗎？」紀雪靈從口袋中拿出那枚箭鏃。

白無常嘿嘿一笑，搖頭說：「就說了，我只能給線索，不能洩天機。反正時候到了，妳自然會明白。不過我還是提醒妳，最好少管閒事，要知道本無常忙得很，可不是隨時讓妳呼來喚去的。今天我來，原本要勾的可是另一隻鬼。」

「妳原本要勾誰？」徐小茜一驚，急著大聲問。

白無常根本不屑跟這孩子多說，卻對紀雪靈開口：「本無常今天要帶走的，其實是一個為情所困，因而深夜尋短，跳河自殺的洋人鬼魂才對。看在妳幫我找回鬼的份上，咱們以鬼換鬼，我就放了另一個吧。但妳又一次壞了天道，這筆帳可不是我跟妳算，而是將來老天爺會找上妳。」說著，她揚起筷子，朝廂型車那邊飄了過去。

知道白無常這一過去，代表的將是小約翰與克雷格又一次的離別，而且是眞正的永別，紀雪靈嘆了口氣。默然無語中，她忽然感到左手微涼，側頭，看到李琰伸出了手想牽她，虛實交疊，寒氣透膚而來。紀雪靈這回沒有閃躲避開，手指略彎，跟他「勾」在一起。

「如果我們不辦這場冥婚，克雷格今晚還是會來到河邊悼念情人，也就一定會死於非命，差別只是他是自己投水，或是被鼠妖所誘而已。然而因爲我們，結果鼠妖被滅，克雷格倒是活得好好的。」李琰無奈地說：「而妳才是那個最無辜的人，這簡直太不公平了。」

「我倒覺得沒什麼。」紀雪靈知道腰間的斑紋肯定又有異變，不屑地笑說：「要我像隻烏龜一樣縮頭縮尾，那還不如讓我直接死了算了。」

「這可不是我支持徐小茜，想要妳來幫忙的本意啊。」李琰懊惱不已。

知道李琰心裡盤算的，無非是希望自己多做些能積陰德的好事，可以在天道因果的秤子上稍微平衡些，紀雪靈笑著搖頭，又看他一臉虛弱而懊喪的神情，她說：「算了吧，生死有命，斤斤計較也沒用的。倒是你，太久沒打架了，怎麼氣這麼虛呢？」

說著，她東張西望，像在尋找什麼。

「別，別！」李琰連忙搖手，說：「別說這附近的蟲靈都被那隻臭老鼠給汙染了，就算還很乾淨，我也不想吃牠們來補身。行行好，明天請我喝杯珍珠奶茶就好。」

目送克雷格捧著油畫，走進出境通關閘口後，他們從機場離開。沒有直接回太一宮，今天除了送機外還有另一件要事，紀雪靈就算冒險也要去查個明白，否則她實在放心不下。

傍晚時，再度來到何文新居住的高級華廈，紀雪靈用一只預先泡過符水的草偶，釘了一張藍色符紙，口中祭了咒詞，一如上回那樣潛入大樓，卻毫無所獲。何文新家中那間供奉「大將軍」的斗室已經空無一物，早就被清空了。

「整個房間空空如也，煞氣也都散去了。」紀雪靈對李琰說：「看來，何文新不是單打獨鬥，他後面應該還有人。」

李琰扳著手指說：「何大老闆有不少員工。」

「那些都只是領薪水的，他們應該不夠資格可以知道老闆的祕密。」紀雪靈搖頭。

「在宅院裡煉法的藝術大師？」

「藝術大師的法都還沒煉完，人就已經死了，才會搞得滿屋子孤魂野鬼。」紀雪靈再否決。

「那還有誰？」

「還有一位，不過我們沒有親眼見過他。」紀雪靈想了想，說：「程東山，程議員。」

第四章　貓靈追凶

紀雪靈一無所獲地回來，心裡頗爲懊惱。推開門，發現徐小茜躺在沙發上，正睡得滿頭大汗。紀雪靈想幫她打開電風扇，卻聽到徐小茜睡夢中輕喝一聲，跟著右手劍指劃過，還喊了一聲：「急急如律令！」

紀雪靈笑了，本來只當是孩子說夢話，但又感覺哪裡不對，哪有夢話這般中氣十足的？她隨即恍然大悟，一轉頭，對著太君娘媽叫著：「搞什麼東西，祢好歹尊重我一下吧，我還沒死耶！」

她這一叫喊，把徐小茜從夢中喚醒。那孩子一臉茫然，只見紀雪靈正在對著神像埋怨。

「哼，趁著別人睡覺時動手腳，祢當神明的就不能光明正大一點嗎？」紀雪靈火氣上來，又罵：「手頭上一大堆解不開的麻煩，祢什麼線索也不給，卻偷偷摸摸地背著我找接班人，祢好意思！」

「好了啦，妳不要跟祂吵架啦，祂也很辛苦啊。」徐小茜忍不住想勸架。

「祂辛苦？祂每天好吃好喝在那裡供著，到底是誰辛苦？」紀雪靈還想再罵，卻聽到外頭傳來一陣塑膠袋磨擦聲，她以爲是鄰居來丟回收物，連忙跑去開門，然而玻璃門推開，卻見兩隻剛出生不久，非常可愛的小狗正在那鑽進鑽出地覓食。

一見到可愛的小狗，紀雪靈一股氣也消了，轉頭吩咐徐小茜到廚房去取些剩飯剩菜，她還特別強調：「盡量別挑太大的肉骨頭，多給點碎肉吧。」

「妳不要餵那些貓貓狗狗，小心讓牠們養成習慣，以後天天來蹭飯。」看著小狗吃飯，李琰忍不住出聲，手裡還捧著特大杯珍珠奶茶。這幾天為了給他「補身」，紀雪靈天天買珍奶來插香供養，果然讓他精神恢復超快。

「你自己有珍奶，就忍心看別人餓肚子嗎？」頭也沒回，紀雪靈看著兩隻埋頭大吃的小狗，說：「投胎做貓狗就已經很慘了，還連頓飯都吃不飽，可憐牠一下有什麼關係。」

「牠們就是上輩子做惡，這輩子才當貓狗，這是報應。」

「起碼牠還能投胎。」橫了李琰一眼，紀雪靈說：「不像某些孤魂野鬼。」

「我可不是孤魂野鬼，我有家的。」李琰說著，伸手在其中一隻小黑狗的肚子上搔了搔，貓狗之類的動物生來就開著天眼，被李琰一捉弄，立刻發出嗚嗚聲。

「不要弄牠，待會吹起狗螺，全世界都以為我這裡鬧鬼了……」紀雪靈瞪眼。

一人一鬼正逗著狗，巷口忽然傳來腳步聲，遠遠地就聽到老里長熱絡的招呼。

「給您介紹一下，這位是本里非常有人氣的好鄰居，先不說這家『太一宮』香火有多鼎盛，就是門口這些——」老里長滿臉饞相，對旁邊的人比手畫腳地說：「紀小姐平常做資源回收，不曉得幫了大家多少忙，正所謂垃圾變黃金啊！日後我們興德里的都更與再開發，一定不能忽略環保工作的重要性！」

人。

完全沒細聽老里長的滔滔不絕，紀雪靈早已瞪大雙眼，看著那個笑吟吟在聆聽介紹的男

那人年紀大約六十上下，精神健旺，西裝筆挺，自有一股威儀，且眉宇間又顯露霸悍之氣，給人相當幹練的感覺。

那人也沒等老里長說完，他上前一步，主動伸出手來請握，笑著說：「您好，久仰大名，我是程東山。」

「你久仰我大名？我有什麼大名？」紀雪靈笑了，「程議員是在開玩笑吧？」

程東山也笑了，「『太一宮』供奉太君娘媽，在地方上聲名遠播，您平常從事環保工作，又是救人濟世的好事業，我當然有聽過呀。」

紀雪靈也不理會他的反諷，看老里長卑躬屈膝，再瞧瞧程東山背後那幾個身穿議員辦公室背心的隨從，她睜著明亮大眼盯著這男人，問他：「不知道程議員路過我們這裡有何貴幹？如果沒事的話，我想回家吃飯了。」

「沒事，沒事。」程東山又笑，他說：「今天請老里長陪同，稍微走訪一下鄰里，當然是希望多了解一下民生嘛。如果有什麼小弟能幫得上忙的，鄉親們一句話，我程東山……」

「人間的垃圾容易分類，陰陽之隔的魑魅魍魎，你能幫忙解決嗎？」看著他，紀雪靈雖然保持微笑，口氣卻始終冷淡，她說：「如果可以，我手上的這張選票就是你的。」

從頭到尾都看著他們對話的徐小茜，在鐵捲門拉下一半後，忍不住問：「姨呀，妳吃炸

藥啦？」

「你怎麼看？」沒理會徐小茜，紀雪靈眉頭緊鎖地問李琰。

「很邪門。」李琰也皺眉，「他居然看得見我。」

方才程東山又環顧太一宮幾眼，目光落在空板凳上，並朝那微笑。老里長沒有察覺這個細微的表情，但當時李琰就坐在板凳上，跟程東山對看了一眼。

「這下有趣了，咱們沒有找上他，他倒是先找上門。」紀雪靈冷笑說：「再說，這傢伙何時變成我們這個區的候選人了？」

「他上個月就爭取到跨區了啦，人家現在三個區的民調都拿第一呢！」徐小茜鼓著臉。

「妳怎麼知道？」紀雪靈這時才注意到她。

「除了很認眞上課，很積極學法，我還有專心看電視！」徐小茜哼了一聲。

夜深時，紀雪靈仍然了無睡意，心裡有太多複雜難解的糾結，她還在想著，卻聽到門外又有響動，但這回不是人語聲喧，卻是幾聲狗螺，正是那兩隻小狗所發出的。

「李琰我警告你，不准去逗狗……」她不耐煩地轉頭，卻看到李琰好端端坐在沙發上，同樣一臉疑惑。

紀雪靈凝著劍指，小心翼翼將鐵捲門拉高，卻什麼也沒瞧見，唯有兩盞舊燈籠搖曳黯淡，微風隱含腥氣，帶著詭異迷離的氣息，而兩隻賴著不走的小狗，正對著巷尾不停吹著狗螺。

「跑掉了嗎？」紀雪靈對李琰招手，「過來幫我聞聞看，快點。」

「早就跑了啦。」李琰嗅了嗅，感知了一下後，說：「有股貓腥味。」

「貓？」

「貓。」李琰點頭說：「怨氣很重的貓。」

文榆街的這一夜很不平靜，不時傳來此起彼落的吹狗螺，讓整片街區都瀰漫一股不祥的氛圍。紀雪靈幾次探看，什麼也沒發現，問問李琰，李琰也搖頭不解。

直到天亮，又一切如常，然而奇怪的是，當黃昏再度降臨，先從巷口快炒店的那條黃狗開始，跟著附近的狗也紛紛吹起狗螺，待到入夜，鄰里中又是一堆狗嗚嗚咽，讓居民們忍不住議論紛紛。

老里長接到好幾通投訴電話，但他也無計可施。早年喪偶後，他的長子、次子都已成家在外，而他擔任里長多年，日子也過得快慰，唯一遺憾的就是智能不足的小兒子，儘管基本的生活自理沒有問題，但智商略低，都過中年了，還是跟老父親共同生活。

老里長躺在涼蓆上，心想或許可以去太一宮燒個香，請神明幫忙瞧瞧，看問題何在，豈有接連兩晚全里的狗都一起吹狗螺的道理？他還在想著，卻聽到客廳傳來響動，隔沒多久，居然砰地一聲，應該是兒子打破了東西。

啐了一口，老里長走出房門，劈頭就問：「三更半夜不睡覺，你幹什麼……」

話還沒說完，順手拍亮電燈開關，剛好看見冰箱門大開，兒子蹲在門邊，左手抓著一條還沒解凍的黃魚，竟然硬生生地啃去半條，右手抓著一團黏呼呼的東西，老里長差點嘔出來，他兒子抓著的是晚餐吃剩後，已經收進冰箱的一盤空心菜，湯湯水水被他一團抓起就往嘴裡塞，而且是連著保鮮膜一起吞下肚。

「你幹什麼！快點吐出來！」驚慌失措的老里長連忙上前阻止，他才剛拉住兒子的手臂，那小子忽然怒目齜牙，咧著嘴對父親惡狠狠地「嘶」了一聲。

原本聽說老里長病倒，紀雪靈還竊喜著，終於可以不用急於清理回收物，但聽兩個路過太一宮門口、雙手合十禮敬神明的阿姨聊天，她卻愈聽愈皺眉。阿姨們告訴她，老里長原來不是生病，而是被貓妖給嚇破膽了。紀雪靈仔細想想，似乎還真有幾分道理，畢竟李琰前幾天也聞到了一股帶著貓腥味的煞氣。

「妳在忙什麼？」見紀雪靈在準備傢伙，李琰好奇地問。

「你不覺得很詭異嗎？平白無故，怎麼會有貓靈纏上老里長家？」

「那又怎樣？里長伯住院了，他兒子也被哥哥們接走了，妳還能怎麼辦？」

紀雪靈笑了笑，拎著一條剛買回來的大吳郭魚。她用尖刀劃開魚腹，朝裡面塞入一只不到手掌大的小草偶。

「一般貓狗之類的動物，通常都有地域性，只會在自己的地盤上討生活。里長伯的小兒子被帶走，但貓靈卻未必會跟著一起去，最有可能的就是留下來繼續徘徊，尋找下一個宿主。」紀雪靈說：「這種低等的靈體，牠們無形無體，又修煉不成，哪裡有殼可以鑽，就往哪裡過去，牠們不敢輕易靠近魂體健全的人，但要是遇上魂魄有缺的，那就難說了。這就是里長伯兒子會被上身的原因。趁著貓靈還沒成妖，最好趕快處理掉比較好。」

「聽起來像是個占便宜的買賣，這個我支持妳。」李琰盤算了一下，認眞地點點頭。知道李琰計較的還是積不積陰德的問題，也知道那是他的苦心，紀雪靈雖然又瞪他一眼，眼神中卻帶著溫暖與微笑。

他們出了門，走過巷子拐角，來到一條狹窄的防火巷口。這裡只能讓一人勉強走進，沒有路燈，更沒有監視器。巷中兩排牆上雖然大多裝設鐵窗，但數十年來鏽蝕嚴重，有些甚至早已崩壞。

他們走過六七戶，來到一戶人家的後邊，紀雪靈用力推拉鐵窗上的逃生口，扯了幾下便開始鬆動，露出可以鑽進一個人的大縫隙。

「看來妳又解鎖了一個職業技能。」李琰瞠目結舌說：「可以改行當小偷了。」

同樣的社區住宅，格局一模一樣，差別是紀雪靈家的客廳改成宮廟。這戶一翻進來就是里長家的浴室，出去則是走廊跟客廳。此時已晚，但紀雪靈不敢明目張膽地開燈，只點起兩根蠟燭，然後從包包裡取出一堆東西。

李琰幫不上忙，只能看著她將那條塞入小草偶的吳郭魚擱在客廳地板的正中央，然後取出四枚黝黑的銅錢，分別擺在吳郭魚周圍的四角，再抓著香灰，將四個角落逐一連起，變成一個四方形，接著香灰如線地撒下，構成一張網狀。

「不過就是一隻貓靈，需要這麼大費周章地擺陣嗎？」李琰皺眉說：「妳弄隻死魚把牠騙來，再送牠一枚太君印，不就完事了？」

「我只說要處理牠，沒說要收拾牠啊。」紀雪靈說著，在手掌上畫印，以備不時之需，跟著又取出空玻璃瓶備用。

「妳該不會還想養隻貓靈吧？」李琰咋舌。

「反正都是鬼，人跟貓也差不多，不用計較每天多一柱香的。」紀雪靈瞪了他一眼。

草偶雖然有靈，但又不如常人魂魄健全，正好符合貓靈挑選宿主的條件，而吳郭魚散發出陣陣魚腥，又是貓咪的最愛，紀雪靈心裡盤算，只要能將其引來，踏進陣中，準能釣上這隻貓靈。

一切就緒後，只等貓靈現身，紀雪靈坐在老里長的藤椅上，滑著手機追劇，而李琰更無聊，也陪著她發呆。

「你身體狀況怎麼樣？」紀雪靈問。

「挺好的。」李琰聳肩，「凡人無知，拜拜都用大魚大肉，但其實珍珠奶茶更有誠意。」

紀雪靈白了李琰一眼，她側眼看著這傢伙，心中百感交集，明知日子一天過一天，終究不是方法，然而誰也沒有勇氣，更不知如何去為未來做一個決定。她嘆口氣，腦子一空，卻是問他：「明天想吃什麼？」

她剛開口，李琰剛好也問她：「想不想去日本看櫻花？」

那瞬間，他們都笑了出來。紀雪靈點頭說好，李琰則提議要吃烤鴨。

或許這樣也好吧？幾十歲人了，還怎麼小兒小女地表達愛戀呢？日子不會更好，但也差不到哪裡去，紀雪靈心想，或許這才是老天爺的旨意吧。兩人心中都有著對方，那就是不移的承諾了，至於那些濃情蜜意的話，不適合他們，也沒這個需要。

「烤鴨要多買一份大蔥，我喜歡蔥的味道。」李琰看著韓劇說。

「我知道。但是去日本除了看櫻花，一定要有購物行程。」盯著螢幕，紀雪靈也在盤算該怎麼逛東京。

這樣待到大半夜，眼看都丑時了，韓劇連看四集，蠟燭換過兩支，紀雪靈伸個懶腰，起身要往屋後走。

「妳要去哪裡？」

「撒尿啊！」紀雪靈慵懶地說。

她本以為今晚那隻貓靈必能手到擒來，沒想到空等這麼久，憋了一膀胱尿，但她剛起身，卻忽然聽到遠處一聲野狗嗚嗚。

「吹狗螺了！」

紀雪靈一驚，也顧不得尿急，連忙縮身到沙發後面，剛蹲低身子，緊閉的鐵捲門邊就浮出一道灰白如煙的形體，低矮的身形，動作十分輕盈，儼然正是一隻小貓的輪廓。

那隻貓顯然是受到誘惑而來，牠三兩步「飄」到魚屍附近，本來差一步就要踩進陷阱，但就在觸及香灰之前，卻又遲疑了一下，像是有些狐疑。

用死魚塞草人的方式來權充魂魄不全的肉身，以吸引貓靈上鉤的方法，紀雪靈原本也不確定是否可行，但凡事總有一試的必要。她躲在角落，屏氣凝神，就怕身上的陽氣會驚擾貓靈。

從沙發旁偷看，只見貓靈猶豫地來回飄動，大概是對眼前這個「殼」不甚滿意，畢竟一隻貓的魂魄要塞進魚身，總是不太可行，但吳郭魚不停散發的腥味卻又讓牠捨不得放棄，果然徘徊片刻後，最終牠還是禁不起誘惑，跨步踩進陣中，溜到吳郭魚旁邊。

就在此時，紀雪靈一個箭步躍出，她左手握著太君印，右手掐起指訣，喝道：「赫赫靈寶，昊網吞天，太一陣起，急急如律令！」

一聲令下，香灰浮現銀光，網格狀的光芒隱隱將那隻貓給包覆起來。貓靈受到驚嚇，形體晃動，在網子裡左衝右突，不停撞來撞去，伴隨著激動的貓叫。只見網子愈縮愈小，慢慢向中央靠攏，最後終於凝聚成一片銀色的光芒，將那隻貓靈緊緊裹住。

要除掉一隻貓靈，對紀雪靈根本輕而易舉，但想「活捉」可就沒那麼簡單。她為此斟酌許久，最後才決定以自家典籍中所記載的陣勢來嘗試。

「太一吞天陣」本是相當高深的陣勢，起陣步驟非常繁複，至少需要十六枚銅錢為眼，但簡化再簡化，十六化成四，也能抓到一隻微不足道的小貓靈。

輕鬆得手，紀雪靈呼了口氣，拿起玻璃瓶，瓶口朝著那團銀光，唸起口訣引魂。

本來咒詞一過，貓靈就會被吸進瓶子裡，然而她沒料到貓靈不通人語，就算有口訣引導，那隻貓聽不懂也沒用，結果銀光一閃，瓶子裡空空如也，貓靈卻像輕煙一般朝著門口竄去。

李琰連忙伸手去攔，但那隻貓靈移動速度奇快，一個拐彎就繞開去，竄出門前還不忘回頭咬一口，痛得李琰大聲喊叫。

「媽的！」

一句髒話出自紀雪靈口中，她爲自己的失算深深懊惱，這時顧不得可能驚動鄰居，她猛力拉起鐵捲門，彎腰鑽了出來。

「這邊！快點！」紀雪靈剛鑽過鐵捲門，就聽到徐小茜在遠處喊叫。她瘦小的身子就在不遠處，急著跳腳大喊：「牠跑掉了！」

紀雪靈氣急敗壞，連忙拔腿狂追，而李琰跟在她旁邊。兩人一鬼跑出巷子，一轉彎，他們同時又急停腳步，全都看傻了眼。

一隻五彩斑爛的大老虎，目光凌厲，發出微微低吼，趾高氣昂地蹲踞在巷道中央，牠滿是不屑地睨了紀雪靈他們一眼，露出令人生畏的巨大尖牙，準備朝著腳下獵物一咬而下。

「我的媽呀，老虎吃貓啊？」李琰看得咋舌，連紀雪靈也呆住了。

「不能吃掉牠啦！不可以說話不算話喔！」徐小茜居然一點害怕也沒有，她朝著大老虎跑過去，嘟著嘴說：「說好了，你只可以幫我抓牠，不能把牠吃掉的。」

「我知道天兵天將可以借用，但竟然有人連虎爺都能借，這可稀奇了。」紀雪靈以手托腮，看著徐小茜，問她：「這次妳把土地公的虎爺給借了，那下次呢？下次會不會把關聖帝君的赤兔馬也騎來？」

知道這幾句話沒有開玩笑的意味，徐小茜只能尷尬低頭，撥弄著自己的指頭。

十五分鐘前，那隻凡人肉眼看不見的大老虎，驕傲地橫了紀雪靈一眼後，卻對徐小茜露出忌憚神色，牠彎下腰，大嘴叼起貓靈，威武地踏步到紀雪靈面前。當玻璃瓶口靠近時，虎口一甩，貓靈已經被「丟」進瓶中。

見大老虎按照承諾完成任務，徐小茜笑得可開心了，她當然不敢伸手去拍老虎頭，但也雙手合十，表達謝意，還說明天一定送二十顆紅蛋去感謝虎爺。

回到家，紀雪靈無奈地看看太君娘媽，對徐小茜說：「誰叫妳去找土地公幫忙的，我看這問題也不用問了吧。」

徐小茜一聲也不敢吭，她見紀雪靈帶著裝備出門，連李琰也神色緊繃，就知道肯定有事發生，但偏偏他們不肯明說，於是徐小茜只好對著娘媽燒香，祈求神明幫助。

「然後祂就叫妳去找土地公？」

「不是土地公。」徐小茜還老實承認，搖頭說：「娘媽說要抓貓，當然要用大老虎，所以叫我去找虎爺。原來虎爺住在土地公的桌子下面耶，我以前都沒注意過，今天第一次見到！」

徐小茜還沒笑夠就被瞪了一眼，只好乖乖閉嘴。

「祢要收徒弟，我反對也沒用，但祢收了徒弟，徒弟要出門辦事，祢不出手也就算了，還叫她去找鄰居幫忙，弄隻大老虎出來，這就未免太沒品了吧？」紀雪靈搖頭，指著神像說：「我自己能搞定的事，祢就非得弄得人盡皆知，把我的臉都丟光了。」

「不是人盡皆知，是神盡皆知才對。」李琰糾正她。

「關你屁事！」

紀雪靈怒瞪李琰一眼，轉頭又要罵徐小茜。

李琰又勸架：「好了啦，做都做了，妳再不高興又能怎麼辦？這丫頭什麼也不會，不搬救兵的話，她能幫什麼忙？」

「所以你是在怪我沒教她嗎？好啊，從今天開始，我教她太君印，讓她出去外面找鬼，見一個打一個！」紀雪靈氣得拍桌，玻璃瓶往地下一砸，砰地碎裂，那縷貓靈晃晃悠悠，又飄了起來。

這回紀雪靈眼明手快，手上太君印迅速一抓，剛好掐住貓的後頸，將牠牢牢箍住。

「還想跑？再跑，老娘一個印子打死你！」紀雪靈哼了一聲，鼻子一癢，忍不住打個噴嚏，跟著又多嗅幾下，眉頭卻皺了起來，還叫李琰也幫忙聞聞看。

「聞什麼？不就是煞氣嗎？」李琰納悶著一聞，隨即也察覺不對，說：「有股燒焦味。」

「看來，我們找到這隻貓的死因了。」紀雪靈說：「烈火焚身而死，難怪牠怨氣這麼重，都快成煞了。」

那隻貓靈的形體不大，顯然生前也只是隻幼齡小貓，應該不會是千里之外飄來的。爲此，紀雪靈到處走逛，在路上閒走時，她口袋放著小瓶子，不時輕撫瓶身，想感受其中貓靈是否有異樣，但那隻貓就像睡著似的，竟絲毫沒有動靜。

「你到底是從哪來的呢？是誰把你害死的，我知道了才能幫你做主啊！」她邊走邊在心裡對貓靈說著，可惜貓靈就是毫無反應。

徐小茜看紀雪靈「遛貓」，好奇地問：「不是說如果人被害死，靈魂就會跟著兇手去報仇嗎？爲什麼貓就不會？」

「也不是每個人被害死，都能自己去追兇呀，否則陽間哪還需要警察。」紀雪靈端著玻璃瓶，說：「無論人或貓狗都一樣，靈性強或怨念重的魂魄，才會對兇手念念不忘，但大部分的魂體都沒有這種本領，只能游盪，這時候才需要我們。」

幾天都沒消息，反倒走得兩腿疲疼。這天傍晚，紀雪靈垂頭喪氣地回到太一宮門口，門邊停著一輛板車，一個瘸腿老人坐在板凳上納涼。

紀雪靈先跟老莊打了招呼，問他：「怎麼這幾天很少看到你，上哪享福去了？」平常拾荒賣力的老莊，此時笑得開心，但他捲起的破舊褲管，露出的卻是纏裹的繃帶。

「怎麼回事？」紀雪靈愣了一下。

喑啞的老莊無法解釋，便從口袋掏出一個皺巴巴的紅包袋，上面寫著四個字：「見義勇爲」，旁邊一行小字署名是本地警察分局局長。

前幾天晚上，分局接獲報案，有個神情異常的中年男人，在附近一所小學外鬼鬼祟祟，手上還拎著一個小鐵罐。巡邏員警抵達時，那男人將鐵罐一丟，從後腰抽出尖刀，邊揮舞邊大聲叫嚷，之後便轉身逃跑。

員警一邊追逐，同時呼叫支援，而率先趕到的就是徐嘉甄。她當時開著車，聽到無線電趕來支援，這一帶可是徐嘉甄的地盤，她很快就堵住那男人的去路，逼得對方再往回跑。

就是那時，老莊推著板車恰好路過。

經常在紀雪靈家做買賣，他也認識徐嘉甄，見她追著一個慌張的男人，立刻意識到蹊蹺，只是當時他忘了自己手中還有板車可以用來阻擋歹徒，卻伸出瘸腿來，雖然成功絆倒了那男人，自己也被撞得險些骨折。

「黎凱勤，四十四歲，被資遣後就長期失業，已經遊手好閒一年多。」徐嘉甄說：「被捕當天，他鐵罐裡裝著汽油，問他想幹麼，他完全答不上來，整個人恍恍惚惚。我們把他送去驗尿，雖然沒有毒物反應，但這個人已經不是第一次縱火。」

聽到「縱火」二字，紀雪靈眼睛睜大，連忙追問是怎麼回事。

「雖然沒有引起什麼大災害，但小風波也不少，而且他這有問題，」指指太陽穴，徐嘉甄說：「縱火的足跡遍布附近幾個區，給地方派出所添了不少困擾。」

「不能把他關起來嗎？」徐小茜在旁邊插嘴。

徐嘉甄搖頭說：「不行。這小子有精神鑑定的醫學報告，而且老家也算富裕，每一筆賠償金都有乖乖買單。就算法官明知道他有罪，但頂多只能判約束跟強制治療。」

紀雪靈搖頭嘆氣，她跟徐嘉甄母女一起吃著西瓜。徐嘉甄笑說，這次幸虧有老莊幫忙，才能在火警發生前制止那個姓黎的傢伙。爲此，分局長還特地致贈紅包慰問。

徐小茜捧著西瓜，想了想又問：「那他爲什麼要放火？」

「這我哪知道？」徐嘉甄聳肩，「而且這個人莫名其妙的地方還不少，除了比較嚴重的縱火之外，還有一些荒唐的行爲。」

「還有什麼？」

「可多了。」徐嘉甄拗起手指數著：「他在鄰居門口潑糞兩次，說是鄰居家有鬼，他要幫忙收妖。還有次在公園裡脫得一絲不掛，發瘋一樣的跳舞，警察到場時，他也說他在做法，要收拾公園裡的樹妖……」

聽到這，紀雪靈眉頭皺得很緊。

徐嘉甄又說：「這兩件事發生後不久，他就被公司開除了。說來也悲哀，他原本還是個工作表現非常優秀的好員工呢。」

「他為什麼被開除？」紀雪靈問。

「他掐著主管的脖子，差點把人給勒死，因為他認為主管不是人。」

「不是人？」徐小茜好奇地問：「他主管很壞嗎？」

「不是說人品的問題啦。」徐嘉甄笑了一下，說：「黎凱勤在做筆錄時說，他認為主管被動物靈附身，是一隻狗。」

「他到底是不是真的發瘋啊？」徐小茜訝異著。

「誰曉得呢？」徐嘉甄聳肩說：「但違反動物保護法的部分倒是千真萬確啦。」

「動保法？」紀雪靈問。

「他被開除後，精神問題變得更嚴重，開始出現縱火行為，前幾天靠老莊幫忙，我們又一次逮到他，並聯絡了他的家人，在徵得同意後，進入他的租屋處察看。他屋內的冰箱裡全都是動物死屍，還解剖得亂七八糟。幸虧法醫確認過不是人肉，不然事情可就大條了。」

夜深人靜時，那個聲音又來了，如萬馬奔騰，撼動黎凱勤的心臟，刺激得他血脈賁張。在一波波巨震中，還隱隱出現嘈雜喊叫，像是奮勇衝殺的呼喊，又像是瀕死的哀號。在那個讓人窒息的片刻中，他腦門一空，整個人天旋地轉，沒過多久有個低沉的聲音浮現，給他安慰，並告訴他，天道顛覆，妖魔亂世，問他是否準備好了，要替天行道。

黎凱勤喃喃著應允，雙肩顫抖，兩眼吊白，緩緩走出賃居的小房間，沿著走廊來到後陽台，他推開角落的洗衣機，從底下取出一個黑色小包。

大約一個小時後，他冒著外頭的斜風細雨回來，腳步匆匆，眼神卻帶著詭異的喜悅。黎凱勤亢奮地回到屋內，解開外套拉鍊，兩隻癱軟的小貓滑落到桌上，鼻腔只剩微弱氣息，那是他在一家彩券行外頭找到的一白一灰幼貓。

回到家中，黎凱勤沉靜片刻，讓興奮情緒平復後，才取出幾把細小的尖刀，仔細地排列在桌上。

當映著冷光的利刃劃過，刀尖帶出血珠的瞬間，白色幼貓微微一顫，咽喉斷開，溫血溢流。黎凱勤深深嗅了一嗅血腥味，然後仰頭，露出迷茫的喜色，他微張著嘴，發出囈語般的聲音，彷彿在對神靈祝禱。

黎凱勤任由鮮血流淌桌面，卻絲毫不以爲意，換過另一把尖刀，掐著死貓的頭頸，從腹部輕輕割開，銳利的刀鋒切開血肉。這時他狂喜著，刀子一放，掏起臟器就要往嘴裡塞。

便在那時，他忽然全身一震，右肩像被什麼給撞上，整個人往旁一跌，突如其來的震撼讓他驚嚇不已，急忙回頭，但空蕩的屋子裡卻什麼也沒有，再一摸肩膀，似乎也不怎麼疼痛。

「誰！」

黎凱勤大叫一聲，卻只聽到屋內回聲，而地板上明顯多了一道延伸向門口的濕淋淋腳印。

紀雪靈很少在活人身上感受到煞氣，因爲那本該是怨戾極強的陰靈才有的特殊氣息。當然她也遇過幾次生人帶煞，例如那個奸商何文新，不過那是因爲何大老闆供奉邪靈所致。這回不同，她清楚感受到黎凱勤的惡煞，那是發自於其體內，眞正屬於人的煞氣。

帶著徐小茜從她老媽那裡偷來的資料，紀雪靈找到黎凱勤的住處。他一出現在門口，紀雪靈懷中的玻璃瓶隨即發出微微震動，她知道自己沒猜錯，這傢伙肯定就是虐死幼貓的兇手。

見他出門，紀雪靈急忙跟上，並保持一定的距離。她手執太君印，亦步亦趨，不敢貿然驚動，就是想搞清楚這男人究竟是何方神聖。

雖然暗夜中無法看清五官，但從他一個活人身上，居然散發出煞氣的怪異，紀雪靈也能知道那肯定是黎凱勤沒錯。

黎凱勤穿著黑色風衣外套，在細雨紛飛中踩著顛三倒四的步伐。從公寓出來後，他一直留意周遭，好像在尋覓什麼。直到公園附近，黎凱勤忽然停步，轉向公園門口。

那一幕讓紀雪靈有些驚駭，一個四十幾歲的中年人，此時縱高躍低，身手矯捷，當接近廁所時，黎凱勤竟然單手扶牆，輕輕一躍，跳上了起碼三公尺高的廁所屋頂，那根本就不是正常人所能辦到的奇蹟了。只見他伏在屋頂動也不動，也不曉得是在埋伏什麼。

隔了幾分鐘，黎凱勤發出幾聲嗝嗝的怪響，身子如箭離弦，飛快往前竄出，躍到廁所旁的一株大樹上，茂盛的枝葉晃動幾下後，黎凱勤這才落地。

接下來的畫面讓紀雪靈差點嘔出來，她看到黎凱勤的嘴裡居然叼著一隻血淋淋的松鼠，那傢伙用力一咬，松鼠身上冒出鮮血，而他大口吸吮，臉上全是滿足。

吸夠了松鼠血，他隨便一吐將鼠屍拋棄，轉身又往公園外走。松鼠的鮮血似乎給黎凱勤帶來充沛的精力，這時動作又更加輕健，五感也靈敏許多。紀雪靈不敢靠得太近，眼看黎凱勤步出公園，在馬路對面的彩券行前停住。

黎凱勤側頭傾聽了一下，忽然蹲低，緩緩朝旁邊靠近，在一旁的雜物堆前飛快探出手，一抓就逮住一隻小白貓，然後第二抓又疾探出去，再將另一隻小灰貓也攫住，接著他毫不留戀，起身就往賃居的公寓狂奔。

那幢公寓非常老舊，一整個陰森森的，黎凱勤住在二樓，樓下沒有門禁，但看來也沒有其他房客。

紀雪靈不敢貿然闖進，拿出草偶，像上次在何文新家一樣祭起太君印潛入，正好撞見黎凱勤一刀劃斷白色幼貓的頸子，跟著又剖開貓肚，抓起內臟要吃的一幕。她再也按捺不住憤怒，上前狠狠就是一掌，然而怪事發生了，她畫著太君印的手掌奮力揮去，就在即將拍上黎凱勤後肩之際，忽然感受到一股猛烈的反彈之力將她撞開。

雖然黎凱勤也摔倒在地，但草偶之法被破，紀雪靈人在車上盤腿作法，一時為之氣悶，胸口隱隱作痛，頭暈目眩中，兩道鼻血淌了出來，把李琰嚇了一跳。

「怎麼了？」他急忙問。

「那小子……」伸手一揩，看著鮮血，紀雪靈臉色痛苦，皺眉說：「那小子有古怪，他不是個普通的神經病啊。」

「什麼意思？要不要我去看看？」

「不行，你去了也沒用。」紀雪靈搖手阻止，她勉強順了順氣，喘息說：「那小子有護法。」

「護法？」

「他門口……門口就很邪門，有一堆貓狗靈體在徘徊，屋子裡面也是，這傢伙不曉得殺了多少小動物，可是那些怨氣都無法靠近他。」紀雪靈搖頭說：「他身上有護法。」

回到家中，紀雪靈解釋給李琰聽。

「護法類似於結界，差別是結界以布陣方式來產生，而護法則是請神靈加持，兩者效果差不多。」

「什麼神明會給黎凱勤那種變態護法？」李琰咋舌。

「正神可以請來護法，邪神當然也可以啊。」紀雪靈想想又說：「不過話說回來，雖然能將我拍翻在地，但打不死人，那就表示他的護法也不算太強，要麼是神靈很弱，再不就是護法時間不久，人格與神格尚未融合。」

「其實妳可以說得再簡單一點。」李琰苦著臉。

「總之就是不難破啦。」紀雪靈白他一眼。

一聽到有法能破，徐小茜急著問：「怎麼破？」

壓根就不想讓這小孩參與其中，但紀雪靈也知道，這時想把徐小茜趕出去已經是不可能的事了，她無奈地解釋說：「護法通常是在進行法事後，人與神締結契約，讓神靈進入人體，有點類似道教的起乩，但起乩的時間很短，而護法卻可能是一輩子的。」

「一輩子？那他不就到死都無敵了，又怎麼能破？」徐小茜瞪大眼睛。

「當然也不是。」紀雪靈說：「人的身體就像一個容器，容量是有限度的。裝了神靈的靈性在身上，人性就會被壓抑，甚至排擠，到最後人就成了行屍走肉，再也沒有了自己的意識。所以要破護法，就得先找出那個『契約』，只要毀掉它，契約就算解除了。」

「說得好，所以我有兩個問題，第一，怎麼找？第二，找到之後呢？」李琰瞅著她們倆問。

「第一個問題很簡單，就是你去找，至於第二個問題嘛……」紀雪靈笑著，轉頭問徐小茜：「現在我倒想聽聽看，如果今天換作是妳，妳打算在破除護法後，怎麼處理黎凱勤？」

「讓他去坐牢？」徐小茜問。

但紀雪靈搖頭說：「辦不到，妳媽說過了，黎凱勤是神經病，他不用坐牢。」

「罰錢罰到他破產？」

「別傻了，對那種瘋子而言，破產又無關緊要。」紀雪靈又搖頭。

「那還有什麼好說的？」徐小茜生氣地握拳說：「我已經學會太君印了！」

看著這小女孩眼露殺意，紀雪靈哭笑不得。

李琰嘆口氣，對徐小茜說：「我現在知道娘媽爲什麼會選妳來接班了，妳們兩個根本就是同一種人啊！」

按照紀雪靈的推斷，黎凱勤與那個邪神之間必然有契約信物存在，而這種東西肯定妥善收藏，不可能隨身攜帶。

「然而那傢伙的家裡很空，沒有太多東西。」回想那天潛入黎凱勤屋內所見的情景，紀雪靈說：「他櫃子上只有幾件擺設，另一邊的衣櫥則不確定，還是得搜過才曉得。」

「怎麼搜？」李琰問。

「當然是派你去搜啊。」紀雪靈嫣然一笑，反問：「想不想吃牛排？」

「如果接下來的三十年，每個月都有一頓牛排大餐，我會好好考慮的。」

「聽起來不難？」紀雪靈點頭。

「而且妳得陪我一起吃。」李琰說：「起碼得有人負責在牛排上面插香才行吧？」

「要麼我幫你插香，再不就是徐小茜給咱倆插香。」紀雪靈笑得溫暖，「我答應你。」

那天擺陣，是爲了抓一隻貓靈，而今又一次擺陣，卻是爲了抓住那個虐殺幼貓的狂人，凡事因因果果，實在讓人無比感慨。一枚枚銅錢擺下，這回不用節制靈力，紀雪靈足足布下八枚陣眼，比起上回，這次的陣勢顯得更加繁複。

「說眞的，我反對做這件事。」在公園裡看紀雪靈布置陷阱，李琰忽然開口。

「爲什麼？」紀雪靈錯愕，問他：「前幾天你還支持我，現在幹麼又反對？」

「狀況不同，立場當然也不同啊。妳看嘛，無論誰幹了什麼事，都是自己造下的業，將來總有一天要還。這些因果關係，是任何人都不該插手干預的。」李琰說：「尤其是妳跟徐小茜，依照妳們的風格，一旦插手就不會放手，弄到最後，那傢伙肯定沒命，而他一死，這筆帳就算在妳們頭上。」

聽到這，紀雪靈搖搖頭，她邊用香灰畫出卦象，嚴肅地說：「我不是佛祖，也不是神仙，誰的因誰的果我管不著，我這個人只看善惡。」

她停下動作，口氣一軟。

「這世上有太多的不公不義，我眞的無法袖手旁觀，對不起。」

「我知道。」李琰微笑，「反正大不了就是徐小茜在兩份牛排上面插香而已，我不介意。」

紀雪靈忍不住笑了，她撒完香灰，焚香祝禱後，對李琰說：「從陣勢啓動開始，會有一杜香的時間讓你運用，務必要在時限內把那契約之物給找出來。」

「一杜香的時間嗎？」

「放心，不管那傢伙的護法神是誰，一杜香，我有自信能撐得住。」紀雪靈說。

陣勢正中央擺著一個紙箱，裝著最近常來覓食的兩隻小野狗。紀雪靈原本不想冒險，還打算到市場去買隻活雞就好，但想想又覺得不妥，雖說黎凱勤應該對雞也有興趣，但大活雞畢竟不像小狗那麼好控制，一旦受驚飛啼，反而可能壞了大事。

放好紙箱後，她退出陣圈，跟李琰一起躲在大樹後。這距離黎凱勤居住的公寓不遠，按照那傢伙殺生前還會來公園「覓食」的習慣看來，他如果又想作案，很有可能就會把這當成第一站。

忙了一整晚，李琰見她略顯疲憊，忍不住嘆氣說：「妳啊，不是我愛嘮叨，但妳就是老愛蹚老天爺的混水。」

「如果誰做了壞事，都只等上天報應，那還要我們這種人做什麼？」紀雪靈調侃地說：「你就是這樣，才只能當個孤魂野鬼，連自己被誰害死的都搞不清楚。」

「反正我也不太想知道眞相啊。」李琰的口氣不像在抬槓，他語氣淡然，說：「說眞的，現在這樣也沒什麼不好的。」

「你眞的不想投胎啦？」

「是啊，」李琰轉頭看向她，淡淡一笑，說：「不想。」

那瞬間紀雪靈無言了。什麼樣的人生才算得上是幸福快樂？她嘆氣，心想或許只有能知足的人，才能擁有眞正的幸福吧。李琰願意知足，那她呢？父親的死因未解，李琰也死得不明不白，眞相沒有水落石出之前，她實在無法說服自己，去當一個知足的人。

思緒正飄著，李琰忽然碰了碰紀雪靈的手肘，讓她感受到一股涼意。

「好像來了。」李琰話剛出口，一個黑色的身影伴隨著煞氣，已經躍入公園。

「別忘了只有一柱香的時間，快去吧！」紀雪靈一說完，李琰也不用應聲，直接從她身邊飄開，飛得無影無蹤。

那日布陣抓貓，貓靈還有一絲警覺，而今天這個傢伙卻貪婪得很，他腳下不停，嗅著兩隻小狗的氣息，竟然一跨步就踏入陣中，撲到小紙箱前。

看得眞切，紀雪靈劍指輕喝：「赫赫靈寶，昊網吞天，太一陣起，急急如律令！」

那八枚銅錢排成的陣勢頃刻間綻出光芒，香灰繪成的線條浮起，交織成一道道白色光網，將那個男人困在陣中。

黎凱勤沒料到會有陷阱，有些不知所措，無形的光網一碰觸到肌膚，彷彿帶有炙燙的溫度，他全身一抖，嘴裡叫出聲來，像是野獸的嘶嗚，但即使是這樣，也沒有稍稍減低他企圖撲向小狗的獸性，竟然一步又一步跨上前，伸手要去攫取。

見他這麼野蠻，紀雪靈更加憤怒，她豎起左掌，劍指抵住掌中太君印，任憑黎凱勤在陣中衝撞，光網圍得更緊，寒芒閃動，隨著她的凝神致志，強化陣勢威力，就是要停住那男人的腳步。

黎凱勤一步步逼近，紙箱已在觸手可及之處，但他兩腿再也支撐不住，緩緩跪倒，身上蒸騰出一縷縷黑煙，眼角流淌黑色液體，也不知道是血是淚，雙目泛紅，看起來非常嚇人。

當他痛苦地仰頭長嘯時，如金石摩擦般的刺耳怪響，更讓紀雪靈覺得耳膜都快承受不了。已經滿頭大汗的紀雪靈，只能努力穩住呼吸，鼓動全身力量來維持陣勢，苦苦支撐。

一柱香的時間過得極其緩慢，眼看黎凱勤還在掙扎著往前，手指已經攀到紙箱邊緣，只要稍稍用力，就能翻倒箱子。兩隻小狗瑟縮成一團，顯然也感受到極大的驚懼，不停發出哀嗚。

「李琰，你到底好了沒！」

即使知道這聲吶喊是傳不到對方耳中的，紀雪靈還是氣急敗壞，忍不住叫了出來。

怪異的是，這一聲喊彷彿還眞的起了作用，黎凱勤在陣勢中忽然全身猛烈抽搐，他兩眼吊高，渾身如觸電般亂抖，就在一柱香結束之際，他仰頭張大嘴巴，口中一縷縷煞氣竄出。

趁著陣勢瓦解，光芒散去，紀雪靈飛快踏入陣圈，左掌朝著黎凱勤的額頭就要拍下，然而就差了那一瞬的工夫，黎凱勤突然張嘴就咬，要不是紀雪靈手掌收得快，只怕就要自己送上去，給那個變態當晚餐了。

紀雪靈慌忙收手，但腳步卻停不下來，她索性曲起膝蓋，用力一撞，自己雖然摔得渾身都痛，卻也把黎凱勤頂撞得倒摔出去。只是她沒想到，滾出陣圈的黎凱勤竟然沒有受傷，一個打滾就起身，轉頭便往公園外跑去。

她大吃一驚，急忙奮力掙扎爬起，拐著腳追上去，邊跑還不忘大罵：「媽的，爲什麼每次都這樣啦！」

強忍著腳踝疼痛，紀雪靈努力奔跑。老公寓樓下大門敞開，紀雪靈直接奔上二樓。

她一到黎凱勤的房門口就看見滿地凌亂，李琰癱坐在地，臉上露出痛苦神色，而黎凱勤捧著個盒子，兩眼如要噴出火來，憤怒不已，呲牙裂嘴地發出怪聲嚎叫。

一見紀雪靈趕到，黎凱勤左手抓著方型盒子，右手拚命往前抓出，速度飛快，險些抓上紀雪靈的臉龐。紀雪靈嚇了一跳，低頭避開，順勢推出左掌，剛好按在黎凱勤胸前，太君印強大的靈力一接觸，將對方狠狠一震，黎凱勤又是一聲怪叫，盒子也掉落在地。

「還看什麼看，快點把它給砸了啊！」紀雪靈朝李琰大喊。

紀雪靈沒能喊完，黎凱勤身子一晃，兩手環抱，剛好將她全身箍緊。他張嘴就咬，兩顆銳利的犬齒就在紀雪靈的頸子邊。

兩臂受制，只能用手掌按住黎凱勤的臉頰，一邊奮力抵擋，紀雪靈大叫：「李琰，你在發什麼呆啊！」

「砸了他，這傢伙非死不可，妳有看到外面那些貓狗靈吧？」李琰也急得快哭了，他叫著：「這東西一旦毀了，那些貓狗就會來索命，這個人就死定了！」

「廢話，他不死，那就是我死了啊！」

「可是……」李琰握拳，指縫間有絲絲煞氣，他很想一拳砸下，將盒子連同裡面的東西給砸爛，反正自己已經是個鬼魂，再害死黎凱勤也無傷大雅，然而這筆帳無論怎麼算，因果報應還是會牽連到他最愛的人身上，一想到這，他就不禁猶豫。

紀雪靈又急又氣，兩手快抵不住黎凱勤的大嘴，脖子距離對方的獠牙愈來愈近，而李琰眼看情勢危急，已經不容再躊躇，正要一拳揮下時，門口忽然又閃進來兩道影子，體型小的那個輪廓模糊，但看得出來是犬貓之形，牠完全不顧黎凱勤身上護法的傷害力，竟然朝著他的臉面狠狠撲上去，一聲悶響，黎凱勤被撞得鬆開雙手，而那隻貓靈則癱軟摔落。

另一邊，徐小茜奔入房內，她毫不遲疑，右手抄起地上那個小盒子，左掌重重一拍，大喝一聲：「破！」一道紅色靈光從她的雙掌之間瞬閃而過，太君印神威赫赫，已經破了護法。

契約一解，黎凱勤猝然慘呼，癱著身子緩緩坐倒。

紀雪靈一腳將黎凱勤踢翻，她跳到徐小茜身邊，急著問：「妳怎麼跑來了？」

徐小茜也心驚膽戰，她第一次見識到這樣的場面，還驚魂未定。本來她騎著腳踏車一路跟到公園，見紀雪靈與李琰分頭行事，猶豫一下後，決定還是留下來幫忙，沒想到那個陣勢一發動就讓她看傻了眼。黎凱勤脫陣而出，紀雪靈緊追在後，她也趕緊跟來，但屋內打得難分難捨，她不知如何是好，就算想起夢裡學到的太君印，依樣畫於掌心，但那又不是說用就用，直到看見紀雪靈危險，徐小茜這才衝出來動手。

看徐小茜兀自惶恐失神，紀雪靈嘆口氣，先將她手中的東西接過來。一觸手，紀雪靈忽然心頭一凜，連忙打開，發現赫然又是一枚黑鐵箭鏃，箭鏃上清楚印著一個血指紋，且蘊滿濃濃煞氣，絲毫不像已經被太君印毀壞的樣子。

「小心！」旁邊李琰忽然大叫一聲。

紀雪靈連忙回過頭，只見黎凱勤已經爬起來，他兩腿還虛軟著，但身體向前探，張著大嘴已經快要咬到紀雪靈的小腿。紀雪靈大吃一驚，急忙抬腳避開，同時左掌凝聚著太君印的神靈之氣，猛力向著右手一拍，只聽到一聲悶響，光芒頓閃，將黑鐵箭鏃上的血盟契約給擊潰。

護法這時才眞正被破去，黎凱勤雙眼暴突著瞪視紀雪靈，卻怎麼也無法再擠出半分力氣，全身痙攣中，從門口竄進來數不盡的動物雜靈，纏繞著再無護法的黎凱勤。

那些靈體都是多年來死於黎凱勤之手的無辜動物，挾著滿滿怨念，平常聚攏在他的身邊或住處，只因爲懼怕護法而無法靠近，現在護法已破，牠們瘋狂湧入，緊緊纏住兇手，有些體型小的，甚至順著黎凱勤的眼、耳、鼻、口等處，直接侵入黎凱勤的體內。

被諸般靈體侵襲，黎凱勤痛苦地打滾，四肢呈現詭異的扭曲，在地上不停掙扎，口中接連乾嘔，卻發不出半點聲音。

「快走，不用兩分鐘他肯定沒命。要是待在這裡，我們都會有麻煩。」紀雪靈牽起徐小茜，招呼著李琰一起離開。

她們剛踏出老公寓門口，二樓的黎凱勤已經吐出最後一口氣，成了一具全身蜷曲，死狀怪異的乾屍。

「知道我爲什麼下不了手了吧？」李琰逗弄著那兩隻小狗，唉聲嘆氣說：「就算那傢伙不是妳們直接殺死的，護法一破，那些阿貓阿狗衝進來，他照樣得死，而誰破了護法，這筆帳就算在誰頭上。結果又是妳。」

「是我，總好過是她吧？」看了徐小茜一眼，紀雪靈剛檢查完自己的側腰，那片斑紋又更加鮮豔，且有蔓延之勢。她若無其事地說：「人哪，遲早都會死的，活得畏首畏尾，跟痛痛快快過日子，這還有什麼好選的？」

「這不公平，爲什麼那種人死了，卻要把罪算在我們頭上？」徐小茜生氣地說。

「好問題。問天吧。」紀雪靈笑了笑，指指天空，然後她轉頭對李琰說：「至於你，你是不是想害死老娘，讓我一命歸西，再叫徐小茜給我們辦場冥婚？我告訴你，你休想！」說著，她抓起拖鞋，朝李琰砸了過去。

「聽起來好像不錯？」李琰任由拖鞋穿體而過，已經恢復了嘻皮笑臉的模樣，說：「記得供品要準備兩份牛排！」

他們等了兩天，但電視上完全沒有相關新聞，倒是幾天後遇到徐嘉甄。

她一見面就問紀雪靈還記不記得上次老莊幫忙逮到的縱火犯，她說：「事情可怪了，他獨居在那個爛公寓裡，拖了大半年沒繳房租，逼得房東找上門，結果嚇得差點中風。妳猜，房東看到什麼？」

「這種問題從刑警口中問出來，不用猜也知道，肯定是看到死人了。」

「賓果！」徐嘉甄彈指說：「怪就怪在這裡，死者全身縮成一團，而且皮膚乾枯，簡直就跟木乃伊一樣，幾乎完全脫水。」

「他被風乾啊？」紀雪靈努力演出驚訝表情。

「何止是風乾！法醫驗屍的時候，居然說依照體內組織的切片觀察，死者已經死了起碼半年以上。」

「怎麼可能！」紀雪靈這回是真的驚訝了。

「是啊，很怪吧？」徐嘉甄說：「半年前，也就是他剛被資遣的時候。換句話說，他當時就已經死了，只是屍體沒有滲出屍水，也沒有腐敗、腐臭，所以才沒被發現。」

「那這半年來，他幾次犯罪被逮，還有老莊上次幫忙抓人，難道大家都見鬼了嗎？」

「是啊，大家都見鬼了嗎？」徐嘉甄笑著搖頭，「只能說，要麼世上真的有鬼有殭屍，再不就是我們國家的法醫素質嚴重低落了。」

對徐嘉甄而言，她當然可以說得像普通鬼故事一樣，但紀雪靈可沒那麼樂觀，入夜後，她拿著那枚箭鏃，眉頭緊皺。

今天下午，她裝作八卦追問細節，想知道還有沒有其他線索，徐嘉甄告訴她，警方在屋裡發現一個皺扁扁的紙盒，上面印著「勞苦功高」四個燙金字，底下還有一排小字，寫著某某公司致贈，看來是死者生前任職公司所餽贈的慰勞品，但紙盒裡面是空的。

「一個被開除的人，還可以獲得公司餽贈？」紀雪靈納悶。

「很莫名其妙吧！」徐嘉甄聳聳肩，又說：「所以我們聯繫了那家公司，除了確認死者的離職時間，以及離職後是否還有跟在職同事互動之外，最重要的，就是想知道頒獎的理由。」

「理由是什麼？」

「其實也沒什麼，他們告訴我，這是公司高層決定的。雖然死者離職前惹出過那樣的事端，但任職期間的整體表現一向良好，所以即使按照規定不可能再續留他，但還是頒贈了紀念品。」

紀雪靈拿著箭鏃看了又看，再跟之前從老鼠窩裡獲得的那枚相比較，只覺得這一枚似乎較爲乾淨，上面鐵鏽不多，稜角處還卡著玻璃屑。

她突發奇想地問李琰：「有沒有可能，是黎凱勤根本不知道他所獲得的那個禮物當中，其實藏著這樣的陷阱？」

「妳是說，有人要害他？」李琰沉吟。

「不無可能吧？黎凱勤把禮物帶回家，日以繼夜受到其中煞氣的影響，別說是他這樣本就精神異常的人了，即使是腦子正常的，恐怕都會受不了，遲早變得瘋癲痴迷，就像上次那隻大老鼠，最後就墮落成魔了。」

紀雪靈想像著那畫面，當終有一天，黎凱勤再也控制不住情緒，在屋子裡歇斯底里，打破那個本來應該是玻璃製品的禮物，卻從中摔出一枚箭鏃時，他會有什麼舉動？

「只怕當他發現禮物中竟然有個這樣的東西時，也爲時已晚了。這個失心瘋的人，早就無法克制自己的行爲，他會按下那枚指紋，把自己當成一個容器，提供給邪靈所使用，也不足爲奇。」說著，她心念一動，問李琰：「今天徐嘉甄有沒有說那是哪家公司？」

「妳覺得我會記得嗎？」李琰搖搖頭說：「但不管是哪家公司，我都有一股不好的預感。」

屋子裡片刻沉默，李琰目光始終停在那枚箭鏃上，他認眞觀察著上頭鏽黑的紋路，箭鏃雕工繁複細膩，顯然不是一般兵士所能使用的。看了良久，他忽然感到一陣頭暈。

「怎麼了？」紀雪靈察覺到李琰的陰氣有些紊亂。

「沒事。」李琰搖頭，「就是覺得這東西太過邪門。」

「難不成你還跟它生出了什麼感應嗎？」紀雪靈隨口一問，卻讓李琰一凜，他再次搖頭。

紀雪靈還在思索，鐵捲門邊卻鑽進一個瘦小身影，徐小茜大包小包，全都是人蔘飲、靈芝飲，以及面膜之類的保養品。

她臉上還有些羞赧，正在遲疑著如何開口，倒是紀雪靈猜到了。破除黎凱勤的護法，多添一條罪業，這件事雖然不是徐小茜的錯，但這小孩終究還是於心難安。

「妳哪來的錢買這些？」紀雪靈皺眉。

「我還有去年的壓歲錢啊。」

看著這小孩囁嚅，紀雪靈忍不住心疼，搓搓徐小茜的腦袋，說：「這跟妳無關，妳也沒有做錯事。說真的，要不是有個婦人之仁的軟弱無能鬼，居然臨陣手軟的話，在妳進來之前，我們早就收拾掉那傢伙了。」

「變成我的錯啦？」李琰咋舌。

沒有理會他，紀雪靈說：「不想讓妳幹這行，其實也是爲妳好，這樣懂了嗎？」

徐小茜點頭，她還沒開口，門邊又鑽進另一個人，但要說「鑽」也不對，她是像霧氣一樣「滲」進來的。

「每次都等別人打完了，妳才要姍姍來遲嗎？」紀雪靈一見她就哼了一聲。

「說過很多次了，我的工作是勾魂，打打殺殺不在我的服務範圍內。再說了，你們的世代恩怨，本來就該你們自己解決，扯到我頭上來做什麼？」白無常也哼了一聲。

紀雪靈皺眉問她：「世代恩怨？什麼意思？」

沒有直接回答，白無常卻看向李琰，問他：「怎麼，你還沒跟她們說嗎？又或者你也太遲鈍，根本也沒察覺出來？拜託，我都暗示好幾次了耶！」

看著紀雪靈好奇又殷切的目光，李琰沉吟了一下，才點頭承認說：「那天我找到那枚箭鏃時，確實又有一種怪異的感覺，只是當時太驚險，我既不確定那種感覺的眞實性，也不知道究竟爲什麼會有這種感受，而剛剛，那感覺又再次出現了。」

「到底是什麼感覺？」紀雪靈不耐煩地催促。

「跟上次遇到那隻老鼠時一樣。」李琰凝重地說：「打從進入那屋子，我完全不用搜索，就知道收藏箭鏃的方盒被藏在衣櫃裡，不只是因爲煞氣，更是因爲一種詭異的熟悉感。我感覺自己在找的，並不是一個陌生的東西。」

「你最近是不是感冒，腦子燒壞了？」紀雪靈瞪著李琰，轉頭問白無常：「鬼也會感冒的嗎？」

「好了，剩下的你們自己去找，我就不插手了。」白無常絲毫沒把他們的謎團放眼裡，她拿出涅槃筷，指指紀雪靈，要她將那隻貓靈交出來。

「妳想對牠做什麼？」徐小茜一緊張，立刻上前要阻止。

「放心，這對小貓是好事。」知道白無常的用意，紀雪靈取出玻璃瓶。

那天貓靈與徐小茜一起闖入，牠怨念極深，不顧黎凱勤護法在身，飛撲上去就是一陣撕咬，雖然解了紀雪靈的燃眉之急，卻差點魂飛魄散，現在魂魄幽幽，連一隻貓的輪廓都凝不成形。

「你們家這位可眞好心，看在祂的面子上，這隻好命的貓可以超脫輪迴，到地藏王菩薩那去修行了。」白無常看著太君娘媽的神像，接著又看向紀雪靈，笑說：「順便恭喜妳又折了一段陽壽啊，怎麼樣，開心了吧？我早告訴過妳，天道不可逆，更不是妳一介凡人可以干預的。」

「哼，我只是讓他們提早得到報應而已，這算什麼違逆天道？再說了，難道貓狗的命就不值錢，就活該被人殘害而無處伸冤？」紀雪靈嗤之以鼻。

白無常將貓靈夾成一顆斑斕的魂魄珠子，收進口袋後，搖頭對紀雪靈說：「總之還是老話一句，妳最好少管閒事，盡可能地跟以前一樣，當一個古裡古怪的老處女就好，省得一天到晚給我惹麻煩。」

說完，白無常連招呼都懶得打，一溜煙又消失了。

眼看徐小茜還在發呆，紀雪靈安慰她說：「別難過，白無常把魂魄帶走，也就等於神明赦免了牠前世的罪。」

「任何人死後，都會被無常勾魂嗎？」徐小茜看了看李琰，卻問紀雪靈。

紀雪靈微笑點頭，指著李琰說：「這傢伙是例外，他雖然身死，但名字在生死簿上被遮蓋消失，讓白無常無從勾起，只好像個孤魂野鬼一樣到處飄盪。」

看著徐小茜露出好奇的模樣，紀雪靈搖頭。

「別問，因爲妳想知道的，也就是我一直想找的答案。」接著，她板起臉對李琰說：「至於你，你給我乖乖在家禁足，沒搞清楚自己跟那些箭鏃的關係前，哪裡都不准去，也不准再喝珍奶！」

第五章　安西都護

他已經很久沒做夢了，早忘了最後一次做夢是何時。原來，人死成鬼之後，是不會再有夢的。

但今晚他又有夢了。夜色中，低矮山巒起伏，腳步聲沙沙不絕。他感到口乾舌燥，身上穿著單薄鎧甲，肩扛長槍，隨隊行軍於濃霧中。

也不知走了多久，兩邊山頭忽然傳來隆隆戰鼓，震得他心臟疼。延著山巒稜線，有千萬火把高舉，照耀夜空，行軍的隊伍受到驚嚇，次第大亂，兩邊山上卻萬箭齊飛，朝著夾山行走的隊伍射來。

那時他驚惶不已，只能蹲低身子躲避，看到同袍戰友們一個個身軀、額頭中箭，鮮血四處飛濺，逐一在他面前倒下，他怕得連大叫都不敢，覺得快要無法呼吸，只能匍匐在地，瑟瑟發抖著。

在敵軍的一陣箭雨之後，隨即傳來瘋狂喊殺的嘶吼。他看見一個戰友被敵人橫揮大刀，從腰間斬為兩段，駭人的血霧連著臟器、肚腸都噴灑出來，把他嚇得兩眼直瞪。敵人殺死他的戰友，刀鋒順勢一帶，將他的脖子切斷，讓他最後的視線成為一個詭異的橫倒視角。

那幅遭到夜襲而戰陣崩潰的畫面就此定格後，倏然模糊開來，卻聽到有人嘲笑，問他到底算不算個男人？他愣了一下，才發現自己已經立起了身，站在一幢古老平房前。他被女子尖叫求救的刺耳喊聲所吸引，轉過頭，見到一個滿臉眼淚與泥塵，倒在地上不斷掙扎的女子。女子目光殷切地望向他，希望得到救援，壓在她身上的卻是一個已經失卻人性的男人。

他驚駭得不知如何是好，因爲正在姦淫民女的歹徒，身上穿著跟他一樣的軍服，正是他的同袍戰友。

那女子叫得淒厲，手指抓傷了正在淩辱她的男人，惹怒了那男人。突然間男人爬起身，抓起一把尖刀，朝那女子的咽喉一刀劃過，將女子迴盪在屋內的痛苦尖叫給截斷。將她殺死後，男人竟又伏下身去，想要繼續玷汙女子屍身。

他再也忍不住了，衝上前想阻止獸行，結果男人不耐煩地轉頭瞪視，這瞬間他看傻了眼，因爲他瞧見那失去人性的男人，竟長得跟他一模一樣，而男人手上握著刀，寒光晃眼，刺進他的肚子裡。

他倒在門檻邊，仰望屋外亙古不移的星光。

你知道什麼是眞正的生與死嗎？知道什麼是戰爭與殺虐嗎？你什麼都不懂。

意識模糊前，他聽到一個低沉沙啞的聲音在耳邊問他。

然後他從夢境中醒來，燭光依舊，滿室祥和，太君神像安然，慈眉善目。一個沒有心跳的鬼魂，卻覺得無比驚心動魄，口腔內還有睡前最後一杯珍奶的味道。

一整個下午，徐小茜抓著《元始太清丹寶錄》，糾纏著要紀雪靈教她畫符，兩個女人又是硃砂又是黃紙地忙個沒完。趁著她們「授課」期間，李琰起身，逕自飄向屋後，進了房間。

在紀雪靈臥室的床頭櫃裡，有個紅色小木匣，匣蓋上貼著黃符。不用揭蓋，李琰伸出手，心念到處，裡頭的東西就透盒而出，擱到了床面上，那是最近得到的三枚黑鐵箭鏃，分別來自程大師的宅院、鼠妖巢穴，以及黎凱勤家中。

李琰靜靜凝視著，思索起昨晚迷離夢中所見的畫面，雖然滿天箭矢紛飛，他卻怎麼也想不起來那是不是一樣的箭鏃。

「你在那發什麼呆？」背後傳來紀雪靈的聲音，她問：「這可不是說玩就玩的玩具，你沒事拿出來幹麼？」

「不知道爲什麼，我總覺得，好像以前有見過或聽過這東西的一些印象。」李琰側頭想想，說：「而且應該跟我爸有關。」

「跟黑仔伯有關？」紀雪靈一愣。

「嗯。我爸有一段時間，特別喜歡古兵器，還做了不少研究。」李琰沉吟著，伸手想去觸摸，但手指一靠近，就感受到其中透出的煞氣。他說：「眞的，我一定見過這些東西。」

「怎麼見到的？你說清楚點。」紀雪靈走上前一步，口氣有些擔憂。

「要是能說得清楚就好了。」李琰懊惱地拍拍自己腦袋，「可惜就是想不起來。」

紀雪靈難過著，她很想給李琰安慰，卻不知該如何說起，況且，這些東西若與當年的眞相有關，她又怎能叫李琰不要再多想？

「姨！快點來！」

外頭傳來徐小茜的叫喚，他們只好暫時拋下情緒，快步踏出房門，卻見老莊推著板車，滿頭大汗地停在太一宮門口。

紀雪靈本以爲是爲了那一車東西，徐小茜才大驚小怪，然而徐小茜卻指著電視，說：「這個！這個標誌！」

電視新聞正播出政論節目，來賓們在討論公共建設議題，其中有個傢伙在倡議幾個政府核可的開發案應該加速運作，以取得最大的社會利益，講得天花亂墜。

「什麼標誌？」紀雪靈還沒問完，就先瞪大雙眼，那個來賓的桌前有塊小立牌，寫著「力宇建設執行總監」八個字。她盯著「力宇建設」四字，想起早已魂飛魄散的何文新。

徐小茜指著螢幕，那小立牌上還有公司的標誌，她說：「那天黎凱勤的盒子上面，也有這個標誌。」

「妳確定？」紀雪靈問。

「當然確定！」徐小茜篤定地說。

這時節目畫面一轉，鏡頭對向另一個來賓。

那人長相斯文，細眼薄唇，目光透著強勢，口氣傲慢地說：「對於那些秉持己見，只在乎私人利益，假環保爲名來阻擋開發案的小政黨，本人要嚴正譴責，這種妨礙經濟發展的老鼠屎，根本不配擔任爲民服務的公僕。」說著，他露出笑意，看向力宇建設的執行總監，讚許道：「謝總監所主張的這幾個案子，不但兼顧觀光、工業與社會民生，更提供無數的工作機會，這樣如果不算愛國，那還有什麼叫愛國？」

「瞧瞧這種狼狽爲奸的嘴臉，現在要說他們彼此無關，打死我也不會信了。」紀雪靈咋舌。

「程東山。」李琰已經飄到她身邊，心裡忽然有一種異樣的感覺閃過，只是那種感覺瞬間掠去，讓他來不及捕捉。

既然什麼都跟程東山有關，那就乾脆直接把矛頭指向他吧！反正對方都找上門了，還有什麼好遮遮掩掩的。紀雪靈提議，而李琰當然沒有反駁的餘地。多少年來，他的阻攔永遠擋不住她的任性。

從議員服務處停車場開始，他們就盯上了那輛黑色進口房車，紀雪靈偷溜過去，輕輕地在後車廂上拍了一下。

「以後妳也可以改行當偵探，什麼跟監設備都省了，光用一張木生符跟一只草偶，天底下大概沒有妳找不到的人了。」李琰苦笑。

從服務處離開後，他們沿途都與黑色房車保持很遠的距離。那張木生符只是一張尋常的卡通貼紙，只是貼紙上按著紀雪靈的指紋，還被她施了木生咒，與貼紙相對應的是紀雪靈車上的一只草偶，偶人呈現立姿，不停轉左轉右，引導著方向。

程東山的座車進入一個入口有警衛駐守的別墅社區，李琰問她：「現在怎麼辦？」

「還能怎麼樣？當然是老方法。」紀雪靈笑著說。

程東山有妻有女，但別墅內卻沒有旁人。他在沙發上閉目養神，過了良久，忽然笑了，他拿起社區內線電話，交代了幾句。沒幾分鐘，別墅警衛就輕輕敲了紀雪靈的車窗，邀請她進入社區。

「期待了這麼久，終於能好好見個面了，歡迎。」程東山微笑著，一派自信與沉穩，他在桌上擺放兩個酒杯，分別替客人斟酒，其中一個杯子裡還插著柳枝。

見到杯中柳枝，紀雪靈更確信對方一定懂得些術法，因爲要提供飲食給死者，要麼插香爲引，再不就是以柳枝傳渡，好讓靈體可以吸納食物的精氣。

「你到底是誰？」沒喝那杯酒，紀雪靈冷冷地問。

「我是程東山呀，不只是妳，全國有投票權的公民都認識我。」程東山蹺著二郎腿說。

「抱歉，我對你的政治生涯沒有興趣。」紀雪靈翻白眼，「我更在乎你眞正的身分，還有這一切莫名其妙的事情，究竟跟你有什麼關係。」

「別急，妳還是可以先對我的職業提起一點興趣的，畢竟我可是爲了妳，才特地換了選區。」程東山一笑。

「原來我這麼有價值？」紀雪靈鄙視道。

「正確地說，有價值的人不是妳，而是他。」

程東山往旁一指，指向紀雪靈空無一人的左側。

「不用驚訝，我看得見他。」程東山笑說：「要是沒有一點本事，我怎麼能發現那張木生符呢？」

「你到底想幹什麼！」見程東山對李琰不懷好意，紀雪靈雙眉一軒，橫起左掌，太君印蓄勢待發。

然而程東山笑了，他搖頭說：「太君印啊，太君印，沒想到我有生之年，還可以再次目睹這種術法。」

「我就知道你認識我爸。」眼裡快要噴出火來，紀雪靈沒想到汲汲營營多年始終無法調查清楚的眞相，此刻居然距離自己這麼近。此時紀雪靈恨不得立刻衝上前，一把掐住程東山的脖子，逼他說出點什麼來。

「從第一次發現妳開始，其實我給過妳很多機會去察覺，只是妳始終未曾留心。說眞的，我一直很好奇，紀長春當年的本領，妳到底學會了多少。」程東山鬆鬆衣領，微笑道。接著他又面向李琰：「而你，你一定很好奇，想知道究竟是誰蓋了你在生死簿上的名吧？我對這個謎也挺有興趣，相信你會很樂意跟我一起將它解開。」

「所以那些髒東西，全都是你搞出來的？」紀雪靈此時是眞的憤怒了。

「妳是說那些黑羽箭鏃嗎？我不是神，管不了全世界。一隻老鼠要啣走什麼東西，或者一家公司要把什麼禮物送給員工，那都不干我的事。」程東山搖頭說：「要怪，就去怪何文新吧，胡搞瞎搞的事，他幹得比我還多。噢，對了，何文新已經死了，還是妳殺的。」

「廢話少說，你到底想找我們做什麼？」紀雪靈掌中蓄勁，恨不得一掌打死眼前這人。

「妳聽過虎符嗎？虎符掌兵，二分爲證。分則鼎立江山，合則九州無雙。」程東山悠哉得很，輕描淡寫的語氣，他指著李琰說：「多少年了，當年李老黑死活不肯交出來的東西，現在終於自己送上門來。別不承認，你應該一直都有感覺到吧？」

「除了春伯，你還認識我爸？」李琰瞪著程東山。

「何止是認識。」程東山微笑，「你父親是我此生最重要的好友，也是唯一的親人。」

「你在胡扯什麼鬼話！」李琰憤怒道。

「我說的都是眞話。我程東山能有今天，都是你父親的功勞。」看著紀雪靈跟李琰憤怒又懷疑的眼神，程東山手一擺，說：「坐下來聽個故事，好嗎？」

何止是共患難而已，他們簡直就是過命的交情。那些年，兩人聯手闖蕩，跨過大江、翻過山嶺，多少奇珍古玩，左手來右手去的，那是只有在特定年代裡才能實現的冒險夢。

他們一起去過太多地方，有時甚至深入墓葬，一探千古遺跡。那些文物的歷史意義，他們不是很在乎，畢竟東西只有變賣成現金才算有了意義。至於金錢如何拆分？其實也一點都不重要，因爲他們拚的不是錢，從來都是兩個人的「命」。

程東山說這就是一輩子的兄弟，黑仔卻說：我們不是兄弟，我們是缺誰都不行的彼此，兩個人合起來才是一個「一」。

承諾言猶在耳，但最先打破誓言的卻是李老黑。娶妻生子後，李老黑就變了。從以前他們一起闖蕩的旅途，逐漸變成了程東山獨自啓程，而李老黑除了恭喜他之外，有時也提醒，要他趁早收手，畢竟這種買賣不但遊走法律邊緣，且最重要的，是缺陰德。

程東山很反對這種理論，於是兩人漸行漸遠，但兄弟之間只是理念有了差異，卻不影響交情。若不是那筆買賣太困難，程東山亟需一個既有本領，又有默契的搭檔來合作的話，他本來也不願勉強李老黑重涉江湖。

要說到那筆買賣，就不能不提到遠哥這個人。

遠哥跟程東山是在舊金山的非法拍賣會上認識的，那天爲了一枚石雕古印，程東山與另一個賣家爭論不休，都認爲自己的鑑別結果才是正確的。斯文的遠哥走過來，笑吟吟地提議將古印借他看看。沒用任何儀器，遠哥單以肉眼觀察片刻，便細細指出了古印上的雕紋，其蜷曲迴折是出自哪位篆刻大家的慣用手筆，而石質光澤與印體造型，又符合哪個朝代的特色，甚至還能指出，同類型的古印起碼應有多少枚，且出土者共有多少，又分別置於哪些國家館藏。

程東山目瞪口呆，沒想到自己費了不少心思還鑑別不出的古物，對方居然只看了幾眼，就能將箇中玄妙都輕易道盡。

那是程東山認識遠哥的開始，而後他們經常碰面，交流不少對古物研究的看法。後來，一次酒酣耳熱之際，遠哥問程東山，知不知道唐代在西域有個安西都護府。見他點頭，遠哥又問：「那你知道安西都護府的最後一任都護是誰嗎？」

這問題讓程東山答不出來了。做古玩生意的人，歷史知識固然必須豐富，但也不可能面面俱到，把幾千年的資料都背得滾瓜爛熟。

「安西都護府本是唐朝威震西域的重鎮，地轄千里，兵強馬壯，卻爲了協助朝廷平定安史之亂，幾乎精銳盡出，調往中原，使得吐蕃乘機造反。雙方激戰多年，最後安西都護府竟成了塞外孤城，在毫無補給的狀態下苦苦支撐；反觀中原卻在亂事平定後，從此對他們不聞不問，形同棄子。安西都護府的郭昕將軍，在歷史上名不見經傳，然而他卻是捍衛唐朝西方數十年的屛障，而且是位徹底的悲劇英雄。唐朝在安史之亂後，皇帝與朝臣龜縮長安，繼續歌舞昇平，對天下藩鎮割據視而不見，當然就更沒想過在遙遠的西域，還有一座孤城、還有一支孤軍，在拚死奮戰，一心等待著來自朝廷的救援。安西都軍吃完了城中最後一粒米，戰至最後一人，直到都護府被攻陷的那天，起碼堅守了近二十年之久。」

「那位郭將軍後來怎麼了？」程東山問。

「死了，只能滿懷憤恨地戰死。」遠哥說：「以稗官野史所載，城破之日，郭將軍手挽強弓，幾乎箭不虛發。他所使用的箭矢與尋常不同，箭鏃乃是黑鐵所鑄，千錘百鍊，異常鋒銳；箭桿用的是龜茲特產的黑竹，再配上黑色翎羽，因此相當特別。郭將軍戰死時，他的雕弓被毀，但城牆下卻滿是身中黑羽箭而死的敵軍。」

這故事讓程東山聽得如痴如醉。

遠哥接著說：「郭將軍陣亡後，他的箭壺中尚餘數箭，連同用以調兵遣將的虎符，都被敵軍收繳。」

「孤守塞外二十年，這位郭將軍何等悲壯。」程東山讚嘆不已。

「是啊，那幾支黑羽箭最終沒能完成殺敵的使命，竟成爲炫耀的戰利品，而一枚無兵可調的虎符，更滿是郭將軍一生孤憤的縮影。」遠哥喝了一口酒，說：「有沒有興趣，找找這些東西呢？」

「如果不是紀長春的挑撥，黑仔至今都還會是與我並肩闖蕩的至交。」程東山遙想過往，說：「那年，我好不容易說動了他，告訴他，我需要老朋友幫忙，這就是最後一次。我程東山一生很少求人，正因爲如此，黑仔才點頭答應，和我一起遠赴新疆。」

程東山望著故人之子的魂魄，說起一個久遠的故事。

那趟旅程非常遙遠，他們搭了幾天火車，再換顛簸的貨車，還得規避多次攔檢，最後才抵達一個偏遠的村落。之後換乘駱駝，藉由嚮導帶領，繞過千篇一律的沙丘，也遭遇幾場沙暴，光是去程就足足用了半個月。

途中，李老黑不只一次勸程東山放棄，說自己並不是因爲娶妻生子而變得畏縮，而是認識了一位身懷天命的好友，明白了何謂因果，所以才想要金盆洗手。說著，他跟程東山介紹了紀長春，還邀請程東山日後回國，不妨一起去結識那位紀先生。

「我答應你，這次交易一完成，我就收山。」程東山笑說：「反正明天得到那幾樣東西後，就能擁有我想要的法力，從此天下再有什麼古董寶貝，我也不會有興趣了。」

「法力？」李老黑錯愕。

「你以爲這幾年，我也在混日子嗎？」程東山知道，此時離家萬里，他們唯有前進一途，而老友多年，他也不願欺瞞到最後一刻，既然東西即將到手，此時應是坦誠相告的時候。

程東山告訴李老黑，自己數年前認識了遠哥，對方除了從事古文物鑑別，還身懷異術，有能通鬼神的本領。這趟新疆之行，就是來自遠哥的提議，要來尋找當年郭昕留下的黑羽箭與虎符，這兩樣東西，蘊藏著千餘年的怨氣不散，獲之必有大用。

「你既然可以相信那位紀先生，那爲什麼我就不能也信一下遠哥呢？」見李老黑懷疑，程東山微笑說：「況且，這幾年我也跟他學習了一些法門，他的本領絕對是眞的。傳說中，黑羽箭在沙場縱橫，乃是極爲凶煞之物，鋒鏑沾染無數血怨，已經積靈成神。至於虎符就更玄妙了，那種東西都是皇帝親自授與，用來調兵遣將。一枚虎符，代表的就是千軍萬馬、無數生靈的死活，這樣的東西，你說邪不邪門？」

「這種東西就算被你得到了又如何呢？」李老黑皺眉說：「你把我大老遠拉來，要找的就只是這種傳說中的失落之物？就算找到了，那也是充滿遺憾跟憤恨的東西，會有什麼大用？」

「你難道不懂嗎？就是這樣的東西才有靈性啊！退一萬步來說，就算遠哥是誇大其詞，但我們把虎符跟黑羽箭都帶回去，唐朝古物不也價值連城。老黑啊，多少年來，你都是過慣好日子的人，現在這樣斤斤計較奶粉尿布的生活，你眞的開心？」程東山笑了，他拍拍老友的肩膀，說：「幫我這一次就好。成功之後，我保證，咱們永遠富貴同當。」

那時，李老黑默然無語。程東山以為說服了老友，只要黎明一起，跟幾個文物販子接上了頭，大功就可以告成，但殊不知，眞正讓他措手不及的變化，就是幾個小時後才發生的。

「我爸應該沒讓你稱心如意吧？」李琰冷笑。

「可不是？他簡直讓我失望透頂了。」程東山苦笑說：「當天天還沒亮，跟我們接頭的人現身，我只看到東西一眼，警察就已經趕到了，那傢伙最後還是出賣了我。」

聽到這，李琰跟紀雪靈相視一眼，都露出微笑。

程東山嘆息說：「那個沙漠邊緣的小村子，根本無路可逃，我雖能僥倖逃過一劫，但逃命時，他竟然把寶物奪走了。」

「我爸把東西帶走了？」

「是啊，我最要好的兄弟，從我手中騙得寶物，然後逃走了。」程東山苦笑：「其實我還挺佩服他的，在那種情況下，他帶著寶物，竟能搶到一匹駱駝，而且找到逃亡的路線。你們知道沙漠的夜晚有多可怕嗎？四周一片漆黑，只有微弱星光，你什麼也看不清楚，每座沙丘都一模一樣，杳無人煙，而黑仔卻能順利逃脫，那不只需要勇氣，更需要過人的本領。」

「你回來之後，應該不會放過他吧？」紀雪靈插嘴問。

「當然。無論黑仔為何出賣我，但他也把東西帶回來了。」程東山淡淡一笑，說：「後來發生的事，應該就不用我多說了吧。」

「你到底對黑仔伯做了什麼？又對我爸做了什麼？」紀雪靈激動地問。

程東山看她一眼，說：「我沒做什麼，只是拿回東西，順便除掉妨礙我的人而已。」

「就憑你？」紀雪靈哼了一聲，「是那個什麼遠哥幫你的吧？」

「那妳就錯了。」程東山搖頭，冷淡地說：「當我拿回黑羽箭時，第一個除掉的，其實就是遠哥。」

看著紀雪靈與李琰詫異，程東山輕蔑一笑。

「你們就這麼傻，連這都想不透？天底下不需要那麼多人知道寶物的用法，不是嗎？」李琰鄙視地看著程東山，「像你這種沒人性的傢伙，就算我爸眞心幫你，等回國之後，只怕也會是你滅口的目標之一。」

「別把我想得這麼壞，黑仔對我來說，可不比其他人。再說了，我對遠哥其實也是非常尊重與感激的，如果不是他，我這樣的凡夫俗子又怎能學會修煉的法門？」程東山指著自己的眼睛說：「連我的天眼，也是他幫我開啓的。」

「連恩人都能殺，你還能知道什麼叫感激？」紀雪靈不怒反笑，只是笑得很冷。

「遠哥雖然指點過我，但那算什麼恩人，他充其量只是提供知識罷了。眞正有本領的人，自然能舉一反三。所以我告訴妳，有很多東西，紀長春會的，其實我也略懂一些，不比他差到哪裡去。」說著，程東山從西裝外套的口袋中取出一個小木盒，揭開盒蓋，拿出一枚黑鐵箭鏃，笑說：「這東西的用法，如果沒有我的指點，何文新還當它只是個裝飾品呢。」

看到那東西，紀雪靈瞪大雙眼，縱身躍前，伸手就要搶奪，而李琰速度更快，一旋身，影子飛掠，他倆一左一右奔向程東山。

雖然距離很近，動作又快，但程東山動也不動，紀雪靈與李琰都被他身前一道無形的牆壁給硬生生地擋了下來。

「你們以爲我在程浩德的屋子煉法煉了這麼多年，都只是在玩扮家家酒嗎？」程東山冷哼，兩掌平擺，吸氣吐氣間，紀雪靈跟李琰都感到一陣巨大的煞氣壓迫。

紀雪靈支撐不住，摔倒在地，而李琰晃了晃，又是一陣暈眩，感覺自己的靈體不穩，魂魄好像都要震散了似的。

儘管輕而易舉地挫敗對手，但程東山對紀雪靈完全不聞不問，他走向李琰，沒有猙獰的惡意，卻露出詭異的溫情笑容。

「你父親當年做的事，我相信只是一時糊塗，其實我從來沒有怪過他。你是他兒子，就算只剩一縷魂魄，我也不會拋棄你的。」程東山伸出手說：「來吧，你身上還有很多我想知道的祕密，只要你答應接受我的安排，將來大功告成時，我保證讓你千秋萬世香火不絕，就算在陰間，照樣也能榮華富貴，不受輪迴之苦。」

「放屁！」紀雪靈大怒，掙扎起身，朝著程東山後背就是一掌拍去。

然而掌緣還沒碰到對方，程東山看也不看，反手一抓，就扣住了她的手腕，用力一掐，讓紀雪靈腕骨差點折斷，痛徹心扉，眼淚都流了出來。

「比起妳的有勇無謀，紀長春眞的聰明太多了，身爲他的女兒，妳實在應該慚愧。」程東山回頭，鄙夷地對無力再戰，滿臉痛苦的紀雪靈說：「這小子身上有多少古怪，妳跟他在一起幾十年，居然從沒察覺到過？我眞的瞧不起妳。」

紀雪靈鬱悶了好幾天，想不通爲何多年謎團的答案近在咫尺，卻偏偏不可得。那些千百年前的故事，什麼郭昕、安西都護府、黑羽箭、虎符，她半點興趣也沒有，只想再一次殺到程東山面前去，扒開他的嘴，叫他把最重要的眞相都吐出來，這樣就夠了。

前幾天狼狽至極地回來時，徐小茜還在太一宮裡看電視，她知道紀雪靈他們出門是爲了一探箭鏃的來歷，以及程東山的祕密，然而當紀雪靈回來，她卻沒有半點好奇，反而先拿兩瓶人蔘飲，一瓶遞給紀雪靈，一瓶打開後，插進一柱點著的香，等著李琰來「喝」。

紀雪靈問她爲什麼不回去，徐小茜指著神像，說：「我也想啊，但是娘媽交代了，要我等妳回來。」

「等我回來？」

「祂說要提醒妳，別急，有些該辦的事，祂遲早會讓妳辦完的，這就是『天命』，但時候未到，還有一段時間要等待。」

愣了一下，看看神像，紀雪靈想起離開那幢別墅前，程東山微笑著告訴李琰，自己已經等了那麼多年，不介意多耽擱幾個月，他要李琰考慮考慮合作的提議。

「說句實在話，你是不是覺得全天下就你最聰明，人鬼都能吃得開？」李琰搓搓鼻子，說：「不要把我當白痴好不好？」

「好小子，我喜歡你的個性。那叔叔再加碼，只要你同意，你們之前到手的黑羽箭鏃，就當作是我送給你們當見面禮，好嗎？」程東山並不是開玩笑，表情誠懇地說：「不但箭鏃奉送，我甚至可以告訴你們，只要以鮮血為引供奉，就能喚醒箭靈。怎麼樣，很簡單吧？」

「你第一天做生意啊？」這回輪到紀雪靈笑了。程東山放開她的手腕後，雖然依舊疼痛難當，但她已經站起身，咬牙冷笑說：「按照你這種盜墓者的邏輯，東西落在你手上，所有權就算你的。那現在我已經到手的箭鏃，自然也算我的東西，你要把我的東西送給我？程議員，你腦子燒壞了嗎？」

程東山大笑，他揮揮手要放人，紀雪靈跟李琰離開前，他只再提醒了幾句：「上一代的恩怨，你們沒有捲入的必要，我們大可重新認識。二位好好想想，我給你們時間考慮。」

雖然討厭程東山，但不可否認地，那人確實信守承諾，過了一個星期，他真的沒有再來過。那天的事情，竟也好像不曾發生過一樣。

當天的一切細節，紀雪靈不許李琰隨便透露，尤其是對徐小茜。她再三叮嚀，別讓那孩子涉入過深，前代發生的，應該在他們身上終止。

李琰也同意這提議，他笑著告訴紀雪靈，如果可以，他更希望所有的故事都結束在幾十年前，直接在他們死去時，就盡數完結。

「說什麼傻話？難道你要白死？」紀雪靈瞪他。

「是不是白死，那要看個人觀點。」李琰輕鬆地說：「起碼我覺得現在這樣也挺好，不用讀書、不用當兵、不用上班，還可以白吃白住。」

「我其實也可以趕你走。」紀雪靈橫他一眼。

「說句實在話，就算妳趕我走，我在外面也不會過得太差。」李琰自信得很，說：「我挨家挨戶一路嚇過去，讓整條街雞犬不寧，到時候大家燒紙錢給我，我可以躺著賺幾千億冥幣。」

「放心，老娘會去土地公那請虎爺，第一個收了你。」紀雪靈哼一聲，又問他：「還有一件事，那天程東山說了，說你應該感覺得到那東西，那又是怎麼一回事？這陣子我老覺得你狀況有點不對，究竟是怎麼了？」

「其實我也不是很肯定。」李琰收起玩笑的神情，他指指心口，「但在河濱那天，還有在黎凱勤那個瘋子家裡，我的靈體都出現了魂魄不定的狀況。這裡，一顆不存在的心臟，它跳得很急。」

「有沒有比較不抽象的說法？」紀雪靈皺眉。

李琰將自己最近時而出現的「夢境」說了。

紀雪靈搔頭納悶：「我第一次聽說鬼也會做夢。」

「是啊，很怪吧？所以當程東山說什麼祕密跟我有關的時候，坦白講，我覺得他不是在唬人。」

長嘆一口氣，紀雪靈凝視李琰的雙眼，說：「沒有關係。所有的疑點，總有一天會釐清，但不管你跟他有什麼狗屁關聯，答應我，以後你察覺到任何異樣，都不准有任何隱瞞，好嗎？」

「我這一生最大的祕密，其實早在妳十六歲那年就已經告訴過妳了，不是嗎？」李琰表情誠摯，他覺得那是自己最帥的樣子。紀雪靈臉上一紅，隨即作勢要揍人，讓他忍不住又笑了出來。

「兩位現在正在親熱嗎？在太君娘媽面前，這樣不太好吧？」旁邊一個聲音傳來，把他們都嚇了一跳。

「姓白的，妳可以再沒禮貌一點，進別人家都不用敲門的嗎？」紀雪靈一顆心臟差點跳出來，她大罵。

「對我來說，那不算是道門啊。」白無常回頭看了看，聳聳肩，接著她拿出手機，滑開生死簿，又說：「快點，我又需要妳幫忙！地府年中慶，孤魂野鬼戶口大普查，我還差好幾個失蹤的傢伙呢！妳幫我……」

「妳他媽的還眞是好意思，需要幫忙就來……」還沒罵完，紀雪靈心念瞬轉，忽然露出笑容，親切地說：「當然啦，小女子能爲您略盡棉薄之力，也是萬分榮幸的。」

紀雪靈這一變臉，讓李琰跟白無常都愣了一下。

「至於條件嘛……」果然她很快又變回市儈的表情，撥弄手指，說：「妳再透露點線索給我，我就幫妳找鬼，如何？」

那個擺放大量瓶罐的供奉堂裡滿是霉味，紀雪靈跟徐小茜一起，將數個瓶子小心翼翼取出來，逐一放在供桌上，大大小小、各形各色的共有幾十支，光擺出來就場面壯觀。此時太君娘媽的神像又罩上紅布，以防神威沖散陰魂。

「王淑子，庚午年七月生。」

一個瓶蓋打開，飄出淺淺白霧，都還沒凝聚成人形，白無常拿著手機，已經查出姓名與生辰，她隨口唸著，涅槃筷一夾，白霧瞬間凝成一顆寶魂珠，被她夾進桌上的大碗裡，碗中此時已經有七八顆珠子了。

這些瓶子大多都是從紀長春的時代，甚至更早以前就陸續蒐集的，寄居的全是當時不符合勾魂條件的孤魂野鬼，有橫死、自殺身亡之人，也有怨氣、煞氣太重，或者陽壽未盡，只能四處徘徊，非得等到怨氣消散或者陽壽走完才能進入輪迴。

套句紀雪靈的說法，人有苦命人，鬼也有苦命鬼，因此這幾年來，她也蒐集了不少瓶子，上次小約翰跟克雷格的婚禮，她放出來觀禮的就是這些孤魂的野鬼。

「甲午年生？」一邊夾珠子，白無常盯著手機咋舌：「居然還有清朝鬼啊！」

此時紀雪靈每放一隻鬼出來，只要符合輪迴條件，就讓白無常一一處理，其他尚不符資格的，白無常手一揮，那些鬼魂便又縮回瓶子裡去，讓徐小茜重新收好。

忙活了大半夜，大部分鬼魂都已經核對過，符合條件的爲數不少，白無常滿意得很，這次地府戶口普查，就屬她欠鬼最多，現在能逐一找回也算是功勞不小。當只剩下寥寥三四瓶時，紀雪靈拿起一支釉色雅致的陶瓶，白無常卻叫她放下，先把其他的處理完再說。

「爲什麼……」紀雪靈疑惑一下，隨即明白意思。她沒再多問，先把陶瓶擱著，將剩下的鬼魂都檢視完畢後，讓徐小茜逐一供香開飯。

「好了，我要的已經夠了，剩下這一個，妳自己去跟他談吧，我就不插手了。」白無常捧著那個大碗，看著裡面滿滿的寶魂珠，她滿足地說：「這一大堆呆帳，總算可以結清了。」

「我直接跟他談，妳不用在場嗎？」紀雪靈指著桌上的陶瓶。

「各取所需而已。」白無常嘿嘿一笑，輕拍她手中的大碗，說：「妳忙妳的，我忙我的，互相可不欠人情！」

說完，連招呼也不打，咻地一下就消失在門邊。

「現在怎麼辦？」李琰問。

「開吧，不然還能怎麼辦。」紀雪靈聳肩，既然不知道白無常留下這鬼的用意，那就只好隨機應變了。她拔出瓶口的木塞，一縷白霧緩慢飄出，並傳來一聲聲蒼老沙啞的咳嗽。

他們目不轉睛地瞪著看，只見這團白霧慢慢凝成人形，是個身形矮瘦的老鬼。

「那個……」老鬼大概太久沒有重獲自由，意識還非常朦朧，恍神半晌後，才湊近李琰，開口問：「李老黑，你怎麼也死了？」

聽他叫出李琰父親的名字，紀雪靈心頭一凜。

老鬼搖搖頭，又說：「不對啊，你怎麼死了反而變年輕啊？」

「你認識李老黑，是嗎？」紀雪靈問。

聽到這句話，老鬼錯愕了一下，他晃了晃，神情茫然，又過了好半天，才似有所悟地說：「噢，你不是李老黑，你是他兒子啊？原來，我已經死了這麼久了……連老黑的兒子也死了……」

「您一定知道我爸在哪裡，對吧？」李琰這時反而出奇地平靜，他已經認出來了，自己童年時曾見過這個老鬼，只是當時老鬼還不是鬼。李琰禮貌點頭，說：「木山伯，好久不見了。」

順著山路蜿蜒，沿途風景算得上是風光明媚，但他們都沒有欣賞風景的心情，紀雪靈在位於中部的丘陵邊陲，一處隱藏在樹林後面的安養院前停好車。

「你準備好了嗎？」她問。

李琰始終沉默，沒有回答。

「怎麼了，你不是也想找到他嗎？起碼他人還活著，不像我爸，就連魂魄都找不到。」

「如果我跟妳說，其實我不想見他呢？」李琰緩緩開口，說：「知道他還活著，對我來說就已經夠了。」

「連見他一面都不想？」

李琰默默點頭，又沉吟半晌，才說：「就像我一直跟妳說的，很多以前的事應該都留在過去就好，沒有追究的必要。或許他們會有那麼多祕密，就是不希望把下一代牽扯進去，既然如此，我們爲什麼還拚命挖掘？知道了那些祕密，對我們眞的有好處嗎？」

「但我們早就已經被牽扯其中了，不是嗎？」紀雪靈嘆息，她把手放在李琰的手上，然而陰陽兩隔，卻擱了個空。

看著兩手重疊，李琰明白意思，他也嘆了口氣。

昨天晚上，黃木山又恍惚了好久，還是很難理解自己所處的時空究竟爲何，面對李琰跟紀雪靈的問話，總是答非所問，到了最後，黃木山手指在桌面上虛畫，看起來像在畫一棵聖誕樹，過了許久，李琰才恍然大悟，而此時他們就站在畫著聖誕樹圖樣的招牌前。

「喜松安養中心」的招牌非常陳舊，門口雖然打掃得很乾淨，但整棟建築看來還是很有歷史。櫃檯邊一個穿著制服的老婦人，看來像是工作人員。紀雪靈辦好訪客手續，然後依照老婦人指示上二樓。

二樓有個工作人員推著小車，正在幾個房間來回穿梭著收拾午餐碗盤。對方朝紀雪靈點頭，紀雪靈也客氣微笑，走過身邊時，工作人員特別提醒，此時已是午休，請務必保持安靜。

紀雪靈來到走廊盡頭，確認門邊貼著的住民姓名，她轉頭看李琰，李琰點頭。

房門推開後，裡面還有兩個小隔間，可見這是一間雙人房，只是靠牆的床位空置，而靠窗那邊，一個蒼老瘦弱的男人坐在床緣，正呆愣愣地望向窗外。

「黑仔伯。」紀雪靈走過去，輕輕拍了對方肩膀。

那男人完全沒有反應，紀雪靈再側頭一看，發現他雙眼呆滯，嘴巴微張，口水緩緩流淌，對周遭的聲響充耳不聞。

「黑仔伯……」

紀雪靈還想叫喚，門口卻傳來剛剛那工作人員的聲音，她說：「李伯伯已經很久沒有講過話了。」

紀雪靈在登記訪客資料時，就自稱是李老黑的遠房親戚，也是受到長輩委託，到處探訪許久後才終於找到這裡。那個大約五十來歲的工作人員告訴紀雪靈，說她負責二樓的諸般打點，已經做了快三十年。只有在李老黑剛來的最初，看過他有過幾次情緒起伏，但愈到後來，他就愈加消沉，也幾乎不再開口，尤其最近幾年，除了會被攙扶著下樓散步外，絕大多數的時間裡，都是呆傻地枯坐床緣，望著窗外出神。

「身體狀況呢？」

「除了正常退化之外，其他都還好，我們每年都會做一次住民健檢的。」大嬸搖頭，感慨地說：「老實講，本來我以爲會有很多人來看他，但沒想到這麼多年過去了，居然只有妳來而已。」

「您這話是什麼意思？」紀雪靈納悶。

大嬸有些不好意思，搖手說：「我沒有別的意思。但講眞的，李伯伯以前是個大善人，他捐贈這所安養院的錢，都夠他自己來住上兩輩子了，像他這樣的好人一定是到處廣結善緣的，怎麼會都沒人來看他呢？我實在搞不懂。」

「他捐了很多錢在這裡？」

大嬸點點頭，告訴紀雪靈，就她所知，在李老黑被送來以前，他已經捐款無數，也因此，院長特別感激在心，即使這些年來李老黑沒有家人提供經濟支援，但他們依然持續照料，發願要陪這位恩人走完最後一程。

當大嬸離開，繼續去忙活後，紀雪靈又看看李老黑，拿紙巾幫他擦拭流下的口水，小聲地問李琰：「你不想跟他說說話嗎？」

從頭到尾，李琰都沒有認眞傾聽那位大嬸的訴說，他只是默不作聲地「飄」在沙發上，靜靜看著自己的父親。

「我幾乎認不出他了。」李琰說：「在我印象中，他很高、很壯，講話聲音非常宏亮。小時候，他常常單手抱起我，用滿臉鬍渣磨蹭我。」

「人總是會老的。」紀雪靈悵然。

李琰的目光始終都在李老黑身上，他慢慢地說：「不，不是那個問題。對我來說，所謂的『父親』，就僅只是他抱起我的那個畫面而已，除此之外，無論是以前或現在的他，都讓我無比陌生。或許這個男人的一生中，娶的、愛的從來都不是他的妻兒，而是讓他心心念念的那些古董吧。雖然我還記得他說過的一些話，但那都是各式各樣與古董有關的事情，也只有那些事情而已。」

說著，李琰忽然起身。

他像是長長地「吐」了一口氣，強撐著微笑對紀雪靈說：「好了，看也看夠了吧？說眞的，我很慶幸他變成這樣，起碼他永遠不開口，也就永遠不會再說出那些不該被我們聽到的故事，這樣很好，眞的。」

似是有淚，但又流不出來，李琰有些哽咽，只是他還微笑著。

這時房門又被推開，幾道皮鞋腳步聲凌亂踏入，門口傳來一道宏亮的笑聲，笑著說：「誰說嘴裡不講話，祕密就永遠沒人知道了？」

人隨聲到的程東山西裝革履，神情颯爽。

「你為什麼在這裡？」紀雪靈眼睛瞪大，難以置信地看著對方。

程東山絲毫不介意眼前的敵意，他微笑說：「這趟路好遠啊，光是跟車就跟得我頭昏眼花，差點暈車，還好我今天特別有空，才能託你們的福，也來探望一下老朋友。」

「你跟蹤我？」紀雪靈已經動怒，她握著拳頭。

「黑仔在這住了幾十年，難得有訪客，結果訪客就在他面前打架，這像話嗎？」程東山笑吟吟地，對李老黑說：「老黑，好久不見。眞沒想到你居然就躲在這裡，看來這應該也是紀長春的安排吧？」

「你跟黑仔伯到底是什麼關係？」

「上次不是說過了？我們是勝過血親的兄弟……」

程東山還沒說完，紀雪靈冷哼一聲，嘲諷說：「程議員跟別人稱兄道弟的方式還眞特別。」

「我算特別嗎？嘿，比起妳父親跟李老黑，只怕還差得遠吧？」程東山不怒反笑，卻對李琰說：「當年紀長春跟你父親的交情也不差，你要不要看看姓紀的又是怎麼對待朋友的？」

「什麼意思？」李琰凝眉問。

「人有三魂七魄，魂魄有損，就會變成這副樣子，這點常識應該知道吧？」程東山指指李老黑，冷笑說：「但問題來了，一個人好端端地，魂魄怎麼會受損呢？」

「你不要含血噴人！」紀雪靈知道他的弦外之音，氣得大罵。

「是不是含血噴人，妳不會自己查證嗎？」程東山哈哈一笑，對李琰說：「太君印靈威顯赫，你看也看了幾十年，應該認得出來吧？」

李琰心中一突，既沒想到程東山會忽然闖入，且一來就有此提議，李琰皺著眉頭，看看紀雪靈，見紀雪靈因爲自己的父親被詆毀，也正滿臉怒容，完全不相信眼前這傢伙的造謠。

「不用查證了。」李琰淡淡地搖頭，說：「反正我本來就不想知道。」

這讓程東山愣了一下，他壓根沒想到李琰會拒絕，正錯愕著，紀雪靈卻走到李老黑身邊，冷冷地說了一句：「但是我想。」

她不理會李琰的反對，直接伸出手，按在李老黑的天靈蓋上。只一觸，忽地臉色一變，她觸碰到了魂魄深處的傷印，而那傷印的靈動，與她平常的術法如出一轍。

「到底是我會交朋友，還是妳父親比較會交朋友呢？」程東山微笑搖頭，說：「李老黑，你吃虧吃了幾十年，今天老哥們總算替你討回公道了。」

天色很晚了，紀雪靈和李琰才終於回到家門口，途中他們完全沒有開口。

離開安養院前，程東山像是察覺到他們的顧慮，笑著說：「放心，黑仔跟我不管有多少恩怨，那些都過去了。現在的他對我不但沒有任何威脅，反而還是唯一能夠證明我清白的人，我會比任何人都更在乎他的安危。」

知道那傢伙雖然不是什麼正人君子，卻也說話算話，紀雪靈跟李琰掉頭就走。他們離開前，程東山還不忘對李琰補上一句：「小老弟，記得有叔叔在，需要幫忙可以找我。你不是孤家寡人。」

「多謝了，但我不需要你的幫忙。」李琰笑得淡然，不帶情感與溫度，回了一句：「還有，我既不是孤家寡人，也不是孤魂野鬼，我是有家的。」

第六章　環頸之緣

那幾句話沒能讓紀雪靈感到幽默，卻反而帶來無比壓力。

把車開回來後，她聽到李琰說了一句以前從不曾說過的話：「我出去走走。」他能走去哪裡？多少年了，李琰總是寸步不離地跟著她，就像以前每次被李老黑「丟」到太一宮時一樣，就算在李琰死後，一縷幽魂得到太君娘媽的允許，可以在附近自由活動，但也從不曾隨便亂跑過。

那現在呢？現在他能去哪？李琰猜到了紀雪靈的心思，又說了一句：「放心，我會注意安全，不會迷路的。」

紀雪靈長嘆一口氣，看著副駕駛座的位置空了，心中百感交集。她明白李琰的個性，知道他即使身死爲鬼，也從不曾有所怨言。對於那些塵封的眞相，李琰表現豁達，是眞的不在乎，也不希望紀雪靈太過在乎。只是紀雪靈沒想到，除此之外，李琰對自己的父親，竟還藏有另一番矛盾的心思。

她知道李琰與李老黑並非感情不睦，然而她又哪裡了解，一個父親過度熱愛冒險、追求自己所喜愛的物事，竟會對孩子造成數十年後依然難解的心結？想到這，紀雪靈有些懊惱與自責，原來她對李琰心裡的想法，竟是如此無知。

此時紀雪靈望見宮廟門口兩盞暗紅色燈籠搖曳，更顯得孤寂落寞。

原本她內心滿是惆悵，忽然又察覺有異，有個老婦人面向太一宮，正在跟徐小茜僵持，雖然音量不大，但紀雪靈聽到徐小茜用很差的口氣說：「拜託，妳煩不煩啊，我們這裡不是飯店耶，不是妳說來就來的地方。現在都幾點了，妳不想走，我還想睡覺咧！再說了，妳憑什麼在這裡嫌東嫌西的，要是覺得這裡不夠好，那妳拿錢出來，妳出錢讓我們裝潢啊！白痴喔！」

紀雪靈聽得一頭霧水，走近幾步，很快就認出來了。雖然沒看到正面，但她知道那正是街頭巷尾無人不識，背地裡人稱「死要錢」的阿華嫂。

阿華嫂也一把年紀了，但她每週兩天，固定在里民活動中心租用場地經營家政教室，雖然學費不便宜，但報名者絡繹不絕，連紀雪靈都參加過。

阿華嫂家在鄰近的大樓社區，怎麼會跑到這裡來，還跟徐小茜吵架呢？紀雪靈還在納悶，卻先感受到阿華嫂身上浮現的陰氣，再低頭一瞧，一雙臃腫的腿腳下是一片茫茫，她才驚覺這竟是阿華嫂的鬼魂。

「好了，好了，靈姨回來了，妳自己問她吧，看她要不要讓妳進去。」徐小茜氣呼呼地對紀雪靈說：「居然還有這種鬼，死了既不輪迴也不回家，莫名其妙跑來要借住！要不是我慈悲爲懷，老早一個印子打過去，直接讓她灰飛煙滅了！」

長年患有高血壓與心臟病的阿華嫂，今天在家政教室裡倒下，嚇壞了一大群婆婆媽媽們。當救護車抵達，遺體被搬運上車時，所有人之中只有徐小茜無比淡定，她早就看到阿華嫂倒下時，魂魄慢慢從身體脫離的樣子。

救護車開走後，大家議論紛紛，唯有阿華嫂一臉茫然，看看門口，看看那群婆婆媽媽，最後再看看身邊也正看著她的徐小茜。

「因爲只有妳能看得見她，所以她就跟著妳回家了。」紀雪靈又問徐小茜是否有在現場遇見白無常，但徐小茜搖搖頭。

想不明白，紀雪靈拿起三清鈴搖了半天，白無常也沒現身。

「還眞是見鬼了，白無常罷工啦？」紀雪靈皺眉，想到什麼似的，她問徐小茜：「話說回來，妳不用上課嗎？爲什麼會跑去活動中心？」

那瞬間，徐小茜臉上一紅，但敵不過紀雪靈銳利的目光，半晌後才說，原來最近老是跟徐嘉甄吵架，她覺得不是辦法，於是便想著要求和。徐嘉甄愛喝咖啡，徐小茜就想要親手煮杯咖啡給媽媽喝。

「妳有錢可以報名家政班啊？」紀雪靈瞄了阿華嫂一眼。

阿華嫂雖然剛死不久，腦子卻很快恢復清醒，尤其聽到「錢」字還特別敏感，竟然插嘴回話：「欸欸，我沒有騙她錢喔！我還給妹妹打折耶！」

「拜託，她要我幫忙洗杯子，又叫我跑腿買東西，才給我打九折。」徐小茜翻個白眼。

眼看這一縷孤魂死賴著不走，百般無奈之下，紀雪靈只好從回收物堆裡撿了一支寶特瓶給阿華嫂，阿華嫂竟然搖頭，說那支水瓶太髒又太小，她問有沒有好一點的瓶子。

「再吵的話妳就試試看。」徐小茜眞的忍不住了，劍指一橫，才讓阿華嫂乖乖聽話。

沒想到憑空又鬧這一齣，紀雪靈只覺得筋疲力盡，洗過澡後，獨坐門邊，小口喝著啤酒解悶。

「對了，李琰叔叔呢？」徐小茜還沒睡，一開口又問了個她最不想回答的問題。

「當年妳爸媽是怎麼離婚的？」不願聊自己的事，紀雪靈反問。

徐小茜沒有直接回答，她兩手舉起，手掌各自抓握，問紀雪靈：「一邊是愛情，一邊是妳人生中最大的心願，如果是妳，妳選哪個？」

「心願吧？」紀雪靈想了想，自己最希望的就是再見父親一面，弄清楚當年的事，爲了這個心願，她已經耗費了快二十年光陰。

「兩個選擇『心願』的人，注定了快吵快離，就像我媽跟我爸；兩個都選擇『愛情』的人，則可以白頭偕老。」徐小茜說：「至於一個選『愛情』，另一個卻選『心願』的組合，則注定了是遺憾的結局。」

「天底下的愛情只有這三種組合嗎？」紀雪靈苦笑。

「那我再問妳一次，李琰叔叔呢？」徐小茜瞇著眼睛看紀雪靈，說：「我只是年紀小，但可不是瞎子，你們一定是吵架了。」

「媽的妳比我還通靈。」紀雪靈呸了一聲。

「人生中那些不捨的，最後嚥氣時，都還是得擱下的。」紀雪靈對阿華嫂說：「不只是妳，我們都一樣。」

「那是因爲妳開宮廟，妳清心寡慾，不然一般人哪裡做得到？」幾天下來，阿華嫂的態度已經軟化不少，但還是略顯固執。

「開宮廟的人不一定就清心寡慾啦。」紀雪靈苦笑說：「我也會煩惱著三餐要吃什麼，經常看網拍，卻未必買得下手，常常都在爲難著到底要買哪一件衣服。」

這幾天，阿華嫂一直抗拒著，不接受自己應該前往輪迴的事實，導致即使白無常終於被催來了，卻也照樣勾不了魂。

「不肯走就可以不用走，妳有這麼好商量嗎？」徐小茜鄙視白無常。

「妳以爲我願意嗎？這個吳美華雖然陽壽盡了，但她罣礙太多，執念極深，只要一個不小心，陰氣隨時可能變煞，屆時不但投胎的機會沒了，搞不好還要在地府胡鬧一通。所以勾走她之前，最好還是讓她先了悟才行。」說著，白無常又瞪了徐小茜一眼，「還有，無常老娘我平常很忙，除了要跑外勤，偶爾還得回地府開會、參加研習之類的，不是妳們搖搖三清鈴，就能呼之即來揮之即去的丫鬟。」

迫於無奈，紀雪靈只好讓阿華嫂又住下來。這幾天她剛好可以開導開導對方，只是阿華嫂每每就要認同之際，偏偏轉個念又不甘願了起來，但問到底不捨什麼，她又不肯好好說清楚。

見阿華嫂還在鬧脾氣，紀雪靈已經不耐煩了，腦子裡突然想起阿華嫂的綽號，忽然靈光乍現，她低聲試探地問：「妳該不會是怕沒錢吧？」

「沒錢？我需要怕沒錢嗎？開什麼玩笑，我阿華……」跋扈的語氣猛然一止，阿華嫂竟然再也說不下去，但紀雪靈已經察覺到了，那股微微的陰煞之氣瞬間弱化。

搞半天，原來只是害怕死後沒錢啊？看著阿華嫂複雜而又心虛的表情，她只覺得啼笑皆非。

為此，徐小茜被差遣去大肆採購，冥紙、元寶多如小山，重得扛不回來，還包了一輛計程車幫忙載。

當金桶內燃起熊熊烈焰，阿華嫂臉上終於有了滿足的笑容。望著火光，紀雪靈不禁嘆息，有人牽掛所愛，遲遲不願輪迴，有人惦記江山，拚命逃避死亡，而也有這種人，就怕口袋裝不滿，連做鬼也堅持要當個有錢鬼。

「紀小姐，按照法規，妳不能這樣焚燒紙錢吧！」

小山高的紙錢還沒燒完，幾個人從巷子口走過來。

老里長當先開口，他皺眉說：「這樣汙染空氣，環保局會開罰啦！」

紀雪靈心頭一凜，倒不是為了那幾句話，而是因為里長伯身邊又站著那個討厭鬼。程東山雙手背在後腰，神情不屑，一副等看好戲的樣子。

「還有啊，妳看看這堆東西，汙水到處亂流，又容易孳生病媒蚊。」

老里長還在囉嗦，程東山卻手一擺，說：「所以說，如果要進行都更，配套就一定要做好。我們這一區向來給人老舊擁擠的印象，但更嚴重的，是居民觀念落後，又偏偏自以為是，根本沒把法律放在眼裡。」

「喂，你說話客氣點。」一見程東山，紀雪靈就有滿肚子火，她把紙錢丟得更用力，讓焚燒的火焰愈旺。

程東山也不惱怒，還是只顧冷笑。

「昨天我們市政討論已經決議了，等這屆選舉一結束，立刻開始徵收土地，到時候還要里長伯幫忙。」他對老里長說。接著，他看向紀雪靈，皮笑肉不笑地請託：「為了我們社區的共同發展，也為了給子孫留下一個更好的未來，紀小姐，再拜託您一起幫忙，好嗎？」

「好你個屁。」生平第一次，紀雪靈對別人比出中指，而徐小茜差點衝上去揍人。

等程東山他們離去後，紀雪靈還餘怒未消。正在抱怨，白無常已經現身，她嘿嘿笑著，先掏出一本存摺遞給阿華嫂，讓她確認過存款有幾個零，這才拿出涅槃筷。

這回阿華嫂總算心甘情願，乖乖地變成一顆寶魂珠。在被勾走之前，她還懊惱自己死早了，如果能活過都更，她名下那四間公寓搞不好還可以再翻幾倍價。

哭笑不得，紀雪靈鬆了口氣，正想歇一會，順便想想該上哪裡去尋找蹺家的李琰。李琰冥壽雖然四十左右，但心智年齡跟當初死時差不多，萬一闖了禍或得罪哪路神明，可就不好收拾。

這時徐小茜忽然問紀雪靈，有沒有處理過上吊的鬼魂。

「這種鬼魂怨氣非常重，一不小心就會變煞，也就是成爲厲鬼。」紀雪靈說：「很刺激，刺激到妳會寧可自己沒遇上。」

「那以我現在的能力，如果遇上了，解決得了嗎？」

「就憑妳？妳如果遇上了，那白無常大概就又得上來勾魂了。」紀雪靈嗤之以鼻，「不過勾的八成是妳的魂吧。妳問這幹麼？」

徐小茜賊兮兮地笑著，站在宮廟門口，用十分撒嬌的語氣問：「乾媽，妳今晚有空嗎？我請妳出去喝杯咖啡，好嗎？」

對於母親徐嘉甄的評價，徐小茜說：「傳播八卦的能力，遠大於辦案的本領。」

來到鄰區的這棟大樓外，紀雪靈就先感受到一陣陰冷煞氣。從地址到案發細節，全都是徐嘉甄在跟女兒閒聊時所透露的，反正案子都結了，她就當做聊天話題，分享給未成年的女兒。

二十幾層的大樓，前庭設有大門，然而門禁管理非常鬆散，居民來來去去，警衛卻連看也沒看上幾眼。此時她們趁著入夜後照明不佳，跟著別人走進大門，果然也沒引起注意。

搭電梯直上二十一樓，沿著安靜的長廊走到底，邊間門牌上寫著「二〇九」。紀雪靈問徐小茜：「記得我交代的吧？」

徐小茜點頭。

如果有得選，紀雪靈還眞希望陪自己來的，是那個時而衝動、時而幼稚的李琰，畢竟處理自縊的鬼魂可是相當危險的，她都自顧不暇，還要帶著一個孩子，未免太過冒險。但徐小茜說了，既然自己是帶著天命的，就不能永遠躲在紀雪靈身後，遲早也得出來闖蕩。

「闖蕩個屁。想當廟祝，過得了妳媽那關再說吧！」紀雪靈是這樣鄙夷她的。

說是這麼說，紀雪靈其實也想見識一下，究竟這座社區裡的鬧鬼是怎麼一種鬧法，因此終究還是答應徐小茜，帶她一起過來。爲此，紀雪靈做足準備，而徐小茜興奮不已，也幫著盛香灰、帶草偶，差點連七星劍都要扛出門。

按照資料上看，自殺案雖已結束調查，但若干手續尙未完成，因此房子還沒歸還給房東，剛好是一個管理的空窗期。此時她們來到門前，紀雪靈輕輕扳動門鎖，果然一扳就開。

屋內鋪設木質地板，以及簡約的裝潢，一如資料顯示，是一處違法經營的日租套房，特別的是這屋子竟然還設計成樓中樓。紀雪靈走到樓梯口，看著向上延伸的階梯，以及金屬欄杆扶手。

「應該就是那吧？」徐小茜指著欄杆，正要往前，卻被紀雪靈攔住。

欄杆處雖然空無一物，那條上吊繩也被解走，但煞氣依然在此瀰漫。紀雪靈取出一根小蠟燭點燃，在密閉的屋內，燭火竟然激烈搖盪，沒兩下就熄滅了。

這時才晚上八點半，距離案發時刻還早。紀雪靈帶著徐小茜大方地坐在沙發上，只差沒打開電視來看。

徐小茜介紹說：「這裡的屋主是個有錢人，聽說名下房子有好幾間，都是用來出租的。」她記憶力很好，幾乎將老媽說過的閒話都記了下來，此時正好一一分享。

剛講到格局改建的部分，紀雪靈忽然伸手打斷，她雙眼盯著欄杆，低聲說：「噓，注意看，她要來了。」

「她？」

徐小茜疑問，也隨即會意過來，一轉頭，只見本來空蕩的樓梯邊，開始有一股煞氣聚攏，整間套房立刻被寒意所籠罩。隱隱約約，空氣中有團白霧飄忽，在樓中樓的欄杆邊，凝成一個輪廓，身形像是個瘦削的女性。她低垂著頭，長髮搖曳，在欄杆正下方虛浮著。

那個女鬼像是完全沒有注意到紀雪靈她們，凝形後，顯露出乾淨秀麗的臉龐，只是此時她目光茫然，面若死灰，自顧自地往上飄，好像欄杆上還有一根隱形的繩子似的。

女鬼伸長脖子，做了一個往前套的動作，雙手握繩，然後放開，那瞬間身子一晃，雙眼暴突，全身劇烈顫動，彷彿正在經歷著極度的痛苦。那條看不見的繩索幾乎要將女鬼的脖子勒斷，她的舌頭吐了出來，表情變得無比猙獰，直到終於氣絕死亡。在女鬼身子停止擺盪時，屋內的煞氣已經強烈得讓徐小茜直打哆嗦，也讓她看傻了眼。

眼看那女鬼又一次把自己吊死後，身影淡化，開始有些透明，過不多時，就消失在紀雪靈她們面前。

「就這樣？」等那股煞氣淡去，徐小茜才抖了抖，問：「她真的會每天死好幾次啊？」

「也不是好幾次，就是這個時辰而已。她怨念那麼重，超渡也渡不了，只能一次又一次重複著死前的舉動，來慢慢化解煞氣。」紀雪靈蹲下身，在女鬼上吊的正下方地板上，以手輕輕撫摸，她沾起地上冰冷的水漬，說：「瞧，這就是煞氣凝成的水珠。她這樣一次次上吊，每吊死一次，身上的煞氣就會減弱一些，直到煞氣化盡，才有機會被白無常勾去輪迴。」

「那要多久才能化掉煞氣？」

「難說，可能三五次，也可能要三五十年。」

紀雪靈搖頭，抬眼看了一下，連忙拉著徐小茜縮到一旁，她們才剛閃開，只見欄杆處又隱然浮出一團白霧，逐漸漫肆擴大，再次凝成剛才的女鬼，但這回她身上的煞氣，似乎真的就比剛剛要微弱了些。

「一個時辰夠她吊幾次啊？」徐小茜好奇地問，話剛出口，紀雪靈急忙掩住她的嘴，但已經來不及了。

女鬼原本抬手要去抓那條虛無的繩子，此時卻慢慢放下，身子還飄在半空，一襲淺藍色洋裝的裙襬晃動，她一點點地轉過身，剛好俯視著蹲在角落的二人。

「妳們是誰？」聲音緩慢而沙啞，就像死前喉嚨被繩索勒斷，語音有些滯礙。說話時，她抬起下巴，燈光下那對原本黑白分明的大眼睛竟滿是血絲，十分詭異嚇人。

「我們誰也不是，只是過路而已。」紀雪靈沒有絲毫懼怕，反而站起身，她讓徐小茜縮到自己身後，然後打量了那女鬼幾眼，說：「不過我倒是挺佩服妳的，妳每天這樣吊來吊去，難道都不嫌累嗎？」

「妳說什麼！」那女鬼忽然聲音一厲，瞬間煞氣暴漲，屋內溫度也陡然下降。

「我有一個能幫妳化解的方法，想不想要呢？」紀雪靈一笑，手掌翻開，太君印早就有備而來，她掌心朝下，身子一蹲，在地板上用力一拍，瞬間靈光乍起，陽氣大盛，將那個女鬼震得飄遠。

「走！」趁這機會，紀雪靈一把扯住徐小茜，頭也不回地就往門外跑。

她們跑得飛快，但那女鬼追得更急，兩人才剛衝出門口，煞氣隨即趕上。紀雪靈手指正要碰到電梯按鈕，忽然頸間一緊，還不及反應，全身被猛地往後一拖，猝然間她竟毫無掙扎餘地，頸子應聲而斷，雙眼一突，兩腿一軟，已經被活活勒死，而在她後面的徐小茜則被那女鬼枯槁的長爪一掐，頸骨折斷，全身軟綿綿地倒下，跟紀雪靈的屍體一起蒸出青煙，化成兩只枯乾的草偶。

那女鬼爲之愕然，還在迷茫著，長廊中幾處華光隱現，太君印陣不知何時竟已啓動，在長十公尺不到的走廊上構成數道法檻，將女鬼阻隔在電梯彼端，一時回不了她吊死的套房。

「趁現在，快點！」

手上抓著鐵錐與槌子，紀雪靈蹲了下來。這招調虎離山之計其實簡單得很，讓草偶擬人，將女鬼引出套房，來到電梯口，紀雪靈和徐小茜躲在套房邊的逃生梯，施咒敕開陣勢，將長廊上預先布下的阻絕啓動，然後她們便乘機立刻衝進屋內。

紀雪靈在那女鬼縊死的樓梯欄杆下蹲低，鑿子抵住木片地板，槌子狠狠砸下，將木板鑿開縫隙，跟著鑿子一扳，那塊地板隨即裂開一縫。

「真的會在裡面嗎？」徐小茜一邊把風，以防女鬼突破封鎖奔回屋內，同時焦急地看紀雪靈鑿開第二塊地板。

「一定會有，老祖宗不會騙人。」紀雪靈篤定地說。

據典籍所載，縊死之人的煞氣極重，會聚而成水，更甚者則凝成如同黑炭一般，但略顯透明的晶體，只是這樣的東西，就連紀雪靈也沒見過。

按照紀雪靈的推論，煞氣凝水不可能滲到樓板底下，既然室內是有木地板裝潢，那相信只要鑿開地板，一定就會有所發現。只是紀雪靈萬萬沒想到，這地板居然鋪得如此扎實，她接連幾鑿，好不容易才撬開一個縫隙，偏偏馬上就遇到困難，鑿子打在一根厚實的支架角材上，差點拔不出來。

這時外頭傳來幾聲悶響，跟著聽到女子淒厲的喊叫，徐小茜側頭看了一下，大開的門外，那女鬼已經闖過第一道阻絕，原本淺藍色的洋裝竟像染上一片血紅，披頭散髮，雙眼爆睜，獰笑著揮舞雙爪，瘋狂撕扯一道若隱若現的光網，儘管掌心被靈光燒得汙血淋漓，她卻毫不在意，嘶啞嚎叫，衝過了第二道防線。

徐小茜焦慮地說：「行不行啊，她快進來了！」

「那妳倒是幫忙啊！」紀雪靈狠力又敲了一下，木屑四濺。

徐小茜顧不得槌鑿齊下的危險，雙手湊過去，將裂開的木板掰開，紀雪靈奮盡全力，最後一鑿狠狠砸下，地板總算被她鑿開一個大洞，一股腥腐臭氣隨即溢出。紀雪靈沒有掩鼻閃避，臉上卻反而露出欣喜，她將槌子一丟，直接探手進去，把一塊烏黑的東西給掏了出來。

「就是這個！」紀雪靈高興地叫了一聲，偏偏眼前一道影子掠過，她趕緊彎腰，才有驚無險地閃過一爪，跟著背部傳來劇痛，那女鬼飄忽著竟已繞到她身後，扯破她的衣衫，五爪抓上皮肉，刮出血痕。

紀雪靈痛得往前撲倒，手中的煞晶也掉落在地，幸虧徐小茜劍指急探，對準那女鬼的眉心鬼門之處刺去，女鬼明明俯衝飛快，卻不受慣性影響，硬生生仰頭讓開，且同時右爪橫掃，剛好打在徐小茜臉上，將她整個人搧飛出去，重重摔在樓梯邊。

「小茜！」

紀雪靈大叫一聲，奮力連揮幾掌，可惜她就算加快速度，卻也搆不著行動詭譎多變的女鬼，只見太君印不但沒能奏效，她反而肩頭、左臂跟額頭上都捱了幾爪，尤其額頭那一下抓得很深，已經讓她血流如注。

鮮血似乎將女鬼刺激得更加張狂，她張著大嘴，舌頭垂在唇邊，瞪起大眼，朝紀雪靈飛撲而來。

紀雪靈退無可退，腳步放慢，讓女鬼直撲身前，就在雙爪要掐上脖子之際，她忽然舉起右手，掌心一揚，將一把香灰都撒在那女鬼臉上，隨即右腳用力一踩，左手劍指朝著女鬼一劃，叫了聲：「道炁天罡布玄虛，太一靈寶敕萬邪，急急如律令！」

咒詞一落，那陣灰霧爆出閃爍螢光，宛如星芒點點，燙得女鬼再也支撐不住，只能抱頭倒地，瘋狂地嚎叫。紀雪靈知道光憑拳腳攻防肯定不是女鬼的對手，於是故意放慢腳步，引得對方近身，一把香灰，幾句咒詞，立刻就能奏效。

但即使一擊得手，紀雪靈也不敢大意，她連忙上前，左掌按住女鬼額頭，又喝了一聲：

「玄宗天地，道印無極，破！」

只聽得微微悶響從掌心傳出，那女鬼額頭上的鬼門被她猛地轟破，煞氣頓時散開，女鬼翻身飛了出去，摔在牆邊。

這時紀雪靈才終於放心，慌忙轉身去探視被撞暈的徐小茜。女孩雙眼緊閉，眉頭深鎖，連嘴唇都微微發紫，嚇得紀雪靈趕緊掐她人中，又拍了她臉頰好幾下，過不多時，徐小茜才慢慢醒轉。

「沒事吧？」見她甦醒，紀雪靈鬆了口氣。

「沒……」徐小茜眼睛微睜，口中才吐出一個字，忽然驚駭地看向紀雪靈的後方。

那瞬間紀雪靈暗叫不妙，猛一回頭，看見一個矮小的鬼童就在身邊。那鬼童大約只有三四歲的小孩身形，臉頰凹陷而枯黃，兩眼迸著血絲，張著大嘴，露出黑色利牙惡狠狠地朝她張牙舞爪，轉眼撲到身邊。

紀雪靈來不及細想，左掌太君印橫向推出，人手長於鬼手，鬼童還沒撲上，臉面先被這一掌拍個正著，當場倒摔出去。

紀雪靈一起身就要追擊，但徐小茜卻又尖叫，讓她趕緊回頭，這時已來不及了，她脖子一緊，已經被掙扎而起的女鬼死死掐住，側眼見那女鬼一張猙獰恐怖的臉龐湊得很近，血盆大口中，一條長長的舌頭滑過紀雪靈頸間，兩根雪白尖銳的大牙就要咬下。

「快……跑……」紀雪靈脖子被勒緊，連聲音都幾乎發不出來，兩眼發黑，頭暈目眩，雙手也無力舉起，只能拚盡全力地吐出這兩個字，要徐小茜趕緊逃命，然而徐小茜嚇得渾身發抖，又哪裡還挪得動雙腿？

此時紀雪靈喉頭哦哦連聲，就快被活活掐死，還沒等到人生跑馬燈，倒是那女鬼突然怪叫一聲，往後仰翻，連帶著把紀雪靈也拖倒在地。

紀雪靈後腦在地板上一撞，痛得眼冒金星，但也看到女鬼鬆開利爪，往旁邊盪了開去，而另一道煞氣騰騰的黑影立即纏上，同樣雙爪揮舞，才幾個周旋，黑影已經占盡上風，將女鬼逼到角落。最後黑影一個旋身，像一道黑色布匹纏繞住女鬼，將她整個提起，跟著又重重砸落，不偏不倚地就砸在那顆滾落在地的黑色煞晶上，只聽得一聲清脆碎響，煞晶被砸得碎開，而女鬼本就額上鬼門被破，這下更連最後一絲煞氣也被撞得四散，她翻滾幾圈後，再也無力掙扎。

「要做這麼危險的事，爲什麼不等我回來？」

黑影落地，還是熟悉的那隻鬼，李琰蹲在紀雪靈身邊，溫柔中又略帶一點責備之意。

「我哪知道你什麼時候才會回來。」紀雪靈癱倒在地，早已有氣無力，手摀額頭，鮮血還在滴淌。她看著李琰，說：「我本來以爲你永遠不會回來了。」

「妳相信春伯，相信他絕不會做出傷害朋友的事情，對不對？」李琰微笑著問。

紀雪靈點頭。

「那就對了，妳相信妳爸的爲人，而我相信妳。」李琰說。

紀雪靈想起剛剛的搏鬥，李琰的身手似乎又進步不少，她納悶地問：「這幾天你去幹了什麼，怎麼感覺煞氣變重了？該不會眞的答應了程東山，去跟他一起煉什麼法了吧？」

「我看起來像這麼蠢的鬼嗎？」李琰攤手說：「但我確實也感覺到了，不曉得爲什麼，好像眞的有點不太一樣，尤其是這雙手。」

眼下也不急著探究李琰的狀況，紀雪靈見那女鬼的一縷幽魂已經沒了煞氣，卻還雙目死死地瞪著他們，而旁邊那隻鬼童更加衰弱，只能倒在地上，被女鬼護在身邊。

「這是妳的孩子嗎？」見那女鬼即將灰飛煙滅，卻依然保護鬼童，紀雪靈皺眉問。

「我跟你們無冤無仇，也從來沒有害過人，爲什麼不能放過我們……」女鬼聲音極爲沙啞低沉，眼中滿是憤恨，「我只求一個角落，能讓我陪著孩子，這樣也不行嗎……」

「人一死，所有牽絆理當終結，妳就算自己不想投胎，難道要連孩子也一起耽誤嗎？」紀雪靈搖頭說：「不是我不容妳，但這是陽間，不是鬼魂應該待的地方。」

聽紀雪靈這樣說，女鬼卻笑了，只是笑得十分虛弱，她看看李琰，嘲諷說：「那他呢？他爲什麼可以在這裡？」

「我跟妳一樣，都有牽掛。」李琰先點頭，但又搖頭說：「但我唯有牽掛，卻沒有執念，所以妳會反覆經歷著自己的死亡，也許有一天會變煞墮魔，而我不會。」

「不……我不甘心，我不甘心……」李琰的幾句話觸動了女鬼，她搖頭喃喃自語著：「我不甘心……憑什麼我只能這樣死？憑什麼我的孩子就不能生下來？憑什麼……」

她愈說愈激動，身上竟然又微微溢出煞氣。

一隻鬼門已破，魂魄幾乎快要散盡的女鬼，居然還能再度凝出煞氣，顯見其怨念之深。紀雪靈不讓她再有機會異變，揚起左手上的太君印，冷冷地說：「我勸妳最好克制點。」

女鬼慢慢抬起頭，怨毒地說：「我不管。沒有看到他的報應之前，我絕不會放手的，我絕不會原諒他的……」

紀雪靈跟李琰對望了一眼，還未來得及應答，徐小茜已經掙扎起身，擠在一人一鬼之間，她搗著摔出一個大包的腦袋，說：「妳想怎麼樣？說吧，我會替妳做主。」

她曾經懷抱各種夢想。她喜歡瑜珈、路跑，雖然手藝有點笨拙，但烹飪也是她喜愛的一門技藝，此外，她想要養一隻貓，可以陪伴生活。

當然，她更希望能有個男友，最好是稍大自己幾歲，是那種成熟、幽默的男人。在一切毀於簡立峰之前，她曾眞心地以爲，這麼簡單的夢想沒有實現不了的道理。

起初是她單方面地被吸引，簡立峰長得很帥，雖然年紀大了她十歲，但有一股成熟的魅力在，特別是當他站在講台上談論中國古典哲學時，她幾乎以爲眼前這人就是莊周轉世，讓她分不清楚自己究竟是人還是蝴蝶。

猶豫很久，她才鼓起勇氣去試探，帶著一份報告去簡立峰的研究室，報告中都是她對莊子學說的分析及看法，那天她成功地將自己的名字鑲進簡立峰的記憶中，她是吳宣雅，中文系三年級的學生。

不久後，簡立峰帶著她跟幾名同樣對古典哲學有興趣的學生，去參加了一場學術研討會。會後慶功，大夥都喝了不少酒，在同學們散去後，只剩簡立峰陪她返回宿舍。或許是酒精的催化，又或者是一切太過水到渠成，簡立峰吻了她的臉頰，她卻情不自禁地張開雙臂，將那男人擁入懷中。

從此，他們變成一對各自戴上面具的男女，在學校裡是一起鑽研學問的師生，但離開學校後，則是濃情密意的熱戀愛侶。

這個祕密知者甚少，也只有學姊跟她最要好的閨密知情，她們都曾與她一起參加過研討會。得知此事時，學姊跟閨密都很訝異，但也都佩服吳宣雅的勇敢，並支持她愛著自己想愛的男人。

有好幾次，吳宣雅眞的相信，她那小小的夢想都將由簡立峰陪她實現，只是她沒想到就在學期結束前，簡立峰卻告訴她，自己在期末就要離開學校，前往國外進修。

她非常訝異，希望簡立峰能爲她多留一年，等大四畢業，他們可以一起出國，但簡立峰卻拒絕了，非常老套而八股的劇情，簡立峰告訴她，自己其實早就有婚約了。

「如果故事的開始，就是一場美麗的錯誤，起碼我們還能有一個唯美的結局，不好嗎？」簡立峰輕撫吳宣雅的臉龐，浪漫而溫柔地說。

她沒料到自己會成爲這種狗血劇情的女主角，更倒楣的是，就在她強忍著萬般複雜情緒，不哭也不鬧地答應了簡立峰後，卻在驗孕棒上看到最糟糕的結果。

如果只是單純的失戀，或許還不算太難承受，但爲了肚子裡的新生命，她卻不捨了起來，只可惜幾次約簡立峰出來，他都拒絕碰面，直到延宕了墮胎的時機，簡立峰才回覆她簡訊，告訴她：「我們都要爲自己的人生負責，不能用任何理由去勒索他人的未來。」

這是勒索嗎？這樣算是勒索嗎？吳宣雅絕望了，有時幾天閉門不出，有時會在課堂中忽然情緒崩潰，這樣的反常引起校方關注，她被要求暫時停學休養，而簡立峰也依照規定接受調查。

這件事她不敢讓父母知道，獨自在宿舍裡待了幾天。學姊與閨密跟她傳過訊息，但她拒絕了兩人的探視，她唯一期待的，只有那個此時根本不可能與她聯繫的簡立峰。

悶了快一個星期，最後終於受不了了，一個夜裡她跑出門，在簡立峰賃居的宿舍外徘徊，她只想告訴簡立峰，自己可以不要任何夢想，只求孩子順利生產後，孩子的父親能來看上一眼，她就會心滿意足。

但就連最後這心願都沒能完成，她等到半夜，看到的卻是她一直放不下的男人，挽著曾與她分享心情，不時關心她的學姊，親密地出現在門口。

聽完故事後，徐小茜皺眉問：「然後妳就上吊了？」

「沒有。」吳宣雅面色灰白，眼眶凹陷，已經不復生前的俏麗可愛，她啞著聲音說：「我想給他最後一次機會。」

「什麼機會？」

「我把他約出來，告訴他，不管之前發生多少事，我都可以放下，只要他願意再陪我一晚，讓我重溫他的存在就好，我會將他永遠記在心裡，然後放他自由。」吳宣雅一句句慢慢說：「所以他答應了。他帶我上車，開到這城市裡，帶我去吃飯、逛街，他說我這一身洋裝很美，說我今晚很動人，於是我陪他進了套房。」

「妳是眞心這樣決定的嗎？」紀雪靈也皺眉。

「我只是想讓他開心，說不定他會覺得，我比學姊更好，更能滿足他，也許他就會改變心意……」吳宣雅慘笑著。

聽到這話，連李琰都忍不住搖頭說：「妳眞的是我見過最傻的女人了。」

吳宣雅搖頭慘然說：「我最傻的地方，是以爲除了他名正言順的未婚妻之外，我只有一個對手。」

「我懂了。」心思機敏的紀雪靈忽然點頭，但徐小茜還一頭霧水。

吳宣雅說：「那天晚上吃飯，他一直忙著傳訊息。我們做完之後，趁著他去陽台抽菸，我偷看了他的手機，發現裡面都是讓人噁心的情話。他既沒有傳給他未婚妻，也不是傳給學姊，而是傳給我最要好的閨密。」

那晚，吳宣雅趁著簡立峰出去買飲料的空檔，在那間日租套房裡用延長線吊頸自殺，這件事一發生，簡立峰當然會受到牽連，但男歡女愛本是天經地義，況且簡立峰雖有婚約，但還是未婚，因此不到婚後外遇的程度；此外簡立峰的博士學程指導老師，還是一位頗具地位的老教授，有這層庇護，他雖然受到指責，卻只是重重提起又輕輕放下。

紀雪靈帶著裝有母子鬼魂的玻璃瓶走進大學校園。

徐小茜問：「我覺得怪怪的，這案子才發生不久，吳姊姊雖然懷孕，但又沒有生產，爲什麼她的鬼胎卻好像三四歲的小孩模樣？」

「那是因爲人跟鬼不同。人吃五穀雜糧才會長大，小鬼童仰賴的卻是來自母親的怨煞之氣，他母親所背負的怨念愈深，這鬼童也就長得愈快，而且愈凶狠。」李琰替紀雪靈回答，說著，他問紀雪靈：「這件事我看妳大概又要管到底了，對吧？」

「少來，這次可不是我要管的。」紀雪靈說：「況且我也沒說要那個渣男償命。」

「但我感覺妳就是會那樣做。」李琰搖頭，「別忘了，會折壽的。」

「你放心，我會頭好壯壯，等你百歲冥誕，還能幫你辦壽宴。」紀雪靈哼了一聲。

他們走入夜間的校園，來到中文系館外。按照吳宣雅所說，簡立峰最近總是在學校忙到很晚，準備出國事宜。他們先確認了簡立峰的研究室位置，就在學院一樓的邊間。

透過窗子窺視，不只是紀雪靈跟徐小茜讚嘆，連李琰都承認對方確實英俊瀟灑，簡立峰捲起袖子工作更顯男人味，也難怪女學生們對他趨之若鶩。

昨晚，紀雪靈心念一動，便問吳宣雅：如果找到了簡立峰，她有何打算？是要了結恩怨，甘心帶著兒子去投胎呢？還是打算拚個同歸於盡？那時吳宣雅沒有正面回答，但幽怨的眼神中閃過恨意。

此時紀雪靈揭開瓶蓋，放出兩道冤魂。吳宣雅現身後，略定了定神，發現已經回到熟悉的校園中，忽然睜大雙眼，雙唇微張，露出難以置信的表情。

「沒想到還會再回來吧？」紀雪靈口氣很淡，指著窗戶說：「他就在那。妳想要他得到什麼報應就去吧，以妳現在的能力，要殺死一個普通人也不是多困難的事。」

一聽這話，李琰臉色立刻變了，他正想反對，卻被紀雪靈反手阻攔。

紀雪靈對李琰搖搖頭，說：「凡事都有代價，這已經不是我們所能干涉的了。」

沒有理會紀雪靈與李琰的對話，吳宣雅雙眼直勾勾地瞪向窗內的男人，半晌都沒有動靜，而鬼童被母親抱在懷中，雙眼迷茫，還不知道屋內的那人就是自己的父親。

然而奇怪的是，等了好一會，這對母子鬼魂竟沒有半點要失控的意思，反而是吳宣雅將懷中鬼童輕輕放下，她沉吟良久後，轉頭問紀雪靈：「妳知道我爲什麼要自殺嗎？」

「因爲不甘心？」

「不，我只是想讓他知道，我敢爲了愛情賭上一條命，我要證明我深愛他，而這樣的愛，是任何女人都比不上的。」吳宣雅幽幽地搖頭，說：「但我發現，自己好像錯了。我那樣做，他一點都沒有感受到。」

「是啊。」紀雪靈點頭。

「所以我想要換另一種方式來證明，妳可以幫我嗎？」

望著吳宣雅誠懇的眼眸，紀雪靈又點頭。

「可不可以讓我們母子倆，一直陪著他就好？我會證明，無論多少女人在他身邊來來去去，只有我永遠永遠都不會離開他。」

「妳胡說什麼鬼話……」李琰吃了一驚，連忙出聲，但紀雪靈又是一擺手，要他不准插嘴。

連徐小茜也瞪了李琰，說：「這是女人的事情，你不要多嘴啦！」

紀雪靈從包包裡拿出幾塊黝黑中略帶透明的晶體碎片，正是昨晚從命案現場挖出的煞晶，再取一張紅色符紙貼在煞晶之上，口中唸咒。

「道濟乾坤，敕借朱雀，聽我爲用，急急如律令！」借火咒一落，她手指按在紅符上，輕輕喝了一聲：「滅！」

只見紅符被點燃，一小團火光騰起，迅速包覆煞晶碎片，不到幾秒鐘已將其焚化殆盡，只剩一點炭灰，隨著晚風散進校園中。

「妳的鬼門已破，煞晶被毀，就算再有萬般怨念，也永遠不能再生煞氣，甚至連害人的能力都沒了。今後妳跟妳的兒子，就只是孤魂兩道。」紀雪靈口氣淡然，看了屋內的簡立峰一眼，又對吳宣雅說：「去吧，用盡妳最後的一點餘力，牢牢守住妳最愛的男人，無論天涯海角，再也別失去他了，好嗎？」

「謝謝妳。」吳宣雅流不出眼淚，卻抱著孩子，朝紀雪靈深深彎腰鞠躬。

「其實妳早就知道，吳姊姊絕對不會害死那個渣男的，對吧？」徐小茜問。

「只是有預感，但沒有把握。」回家的路上，紀雪靈微笑說：「這種感覺妳懂、我懂，但就是有人不懂。」

「現在是在排擠我嗎？」李琰沒好氣地問。

「不是排擠你，只是男女之間本來就存在差異，那是你永遠無法體會的。」紀雪靈笑說：「好了，解決完一隻吊死鬼，接下來就要輪到另一隻蹺家鬼了。」

李琰愣了一下。

「說吧，蹺家好玩嗎？」紀雪靈瞄他一眼，「你這幾天幹麼去了，為什麼會學了一堆煞氣之術回來？」

「我也不知道啊！可能就是天資聰穎、潛能無限吧？但外頭的世界啊，嗯哼，那可好玩了，我可是第一次體驗到單身男人的自由呢！這可不是自誇，路上還有女鬼問我想不想冥婚咧！我告訴妳們，這幾天……」

李琰自吹自擂著，愈說愈得意，結果話都還沒講完，剛轉出大馬路，紀雪靈卻突然緊急煞車，李琰猝不及防，整隻鬼透車而出，竟摔到路中間去了。

後座的徐小茜也被嚇了一大跳，額頭撞在前面椅背上，痛得哀叫一聲，剛要問怎麼回事，卻看到路中央站著一個身穿白西裝的中年女人。白無常滿臉無奈，伸出雙臂，擋住了紀雪靈的車。

「妳不要以為自己是鬼，就可以隨便站在路中間攔車啊！」紀雪靈放下車窗，破口大罵：「妳上輩子是不是車禍撞死的，現在也想回味一下自己的死法！要死就死遠一點，別擋著老娘的車！」

「還說我呢！」白無常臭著臉走過來，理都不理躺在路中的李琰，對紀雪靈說：「上次那個阿華嫂又開始發神經，吵著不肯過奈何橋，搞得整條三途川都塞車了。我看妳還是趕快下去搞定她吧，否則無常老娘我可就不客氣了！」

第七章　十八地獄

只聽副駕駛座上的白無常說：「這樣吧，老娘我也不是貪得無厭的，給妳這次做功德的機會，我酌收三千億就好，記得不要小鈔啊，大張的比較好存款。」

紀雪靈瞪大眼睛，只恨自己本領低微，否則早就把這個比阿華嫂更死要錢的鬼差給一掌劈死了。本來紀雪靈已經準備好，要回家對李琰一頓拷打，責備他蹺家多日，結果半路上跑出一個白無常，害得她得調轉方向趕路。

來到郊區一處可以遠眺夜景的小台地，紀雪靈感到滿心疑惑，明明白無常每次都來去自如，爲什麼現在卻非得大老遠跑到郊外，才能接通前往陰間的入口？

「因爲我是鬼差，當然可以說來就來，說走就走。」白無常驕傲地說：「至於妳這樣的肉骨凡胎，就得依循正常的管道才行。」

白無常下車後，帶著大家來到山溝前，指著下面的水潭。

「從這下去就是了。」

看著約有十來公尺高的深溝，紀雪靈咋舌問：「從這跳下去？」

「人世間所有河川其實都與陰間的三途川水脈相通，以這附近來說，這條山溝確實是最近的支流沒錯。妳那個阿華嫂到了陰間，寶魂珠還爲人形，本該乖乖踏上奈何橋了，偏偏她又鬧事，嚷著非要見妳不可。哼，我可是看在妳的面子上，讓妳去解決，免得我一把業火把她燒了，妳又說我漠視鬼權。」說著，白無常回頭對李琰跟徐小茜說：「至於你們兩個，就乖乖待在這裡，好好地給她護法，不要到處亂跑，聽到了沒有！」

紀雪靈俯瞰黑黝黝一潭深水，正在躊躇著要不要跳，白無常忽然手一推，讓她重心不穩，不由自主地往下墜落。她連落下多深都不知道，一瞬間，只覺得渾身一涼，卻又沒有被潭水浸濕的感覺，反而頭重腳輕，彷彿世界被上下顛倒。紀雪靈腸胃一陣翻嘔，一屁股坐在地上，而地上軟綿綿的，觸手一摸，竟是滿地稀爛的泥巴。

「靠！我的褲子是新的耶！」紀雪靈啐了一口，又覺得不太對勁，一摸額頭，那處被女鬼抓破的傷口竟然不見了，這才知道原來肉身傷口，並不會跟著帶到陰間。她摸摸口袋，身上的東西倒是全都還在，她甚至好奇地拿出手機來看，可惜沒有訊號。

「別在那裡少見多怪的，快點走吧。」白無常早就悠哉地站在一旁，她指著遠方的河流，說：「看見沒有，那沿著河邊，有一條長長的人龍，正在排隊往橋上走，那裡就是奈何橋了。從這邊要過去的隊伍，都是新死的鬼魂要前往地府報到的。從彼岸走過橋來的那一隊呢，則是已經接受過審判，要分發出去輪迴轉世的。」

紀雪靈仔細一瞧，只見一座極長的狹窄木橋上，果然有兩列不同方向的人龍，正在緩緩走過橋。此時天色昏暗，陰雲籠罩，不時有藍紫色的閃電翻騰，映得那條汪洋般的大河也詭譎多端，而木橋細窄，被踩踏得搖搖晃晃。

紀雪靈發現走過去的那隊伍中，不時有鬼魂被擠落下水，掉進河中，只見他們一旦落水，河中好像藏著無數的魑魅魍魎，爭先恐後地伸出怪爪，將那些載浮載沉，哀號求救的鬼給扯入深淵。

「那種連橋都走不過去的，就是生前惡行重大的罪人。」白無常鄙夷地說：「他們連受審都免了，直接就魂飛魄散，送給三途川裡的血池獸當晚餐了。」

聽著遠方傳來的慘叫，紀雪靈吞了口口水，只覺得噁心反胃。她顧不得滿屁股的汙泥，跟著白無常往橋邊走。沿途遇到的鬼魂都是面無表情的模樣，看來像是剛死不久的傢伙。

白無常告訴她，鬼差勾魂回來，一到陰間，寶魂珠就會再次凝形爲人，但這些鬼魂歷經過魂珠凝煉，大都只能渾渾噩噩地排隊前往奈何橋，唯有生前執念太深者，才會像阿華嫂那樣，還保留著活人的脾性。

她們步步走近，奈何橋已在眼前，紀雪靈看得清楚，木橋不但非常朽舊，而且橋下連橋墩都沒有，數千人往來走踏，不停搖晃，好像隨時都會坍塌一樣。

「原來傳說中的奈何橋就長這樣？」她大失所望地說。

「這樣是怎樣？」白無常冷哼一聲，說：「反正妳也活不久了，再過一陣子就換妳去排隊，到時候就可以眞正感受一下走過奈何橋的感覺是怎樣了。」

指著對岸，白無常又向她介紹，過了奈何橋，才算眞正進入地府，往前直去，會有連綿不絕的高山，山上寸草不生，都是由玄鐵所鑄，因此又名鐵圍山；鐵圍山高千百丈，鬼魂們如果在經過奈何橋時，沒有先領取一點硃砂印的話，在山路上就會遭到異獸的襲擊，魂魄會被咬得支離破碎；翻過鐵圍山後，可以到達十八地獄，依各自的罪業輕重受審償還，等業障還完，再選擇長久留住酆都，或重新投入輪迴；至於一些陽壽未盡，或雖遭橫死，但僥倖獲得超渡的冤魂，則住在鐵圍山之後，地藏王菩薩管轄的枉死城中，等待陽壽都過完後，才會開始地獄受審之旅。

說到這些時，白無常神情得意，好像地獄規模很大，是件頗值得驕傲的事情似的。一邊說著，來到岸邊一排枝葉搖曳的大樹下，本來紀雪靈還納悶這河邊無風，怎麼樹葉會不停晃動？到了樹下才發現，那些枝椏根本就是一隻隻枯皺的人手，指尖鋒利，一直劇烈搖擺，好像在招徠鬼魂們似的。

在一棵大樹下，紀雪靈看到兩個身穿深藍色運動服的怪人，手上各執一根長長的三叉戟，戟尖朝下，警戒著一名坐在地上的婦人。那兩個穿著運動服的怪人應該都是階級低的鬼卒，長相非常怪異，除了眼睛之外，居然沒有其他五官，其中一名鬼卒臉上只有一顆比拳頭還大的眼睛，而另一名則有六顆小於常人的眼珠子，散亂地排列臉上。

「妳又胡鬧些什麼，為什麼不乖乖過河？」鬼卒收起長戟，紀雪靈走近，瞪著那個一臉氣悶的婦人，她當然就是阿華嫂了。

「我不過去了，我沒錢了！」阿華嫂劈頭就一句：「窮都窮死了，我還過去幹什麼！」

紀雪靈愣了一下，問她：「沒錢？怎麼可能沒錢？我不是給妳準備了幾十個零的冥幣嗎？」

聽到這句話，阿華嫂反而更生氣，她指著那兩個鬼卒大罵：「還敢說！妳問問他們啊！

從下來的第一天開始，什麼都要錢，連吃一塊紅龜粿也要錢，隨便都幾千萬，誰有那麼多閒錢啦！」

說著，她掏出存摺，用力翻扯開來，紀雪靈一看當場傻眼，裡面一筆筆全是支出，最後一頁的結餘只剩不到百萬。

「這是怎麼回事？」她瞪著白無常。

「這個嘛……」白無常嘿嘿一笑，說：「入境本來就要隨俗不是？」

「她才剛下來耶，連奈何橋都還沒過，居然就已經山窮水盡了。你們這種撈錢的方式，是想逼死她嗎？」紀雪靈大怒。

「話不是這麼說，天底下哪有不要錢的午餐？再說，她本來就已經死了，也不會再死第二次。」白無常哼了一聲，說：「總之呢，我就是叫妳來看看狀況，妳要幫忙就幫忙，不幫也無所謂，但是過了奈何橋之後，有錢的鬼就可以搭火車通過鐵圍山，不必受那些血雨腥風及天雷地火之劫，而就算能熬過鐵圍山，到了判官面前，沒錢疏通，她也只能乖乖受審，最後連投胎都得聽天由命，抽到哪戶人家，她就去誰家托生……」

「夠了夠了。總之要錢就對了，我懂。」紀雪靈早已聽不下去了，她擺擺手又嘆了口氣，蹲下身，對已經狼狽不堪，披頭散髮的阿華嫂說：「阿華嫂啊，該幫妳準備的，妳家人都會備好，我也會再幫點忙。但妳就好好聽我幾句勸吧，就聽這一次就好。錢這種東西呢，就算生前家財萬貫，死後一樣一無所有。就算我們燒給妳金山銀山，在陰間一樣被人勒索一空，妳又哪裡能享受得到半分呢？妳要早點看開，才能早點解脫，懂嗎？」

紀雪靈說得誠摯，讓本來還氣鼓鼓的阿華嫂也不禁默然。

「這樣的道理，妳能說給別人聽，怎麼就不說給自己聽呢？」旁邊白無常也嘆了一口氣。

紀雪靈不時回頭，看著阿華嫂的身影融入長長的排隊人龍中。紀雪靈還在張望，卻被白無常在背後一推，讓她跌出兩步，等回過神時，只覺得身子一晃，仔細一瞧，自己竟已回到陽世，還好好地站在深潭邊上。她伸手摸摸屁股，那一堆沾到的汙泥都還在，但剛剛的經歷卻宛如夢境。

「好了，任務完成。」白無常就在她身邊，嘿嘿一笑，說：「要燒多少給那個阿華嫂，這妳自己決定，但我的五千億可別忘了。」

「五千？妳本來不是說三千？」紀雪靈咋舌。

「帶妳下去參觀一趟三途川，難到不應該收點導覽費嗎？」白無常得意得很，她順順衣領，轉身就要離開。

「等等。」紀雪靈叫住她，又說：「這樣吧，乾脆二一添作五，我付妳八千億，妳就好人……不對，是好鬼做到底，再幫一個忙吧，可以嗎？」

「當然可以。」一聽到還有錢拿，白無常立刻換了一張臉，笑吟吟地問：「需要幫什麼忙都可以，儘管開口說！」

「既然妳說枉死城中住著一堆陽壽未盡的鬼魂，那我爸呢？我爸應該也是吧？妳多收我那幾千億，就幫忙找找看，我只要知道他的下落就好，這總行了吧？」

「嘖，妳怎麼老是講不通呢？」一聽到這要求，白無常皺眉說：「剛剛在下面，還叫別人不要執著，結果妳自己才是最頑固的人！」

「現在已經不只是我想找人而已了。」紀雪靈搖頭，指著李琰，說：「他父親雖然還在世，但魂魄受損，最詭異的是損其魂魄的原因，居然是我家的太君印，妳說這不是很怪嗎？」

「哪裡怪？」白無常搖頭。

「我爸跟他爸是好朋友耶！」紀雪靈不耐煩地說：「我爸怎麼可能會用太君印打傷自己的朋友？」

「哎呀，那照妳這麼說，天底下都沒有好朋友反目成仇的故事了？」白無常嗤之以鼻。

紀雪靈篤定地說：「總之，我可以多付妳錢，妳就幫我找找紀長春，剩下的我會自己看著辦。」

「看著辦？妳還能怎麼辦。難不成還想闖地府？」白無常冷笑說：「如果妳眞有這個念頭，那別怪我沒提醒妳，古往今來，幹這種事的，可沒幾個有好下場。」

「放心，我還沒那麼找死。」紀雪靈說：「我就是想知道，我爸到底在哪裡。」

「哎呀，也不是說我不貪財，但八百年前就跟妳說過了，妳爸的魂魄根本不在地府，他就跟這個姓李的小子一樣，名字都從生死簿上消失了。」白無常指著李琰，說：「不如這樣吧，你們再去找找他老爸呀，搞不好他老爸還能多給點線索？」

「黑仔伯魂魄不全，是還能跟我們說話嗎！」紀雪靈怒起。

「現在不能說，不代表他跨過那條線後也不能說呀。」白無常拿出手機又確認了一下，忽然賊笑了幾聲。

聽到這句話，李琰的臉色瞬間都變了。

找到李老黑那天，李琰下了車後，只覺得思緒混亂。

多年來，他一直以爲父親已經亡故，也覺得那樣或許更好，起碼父子倆都超脫了生死大關，甚至連紀雪靈苦苦追尋的問題，他也希望最好不要有水落石出的一天。自己父親的死因，以及紀長春魂魄的下落，那都是上一代的故事，現在李琰雖然只是一縷幽魂，但能夠陪伴紀雪靈一輩子，他已經滿足，畢竟若干年來，父親二字，之於他眞的沒什麼好印象。

只是他沒想到，幾經波折後，竟得到了父親的消息，但這樣一個神智失常，只能痴傻地望向窗外的瘦弱老人，李琰眞的無法將他跟自己記憶中的父親形象重疊。而他更不願意的，是去揭曉父親變成這樣的眞相，因爲那些必定都與紀長春有關，當然也就跟紀雪靈有關。

於是他下了車，重新自問，時至今日，是否還能對這一切視而不見？李琰知道那是不可能的，就算自己做得到，紀雪靈也不會答應。

所以他才又一次回到安養院，想多看看那個男人，想試著從他蒼老而乾瘦的臉龐上，多找到一點關於父親的印象。

「所以那幾天你跑回喜松去了？」紀雪靈問。

「是的。」

「黑仔伯……他還好嗎？」一想起李老黑的魂魄中竟然有太君印的傷痕，紀雪靈實在難以接受。

「他很好。」李琰露出微笑，卻笑得有些艱辛，「眞心的，我想告訴妳幾件事。第一，我爸魂魄中那道太君印的傷痕，不管是怎麼造成的，我都不會怪妳，因爲那根本與妳無關。」

「謝謝你。」紀雪靈低頭。

「第二，雖然陪了他幾天，但我還是無法將他跟我心目中的父親連結在一起。」李琰黯然說：「我跟他終究還是太疏遠了。」

「但他畢竟還是你父親，無論你承認與否。」

「我沒有不承認呀。」李琰笑了，說：「但那又如何呢？那幾天，我一直觀察著他，看著安養院的人照料他，幫他換衣服、擦澡，扶他上輪椅，到外頭曬太陽，但無論怎麼看，都覺得他只是一個陌生的老人而已，無法產生那種父子間的孺慕之情。」

紀雪靈聽著，很想拍拍李琰的肩膀，然而人鬼兩隔，她伸出手，卻無法摸到眼前的身影。

「沒事的，我已經想通了，也就是因爲想通了，所以才回來的。」李琰說：「以前他喜歡古董，喜歡冒險，我一直以爲，他最不喜歡的應該就是自己的兒子。也曾經很不諒解，爲什麼他爲了那些古董，最後竟連累得自己失蹤，甚至讓我也沒了命？可是後來我看開了，反正死都死了，人死不會復生，而我因此才有機會能永遠陪著我想陪伴的人，這樣其實也是一種幸福啊，不是嗎？」

紀雪靈忍不住流下眼淚。

李琰憐惜地說：「別哭，我就是不想讓妳難過、讓妳擔心，才急著趕回來的。我想告訴妳，那幾天看著父親，我是真的想通了。妳想找的那一切，或許當時光的塵埃都掃盡後，看到的也不過就是千瘡百孔的過往，但沒有關係，只要是妳想要知道的，我就會陪妳去找。」

「但這對你不公平。」紀雪靈搖頭，「我知道，一直都是我在逼你，逼你一起挖掘那些你不願我碰觸的真相，我知道你只是想保護我。」

「是啊。」李琰輕輕勾弄手指，並用上了一點陰氣，讓紀雪靈的髮梢搖晃幾下。他說：「我真的不想看妳受傷，看妳難過，我甚至希望妳永遠離開這一行，好好當個良家婦女就好。」

「一個被男鬼纏身的良家婦女嗎？」紀雪靈忍不住笑了。

「妳讓吳宣雅怎麼對待她那個負心漢，我也願意這麼對妳，但我不會那樣做。只要妳願意開始新的人生，我就會乖乖離開，重新輪迴。」李琰口氣平淡，但眼神認真，說：「對我而言，除了妳之外，我再沒任何東西好失去了，所以，只要妳好，就是我好。」

「那幾天，你到底從黑仔伯身上感受到了什麼，會讓你變成這樣？」紀雪靈抹去眼角的淚水，忍不住問李琰。

「其實，不是從我爸那感受到的。」李琰笑著說：「是從程東山身上。」

「爲什麼你會在這裡？」當李琰看見程東山坐在沙發上，與父親靠得極近時，他立刻警戒起來。

然而程東山很悠然，他跟李老黑相隔不到一公尺，像極了一對闊別多年的老友正在敘舊。

「這麼多年不見，我有很多話想對他說。」看著李老黑，程東山喟然，又問李琰：「那你呢？你又爲什麼在這裡？」

「我應該沒有回答的必要吧。」李琰冷淡以對。

程東山沒有介意，他自顧自地笑了。上下打量李琰，說：「這麼多年，我本來以爲永遠都找不到你們兩家的後人了，更沒想到遇見你時……你居然已經是隻鬼了。」

「你是怎麼找到我們的？」李琰問。雖然很不想跟這人說話，但有些原委，他卻還是非得弄清楚不可。

「不難呀。」程東山聳肩說：「我何必找？你們自己就送上門來了。何文新一死我就察覺了。天底下能用太君印的，除了紀長春的女兒，我不相信還會有第二個人。」

李琰微微冷笑，心想那你還眞是猜錯了，因爲在太一宮裡，現在就有兩個會用太君印的女人。

程東山又說：「這些年來，我上天下海地找遍了，誰曉得原來你們離我這麼近。看來，這就是所謂的緣分吧。」

「緣分個屁。」李琰嗤之以鼻。

「難道不是嗎？當我一察覺到太君印重現，立刻就小心翼翼地派人監控，而你們也沒辜負我的期望，不停露出馬腳，找到了那隻鼠妖，也逮到了黎凱勤，唯一讓我意外的，是你們居然連我煉法之處都能查到，這眞讓我始料未及。」程東山笑說，他站起身，走到李琰面前，「而且更讓我驚喜的，是你。」

「我？」

程東山點頭說：「你感應得到箭鏃中，有一種特別熟悉的感覺，對吧？同樣地，我也感覺得到你的魂魄中，藏著我非常想知道的祕密。但在那之前，我們還有點事要做。」

說著，程東山左顧右盼，好像在等待什麼似的。

「你想找她嗎？不用白費心機了，只有我自己來而已。」李琰微笑。

程東山訝異了一下，他凝神感知了片刻，說：「嗯，這又讓我失算了。眞沒想到，紀小姐那樣霸道蠻橫的人，居然會放你出來獨自晃蕩？」

李琰鄙夷說：「既然我沒後援，那你安排的埋伏也就派不上用場，應該可以撤了吧？」

程東山哈哈大笑，說：「是啊，你不提，我都差點忘了。」

他手一招，只見房內的四面牆上竟不約而同地，隱隱浮現出數道煞氣，並逐漸凝成人形。他們長得奇形怪狀，有的大耳如扇，有的青面獠牙，且全都穿著深藍色的運動服。

「你從哪裡找來這麼多煞氣極重的惡鬼？」李琰瞥了他們幾眼，皺眉問。

「你在宮廟裡混了這麼些年，多少認識幾個鬼差吧？」程東山聳肩說：「其實陰間跟人間都一樣，沒有錢跟拳頭不能解決的事，當然也就沒有聘請不到的保鑣。」

他手再一揮，那幾個被「僱」來的保鑣同時消失，煞氣散得無影無蹤。

程東山才又重新落座，說：「好了，現在應該是我們叔姪倆，彼此開誠布公的時候了吧？」

「不要一直講成語，我書讀得少，聽不懂。」李琰沒好氣地搖頭，說：「還有，我不想在我爸面前跟你這種人浪費口水，你可以滾了。」

「你好像沒聽懂我的話啊？」程東山傲然一笑，「剛剛我說了，天底下沒有錢跟拳頭不能解決的，換句話說，也就沒有錢跟拳頭所不能交到的朋友。」

「你想跟我交朋友？」

「我不但想跟你當朋友，還想把你當成最親近的家人，就像你父親當年跟我那樣，而我相信你沒有理由拒絕。」程東山點頭。

「爲什麼？」

「因爲三個原因。」程東山胸有成竹地說：「第一，你是黑仔的兒子，也就等於是我的兒子，既然把你當兒子看待，就不會坐視你淪爲孤魂野鬼，我不但能供奉你香火不絕，甚至連救拔你的方法，或多或少，我也知道一點，這就是你會答應我的第二個原因。」

「聽起來挺吸引人的，那第三個原因呢？」李琰忍不住都笑了。

「如果你希望自己心愛的女人可以平平安安，好好活完這輩子的話。」程東山口氣變得冷峻，說：「光憑第三個原因，你就沒有反對的餘地。」

李琰笑得更大聲了，他邊笑邊搖頭，說：「眞是他媽的夠了，這種老套的台詞你都講得出口，程議員，原來你不是把我當白痴而已，你是有牌的流氓當太久了，以爲地球會照著你的腳步在運轉了，是嗎？你難道沒想過，你最有把握的第三個理由，恰好也正是我非反對你不可的理由嗎？」

「你有這本事？」程東山露出一絲獰笑。

「不信，你試試看？」李琰冷笑，煞氣已經瀰漫全身，而且是他自己都沒預料到的，那種來自魂魄深處，猝然迸發的強烈煞氣。

「什麼叫做救拔你的方法？」紀雪靈納悶說：「肉身都火化了，難不成他還能幫你搞個借屍還魂？」

「天曉得，總之我沒興趣。這二十年來，我已經看夠了妳一天到晚違逆天道，現在程東山也想表演，他得去找自己的觀眾。」李琰聳肩。

紀雪靈問他：「萬一他說的是眞的呢？」

「什麼意思？」

「上次他不是說過嗎，他們供奉的什麼黑羽箭之類的邪靈，幾乎是有求必應。你看何文新，還有程東山都一樣，搞得有權有勢的。說不定他是眞的有辦法呢？」

「妳是不是下一趟地府，就把腦子弄壞了？」李琰瞪她：「那些鬼話妳也信。妳都知道他供奉的是邪靈了，居然還把那種話當眞？好吧，就算是眞的，但肯定也不會是什麼正經辦法，他那種邪術，我可不想碰。」

返回太一宮的路上，李琰把那天在安養院裡遭遇程東山的事情說了，只是當時對方提出的是三個理由，李琰此時卻只說了兩個。

「我倒覺得，搞不好他是眞心想招攬你。」紀雪靈沉吟說：「他跟黑仔伯以前搭檔過，對你應該有一點情分，再加上你魂魄中有古怪，可能眞的藏著什麼他需要的祕密，對你這樣的鬼魂而言，金銀財寶沒有用，唯一能讓你感興趣的，大概也只有借屍還魂了。」

「妳這麼會分析，怎麼不去當名嘴？」李琰翻了無數個白眼。

不想再提程東山，李琰換了個話題，講到那天程東山離去後，他留了下來，一直看著父親。

「他對外界幾乎沒有任何反應，我很懷疑，他到底是不是另一種形式的植物人。」李琰沉思著，說：「那時我在想，或許可以把他接回來，就算他已經不認得我，也與我記憶中的父親相去太遠，但無論如何，他終歸是我爸，我又豈能讓他孤伶伶地住在那裡？」

紀雪靈點點頭，以她的財力，這件事確實不成問題，而自從聽到白無常的那幾句話後，其實她就有了這樣的念頭，甚至巴不得愈快進行愈好。

只是她還沒開口附和，李琰卻又說：「我知道妳會贊成，但可惜，我很快就打消這想法了，把他接回來，對任何人都沒有好處。」

「怎麼會呢？我們可以……」

「不，我們不可以。」

紀雪靈沒說完，李琰搖搖手。

「他已經遠離塵囂很久了，那些工作人員可以每天陪他散步，可以照料他的起居，這樣對他才是最好的。」李琰看著紀雪靈，用安慰的語氣說：「我知道妳一定是爲了白無常的那幾句話，所以才特別著急吧？但我希望他靜靜走完最後的人生就好，儘管我知道這對妳不公平，但我眞的不想讓任何人再去打擾他，包括妳我在內。」

紀雪靈無言以對。

李琰說：「再等等吧，等他走完最後這一程，魂魄重新凝聚時，相信白無常看在錢的份上，會讓我們再見到他的。有什麼想問的，我們到時候再去問他，好嗎？」

「好。」紀雪靈點頭。

這一夜，李琰在小瓶子裡待得極不安穩，他想起自己在謐靜的深夜裡，看著父親躺在床上還沒入睡時，那空洞無比的眼神。

那時李琰以手指輕輕撫過父親瘦削的臉龐，父親的臉頰偶爾抽動，但眼神沒有變化，只是痴痴地望著天花板。李琰手指滑過，並感知著父親魂魄深處的意識，只是意識是混亂的，許多深刻記憶都盤根錯節，有些是兒時玩耍，有些是江湖冒險，也有幾幕是父親年輕時懷抱他的溫馨景象，全都混雜在一塊，而且人影模糊。

偶爾，李琰會感受到父親的一絲掙扎，像被久困迷宮的人，在絕望與痴顚之餘，時而發起怒來，猛力衝撞著意識牢籠，但怎麼也突破不了。

「別急，別急，不要勉強。」李琰凝望著父親，「我們鬥不過天，也沒有鬥的必要，所以你要讓自己慢下來，再慢一點，這樣就好。」

李老黑好像有聽懂兒子的話，那一縷受損而躁動的魂魄，似乎真的有稍稍止歇一點。那一夜，李琰平靜地待在父親身邊，像是也跟著沉沉睡去。李琰跟自己說，這如果是父子緣分的最後幾夜，他很感謝老天爺的賜予與補償。是啊，他告訴自己要知足，這樣就夠了。他還有事情要做，還有需要守護的人。

與父親有關的畫面，終止在那一刻的寧靜中，不知不覺間，有另一股陰鬱與恐慌的巨大壓力正悄悄襲罩他。李琰又聽見了馬蹄聲，聽見箭矢飛掠的颼颼聲，以及大片喊殺的衝擊，當他發現自己的意識中，只剩滿地血汙時，父親的畫面已經不見了。

他在一片火光連天的暗夜山巒前驚慌走著，看見光禿禿的曠野上，矗立著一座孤獨而殘破的營壘。他移動腳步，朝著營壘過去，穿過迷濛沙霧，終於隱約看見營壘大寨的門上，懸著被戰火燒黑的一塊木匾，雕著五個字——安西都護府。

他蹣跚著走近，城牆上褪色的旌旗兀自招展，來到乾涸的護城壕溝邊時，不知怎地，他忽然感到一陣劇烈心痛，一下下撕心裂肺，讓他叫不出聲音，只能雙腿一軟，跪倒在壕溝邊。

李琰只覺得心臟像是要迸出身體，他張大嘴，卻不知道能找誰求救，這時寨門緩緩開啓，但說也奇怪，巨門絞鍊扯動時沒有金屬尖銳地摩擦聲，反而是清脆悅耳的鋼琴演奏，那是他熟悉的聲音，是紀雪靈的手機鈴聲。

「怎麼了？」李琰終於被喚回現實，發現自己竟然又做了一個夢，可是即使是夢，他也感覺到心口有種難以言喻的糾結痛楚。

紀雪靈穿著睡衣，踩著拖鞋，露出驚詫神色，問電話中的人：「你剛剛說……黑仔伯他……走了？」

工作人員除了表達哀悼，也告訴紀雪靈：「自從上回您跟那位程先生來訪後，李伯伯狀況好像有點起色。我們本來還以爲，他精神上受到一點刺激，也許有機會慢慢恢復了，但沒想到……」說到這，那個長年照護李老黑的大嬸也黯然。

「那黑仔伯的後事呢？」紀雪靈問。

「李伯伯跟我們劉院長的父親是好朋友，劉老院長過世前就安排好了，說等李伯伯百年之後，一切委由我們處理，當年甚至連費用也結算過了。」大嬸說。

「連費用都算好了？」

大嬸點頭，說：「這部分的詳細狀況我也不是很清楚，但李伯伯過世後，院長就已經依照當初的安排，委請禮儀公司來處理了。本來院長也有考慮是不是要先通知您或程議員，畢竟兩位是這些年來唯二來看過李伯伯的訪客。但考慮到你們都不是他的家人，所以最後還是交由院方來處置了。」

紀雪靈看向旁邊，徵詢李琰的意見，李琰搖頭說：「罷了，不過是皮囊而已。」

大嬸看不見李琰，她又問紀雪靈是否需要前往殯儀館瞻仰遺容，紀雪靈再看過去，見李琰還是搖頭，她說：「這就不用了，沒有關係的。」

來到李老黑生前的房間，此時床位已整理過，床單平整，只有小會客桌上有個紙箱。大嬸說：「李伯伯幾乎沒什麼私人物品，只有幾件舊衣服。院長說了，還是尊重亡者親友們的意思，但那位程先生好像很忙，一直聯繫不上，所以我才打電話給您。」

紀雪靈點頭，這時她不再詢問李琰的意見，自己捧起紙箱，低頭時卻有一滴眼淚落下。

「這麼多年了，多虧了你們照顧。」紀雪靈對那位大嬸深深鞠躬。

「不用客氣啦。大家都像家人一樣，李伯伯這樣走了，無病無痛的也很好，我們都應該爲他高興。」大嬸感慨地說：「本來這兩天看他嘴巴張開，好像在說話的樣子，我們都高興了一下，以爲他終於願意跟我們溝通了呢……」

「他說話了？」紀雪靈微一皺眉。

「是說話了，可惜除了幾句好像在跟誰道歉或安慰的話，其他的我們也沒有聽懂。」大嬸說著，她要紀雪靈稍等一下，跑回工作站去拿了一台袖珍錄音機來，說：「有時候我們的住民如果口齒不清，大家都會把他們含糊的聲音先錄下來，必要時也可以請醫生或家屬來聽聽看。」

紀雪靈眼睛一亮，立刻按下播放鍵。那機器非常老舊，錄音帶又反覆使用，音質很差，不停發出沙沙聲，李老黑低啞的氣音吐出含糊語句。

「琰琰乖，琰琰不哭，琰琰乖，琰琰最聽話，爸爸也聽琰琰的話，琰琰不哭，不痛了，琰琰不痛，爸爸也不怕痛了……」

這樣的句子反覆低迴，聽得紀雪靈鼻酸，側眼只見李琰垂首，早已成鬼魅的他，此時竟有兩行眼淚落下。李琰聽著父親終於開口的聲音，像是在呼應那兩天他守在這時，對父親的喃喃自語，雖然父親沒能親口應答，但他知道，父親當時一定聽見了，聽見了他的心聲。

那段話並不長，只有大約一分多鐘，李老黑停了下來，發出粗重的喘息，然後又像在吟唱似的，唸著重複的幾句話，紀雪靈聽得清清楚楚，那竟是兩句太君印咒詞：「玄宗天地，道印無極……玄宗天地，道印無極……」

紀雪靈向大嬸索要了那捲錄音帶，捧著李老黑少數的遺物，慢慢走出喜松安養院。到了門前，回頭再看一眼，心念一動，她問大嬸：「對了，您說黑仔伯與老院長以前是好朋友？」

「是啊，不過詳細的情形院長自己也不清楚，他以前待在歐洲，也是做老人長照事業的，等老院長過世後他才回來繼承喜松安養院。所以有很多事情都是老院長當年交代給我們幾個老員工，等他兒子回來，才由我們轉達的。」

「所以妳見過老院長，也見過以前的黑仔伯嘍？」

「見過好幾次啊。」大嬸點頭說：「老院長以前很喜歡玩古董，也認識一些古董界的朋友，我記得那時候他們常常幾個人湊在一起，就在院長室泡茶聊天，李伯伯就其中之一。」

「除了他之外還有誰？」紀雪靈又追問。

「這個嘛……」大嬸想了想，說：「我記得還有一個姓黃的。還有另一個比較少來，所以我也不記得姓什麼了，不過……不過長得跟上次那個程先生好像有點像，但我不確定。」

聽到這，紀雪靈心下恍然，又問：「他們那群人當中，有跟我一樣姓紀的嗎？」

「這我就真的記不得了。」大嬸尷尬地搖搖頭。

紀雪靈在離開前，跟大嬸要了匯款帳號，希望可以盡點心意，讓李老黑的喪禮不要過於簡陋，自始至終，李琰都沒有多開口。

回到太一宮，老莊正在跟徐小茜做買賣，徐小茜挑三揀四，東折西扣。紀雪靈走了過去，直接掏出兩千元給老莊，然後叫徐小茜閉嘴。

老莊是個喑啞人，得這麼多錢，驚慌得不敢收下，而徐小茜則巴不得把那兩張千元鈔收進自己口袋，又在那邊拉拉扯扯。

「眞是夠了。」紀雪靈擺手對徐小茜說：「把錢給他吧，老莊都這把年紀了，妳也要多點慈悲心啊。」

「慈悲心不是這樣用的！」徐小茜瞪眼說：「我現在可是在做生意耶！」

紀雪靈哭笑不得，她先逼著老莊收下鈔票，將人打發走，才對徐小茜說：「今天眞的不適合做生意，拜託讓我們靜靜好嗎？」

徐小茜愣了一下。

紀雪靈瞥了眼安靜獨坐板凳上的李琰。

「李琰叔叔的爸爸前兩天過世了。」看徐小茜就要發問，她搖頭說：「這個妳不要過問。一者說來話長，二來是故事太複雜，妳也不需要懂那麼多。總之呢，存行善之心，多幫助別人一點，這樣總是對的，懂嗎？」

「懂，」徐小茜點頭，又補了一句：「但是生意歸生意，以後我做生意的時候，妳不可以亂插手。」

「知道了。」紀雪靈苦笑。

紀雪靈將遺物收妥，見徐小茜還在清洗回收寶特瓶，好奇地問她，怎麼又幾天沒遇見徐嘉甄。徐小茜唉聲嘆氣，說老媽不曉得又忙什麼案子，兩三天才回家一次，這次徐嘉甄非常有刑警的原則，問她忙什麼，她守口如瓶，說案子還在偵辦中，叫女兒少過問。

「所以妳又搬下來了，是吧？」指著供桌上的課本，紀雪靈說：「那是娘媽吃飯用的桌子，不是妳的書桌啊！」

頭也沒回，兩手正在忙活，徐小茜說：「娘媽想學英文，我課本先借祂一下。」

眞不曉得能拿這孩子怎麼辦，紀雪靈從小倉庫裡搬出不少紙錢，焚化同時默默祝禱，希望能讓李老黑在路上使用。旁邊徐小茜見狀，知道這是燒給李琰父親的，於是也過來幫忙。她們安靜地將一疊又一疊紙錢送入火中，彼此沒有交談。

忙完後，紀雪靈回到板凳邊，看著低頭無語的李琰，她問：「吃點東西吧，吃完去休息一下？」

李琰抬頭卻問：「什麼時候要去找他？」

「找誰？」紀雪靈愣了一下。

「我爸。」李琰說：「我知道妳一定很爲難，不曉得還要不要做這件事，對吧？」

紀雪靈默然。她確實正在兩難，李老黑一旦過世，按照白無常的說法，人死之後魂魄重凝，有些生前糊塗的，死後反而神思清明。她想知道的前塵過往太多，現在確實是找答案的好時機。然而按照李琰的心願，他希望那一切從此塵埃落定，尤其父親剛死，他又如何能夠以自己的幽魂之姿，去見九泉之下的父親？思來想去，紀雪靈也不知該如何決定才好。

「我不想當一個自私的人，就算是自私的鬼，我也不想當。」李琰給她一個安慰的微笑，說：「能再找到我爸，讓我陪他兩天，我已經沒有遺憾了，但對妳來說這一切卻才只是開頭，有了我爸這條線索，當年春伯發生的事妳才有機會再追下去，不是嗎？」

「但是……」

「我不想再生波折，但我更不想看妳不開心。」李琰堅定地說：「我要的是妳眞眞正正的放下，才有屬於自己的人生。」

「怪了，怎麼會這樣呢？」白無常拿著手機滑來滑去，疑惑地說：「按理，他現在應該還沒過奈何橋才對，怎麼會找不到人呢？」

「到底是怎麼回事？」李琰有些不耐煩。

「我哪知道啊？那邊也不是我的轄區，你爸的魂魄可不是我勾的。」白無常也沒好口氣，說：「這樣吧，你們先等等，我再幫忙找找就是了。」

「是個屁啊！」紀雪靈口氣更差，說：「妳錢收了就想過河拆橋嗎？不管黑仔伯的魂魄是誰勾的，總之一定是在陰間啊！妳要是不把魂魄給我提上來，我可不會放過妳。」

「哎呀，居然敢威脅我？活得不耐煩了是不是？」白無常瞪了紀雪靈一眼。

三更半夜的，太一宮還燈火通明，徐小茜本來等著大開眼界，想看看傳說中的鬼差提魂究竟是怎麼一回事，不料白無常拿出手機滑了半天，居然說她找不到鬼。

「這不對，太不對了。」

白無常面子有些掛不住，她也沒想到一隻鬼下了陰間，竟會無端消失。按理說，每個負責勾魂業務的鬼差隨身都攜帶一雙涅槃筷，把新死的魂魄夾成寶魂珠後，回到陰間，珠子重新凝回人形，這時鬼魂便會按照慣性，乖乖排隊過奈何橋才對，怎麼卻失蹤了呢？

白無常按捺不住了，說：「總之這隻鬼不可能不見，除非底下出了什麼事。」說著，她收起手機，轉身就要離開。

「妳去哪裡啊？」紀雪靈急忙叫住。

「廢話，當然是下去查啊！」白無常都快煩死了，她只撂下這一句，倏忽就消失在門邊。

滿滿的期待落空，徐小茜也愣然，她問：「現在怎麼辦？」

「你覺得呢？」紀雪靈也沒了主張，把問題丟給李琰。

「我有一種不太妙的感覺。」李琰沉吟著，問：「上次白無常帶妳下陰間去找阿華嫂，妳說那的低階鬼卒們，都穿著一款樣式很老舊的藍色運動服，對吧？」

見紀雪靈點頭，李琰咬牙。

「那天在我爸的房間裡，程東山有幾個不是人的手下，穿著一樣的衣服。」

「什麼？怎麼可能？」紀雪靈大吃一驚。

「這世上還有什麼是不可能的。」李琰說：「看看那個白無常就知道了，在陰間，只怕鬼差、鬼卒們比陽間的警察更好買通吧。」

「那怎麼辦？」徐小茜也知道事情不妙，她急著問：「難道李阿公死掉以後，反而比活著更危險嗎？」

「我有個辦法。」心頭一沉，隨即萌生一計，紀雪靈握拳說：「我看白無常就算親自回去找，大概也找不出什麼了，不如咱們自己來吧？」

再次來到那塊小台地邊緣，已經凌晨。

上次紀雪靈就注意到，而這回感受更是明顯，本來夏夜的郊區應該滿是蟬鳴蛙叫，但這竟是一概不聞，安靜得很怪異。

下了車，走到山溝邊，紀雪靈揹著小背包，問李琰：「你眞的要陪我走這一趟？我再強調一次，這對你而言是非常冒險的，萬一遇到鬼差，發現你居然是生死簿上的黑數，肯定會惹來大麻煩，連我都未必能保得住你。」

李琰聳肩一笑，反問：「從小到大，哪一次胡鬧闖禍，妳身邊缺過我的？死了二十多年，從來沒看過陰間到底什麼樣子，妳說，這種千載難逢的機會，我又怎能錯過？」

李琰站在水潭邊，低頭往下望。

本來徐小茜苦苦哀求，非得跟來不可，但紀雪靈鄭重拒絕，還再三交代，要她務必守住太一宮，萬一自己與李琰回不來，太一道的傳承以後就都在這孩子身上了。

「別開玩笑了，怎麼可能回不來！」徐小茜都快急哭了。

「是啊，有妳在，我們怎麼可能回不來？」紀雪靈笑著對她說：「三天吧，就三天。要是我們沒有回來，妳就拜託娘媽做主，想辦法救我們，好嗎？」

那幾句交代的話，都還言猶在耳，但倘若眞出了事，太君娘媽就算神威顯赫，難不成還能插手陰間的事？其實誰也沒把握。

他們站在深潭邊，紀雪靈拿一條金色絲線，一端纏在自己左腕上，另一端點燃後，一口氣吹滅火苗，只見李琰的魂魄右腕上也出現了絲線。

「一線兩牽，以免走丟。」紀雪靈剛說完，縱身就往深淵墜落，並將李琰的魂魄也跟著往下扯，雙雙躍進了不見底的山溝中。

跟上次一樣，紀雪靈整個人頭重腳輕，墜落到底的瞬間，體內五臟六腑好像全都位移，差點沒暈死過去，而且這回更慘，她落地之處不是上次三途川河畔的濕軟泥地，而是重重摔在堅硬如鐵的地面上，就算來到陰間的已是虛無之身，但是屁股用力一撞，還是讓她痛得哀叫連連。

「奇怪，這是哪裡？」

紀雪靈還痛得睜不開眼，旁邊已經傳來李琰的納悶。

她好不容易定睛一瞧，這舉目四顧都望不見三途川，更看不到奈何橋。她發現自己置身在層層堆疊的高山之間，在一片暗紫色雲霧繚繞的陰沉天空下，高山被暈成不同深淺的墨色，每一座都高聳入雲，看來峥嶸詭譎，而他們所在之處，正是其中一座高山的半山腰。紀雪靈努力睜眼，就著昏暗的光線張望，發現四周雖然是山巒峻谷，但其實寸草不生，她用手拍拍地面，發現觸手冰冷，而且有金石鏗然。

「我知道了，這是鐵圍山。」紀雪靈沉吟著說。

「鐵圍山？」

指著群峰，她說：「到了陰間，所有的鬼魂都會匯聚到奈何橋，過橋後就是一條山路盤桓，要走完蜿蜒的鐵圍山路，才會抵達十八地獄，我們現在應該就是在鐵圍山上。」

「但山路上好像沒多少鬼魂。」李琰張望著。

「時代在進步。」說到這個，紀雪靈就鄙視得很，「現在有錢的鬼魂，都可以直接坐火車穿過鐵圍山了，只剩窮鬼才需要慢慢走。」

「我還以爲我們會到奈何橋。」李琰咋舌著。

「我也以爲是。」

紀雪靈爬起身來，李琰伸手去扶，本來他們這個日常的舉動，結果總是李琰透明的手掌掠過，但此時卻眞眞切切地碰到了紀雪靈的手腕。他們都愣了一下。李琰玩心一起，手指戳戳她的臉頰，反而被揮了幾拳。

打得李琰連忙逃開後，紀雪靈又看看周遭，說：「照理說，如果要找黑仔伯，我們確實應該要在奈何橋邊降落才對，但不曉得為什麼，卻跑到這來了。」

「或許冥冥中自有天意吧，誰知道呢？」風聲呼嘯中，李琰前後再看幾眼，他問：「既來之，則安之，現在先想想，是要往前繼續爬山，或是朝著奈何橋那邊，往回走下山吧？」

紀雪靈想了想，說：「往回走吧！黑仔伯腳程再快，也不至於一兩天就走出鐵圍山。我們往奈何橋那邊去，跟所有的鬼魂反方向走，總應該會遇得到的。」

有了上次的經驗，知道陽間的東西其實可以隨身帶到陰間，因此紀雪靈便挑了不少裝備。這時再檢查一下，包包裡有一盒香灰，還有幾張符令，一把銅錢以及一包糯米，連同無數預先燒來備用的冥幣。

確認東西都還在，紀雪靈把包包重新揹好，帶著李琰往山坡後走。

沿途都是曲折起伏的山徑，有時還得手腳並用。也不曉得走了多久，身在陰間，手錶根本沒有用處，指針早就停了。

途中他們遇到幾個茫然無知的鬼魂，就算看見這一對往反方向前進的男女，他們也渾然無感，只顧著盲目地攀爬前行。遇到這些鬼魂時，紀雪靈就拉著李琰讓到一邊，並仔細留意，看會不會遇到李老黑。

蹣跚著走了一段又一段路後，忽然一陣熱風撲面，前面山嘴還沒轉過，大老遠地已經傳來慘叫哀號聲。紀雪靈急忙上前查看，只見小路過去不遠，就是一小片台地，台地與對面的大山之間有一座奇怪的橋梁連通，而橫亙在兩座鐵山之間的，竟是熱燙沸騰，閃爍著刺眼光芒的熔岩之河。

熔岩流動時，冒出陣陣往上竄起的蒸騰熱氣，而那座橋梁也很怪，不停滴著水。他們仔細看才發現，橋梁是一座「架」在兩山之間的冰橋，並非和山一樣由黑鐵所鑄。冰橋遇到高熱自然不斷融化，但水滴落下，還沒落進岩漿中就被蒸發。這畫面壯觀而詭譎，讓李琰忍不住驚呼。

那座冰橋全長不過十幾公尺，兩端似乎有些奇怪的生物來回盤桓，仔細一看，竟是數十隻體型巨大，但瘦骨嶙峋的癩痢狗，牠們豎高耳朵，口中流涎，顯露出尖銳的長長獠牙，不停發出低吼，且臉上居然有四隻眼睛，正牢牢盯著橋上行走的人。

「噓，那是娑羅彌耶！」紀雪靈拉著李琰蹲低，小聲說：「娑羅彌耶是傳說中的地獄惡犬，有四隻眼睛，本來是用來看守奈何橋的。沒想到眞實樣貌長這樣。」

「名字好難念，而且長得眞夠醜的。」李琰皺眉。

鬼魂們似乎也感受到危險，躊躇著要不要踏上冰橋，但惡犬不停逼近，有些鬼害怕得想逃走，被牠們大嘴一張給咬住，撕扯著裂成好幾塊，全都吞進肚子裡，而一些僥倖逃過撕咬的，則趕緊奔上橋，但冰橋融化速度奇快，加上橋面又滑，又有不少鬼魂失足墜落橋下，被滾燙岩漿給燙得魂飛魄散。

一批鬼魂當中，只有寥寥幾個能順利通過，但冰橋這一端的也有惡犬攔路，又把他們咬得遍體鱗傷，幾乎是肢殘體破地通過。可是說也奇怪，一旦過關後，那些鬼魂殘缺的肢體竟又冒了出來，恢復成原本的手腳，只是他們歷經這一場災難，早已嚇得神智不清，狼狽不堪。

除此之外，只有極少數鬼魂沒有遭受惡犬攻擊，可以安然從彼端台地踏上橋梁，又過橋來到這一邊。當那些鬼魂經過紀雪靈身邊時，她多看了幾眼，突然低聲叫了個不好。

「這下糟了，我忘了一件很重要的事。」紀雪靈皺眉對李琰說：「鬼魂通過奈何橋後，會先領到額頭上的一點硃砂印，有了印子，再看有錢沒錢，有錢的可以搭火車，沒錢的就自己爬山。但問題是，爬山的途中會遇到很多危險，如果頭上沒有硃砂印，只怕很難平安走出鐵圍山。你看那些被狗咬得亂七八糟的鬼魂，他們臉上乾淨得很，而順利過橋的，額頭上則都有記號。」

李琰瞪眼，垮著臉問：「我猜妳這趟下來，應該準備很充分吧？」

「幾乎什麼都有，可惜就是忘了硃砂。」紀雪靈也一臉苦。

「口紅呢？口紅可以代替嗎？」

「誰下地獄會帶化妝包的？你可以再幽默一點。」紀雪靈瞪了李琰一眼。看著前方的景象，解釋說：「十八地獄並非單指十八個地方，而是每一處大地獄之下，又有各種小地獄。比如這座冰燹橋，原本是屬於冰山地獄的一部分，專門懲罰不仁不義之徒，所以又名冰燹地獄。」

「那看來我們就算沒有那點硃砂印，應該也可以通過吧？」李琰摸摸自己心口，說：「我那麼年輕就死了，應該沒幹過什麼不仁不義的壞事才對。」

「想想看我們小時候做過多少惡作劇，你確定不會被狗咬？」

紀雪靈嘖了一聲，從包包裡取出那包糯米。自古以來糯米就被視為可以驅邪之物，這趟雖然忘了帶硃砂，但糯米她倒是買了一些備用。

「跟緊點，別離我太遠。」她小心翼翼地朝那片台地過去。

渾身爛瘡流膿，獠牙駭人，四隻眼睛滴溜溜亂轉的惡犬，正盯著橋上戰戰兢兢的鬼魂，迫不及待要大嚼一頓，一時沒注意到有人來到身後，當一回頭，紀雪靈當先一腳把一隻惡犬踢飛，那隻惡犬肚腹中腳，騰空而起，悲鳴聲中，已經摔落深谷，被燙得灰飛煙滅。

其他惡犬霎時間猛吠起來，連忙轉身直撲，紀雪靈也不管有效沒效，將手中糯米朝著狗群撒出去，本來是冀望糯米粒可以驅邪，但沒想到那些惡犬餓得慌了，一見糯米落地，竟然紛紛搶食，但這些哪夠狗群享用？牠們爭奪時居然開始互相撕咬，亂做一團。

沒想到歪打正著，紀雪靈大喜，拉著李琰立刻往橋上跑。她腳步很輕，踩在那座冰橋上，幾次差點滑倒，非得放慢速度，努力維持平衡，而且眼睛根本不敢往下看，忍受著橋下蒸騰上來的炙熱，步步為營地前進，才順利抵達橋的彼端。

只是一剛過橋，這邊的惡犬們隨即也湧了過來，同時又有一隻非常衰老的鬼，滿臉驚恐，渾身血汙，連滾帶爬地朝他們靠近。

「趴下！」

紀雪靈朝著那老鬼喊了一聲，見老鬼趴低，她兩手揮灑，霎時間糯米粒亂飛，吸引惡犬東奔西竄，一片混亂中，紀雪靈左手拉著李琰，右手扯起老鬼，已經跑過台地邊緣，遠離那群瘋狂的惡犬。

脫險後紀雪靈雖然有點喘，但摸摸鼻孔，其實根本沒有呼吸，甚至連腿腳也沒有因此而疲勞。

老鬼額頭上沒有硃砂印，他雙眼空茫，滿臉痴呆，連話都說不出來，當然更別想從他身上打探到其他的消息了。

「大概是連蓋硃砂印都要索賄吧。這老鬼一臉窮酸樣，鬼卒們就任由他自生自滅了。」李琰猜測。

嘆口氣，紀雪靈也不知道救了這老鬼到底有何意義，只是在那危險的當下，實在不忍心看他遭難，而現在老鬼還在橋的這一端過不去，該如何幫他繼續旅途，才是天大的問題。

「現在怎麼辦？」李琰皺眉。

紀雪靈躊躇了一下，拿出剩餘的糯米，對老鬼說：「老先生，這樣吧，我把這包糯米給你，你帶過去，就像剛剛那樣用糯米把惡犬引開，就可以安全通過了。」

老鬼顫抖著手，捧著半包糯米，嘴裡嗚嗚連聲，用一種感激又惶恐的眼神看著紀雪靈。

「我能幫你的也就只有這麼多。」看著老鬼，紀雪靈想起平常靠拾荒維生的老莊，她有些不忍多看，囑咐說：「你要好好保重。」

「妳把糯米都給他，萬一我們之後還需要用到，那可怎麼辦？」李琰忍不住問。

「難道你要我見死不救嗎？」紀雪靈搖頭說：「只要我還活著，就不容許有這種事。」

知道那就是她的個性，李琰也無可奈何，看老鬼眼角泛淚，抱著半包糯米，哦哦連聲地像在道謝，李琰問：「我們還要繼續往前走嗎？」

「不然還能怎麼辦呢？」紀雪靈望著遠方，說：「如果我沒記錯的話，冰嫠地獄之前，好像還有兩個小地獄，應該是烈風地獄跟吪舌地獄吧。」

「好奇怪的名字。」李琰皺眉問：「妳到底從哪裡學來這些知識的？」

「如果你也有一個成天跟妖魔鬼怪打交道，還經常組團帶人逛地獄的老爸，你一定也會記得這些的。」紀雪靈再次揹起背包，準備繼續前進。

「春伯以前還開過地獄旅行團啊？」李琰好奇地問。

「俗稱『觀落陰』啦！」

這一趟跟鬼魂們走反方向的路程，沿途也並不孤單，不時可見三三兩兩的幽魂蹣跚而過。有些頭上有硃砂印的，看來還算整齊乾淨，但沒有印子的，則顯得狼狽落魄，甚至還有斷手斷腳；而無論是哪一種，鬼魂們全都低頭無語。

兩人慢慢前行，認眞留意，就怕跟李老黑擦肩而過，然而又走了一段路，卻還是沒有遇上最想見到的鬼。

走了幾個小時後，紀雪靈指著前方不遠處那一片傾斜的山壁，說：「那應該就是吪舌地獄了。」

「上面好像有東西在動。」李琰極目遠眺，但在昏暗的光線下，卻怎麼也看不清楚。

他們來到坡前才終於瞧見，在這片由黑鐵鑄成的鐵圍山脈中，這片山壁卻是僅有的例外，坡上爬滿了密密麻麻的藤蔓，而且還在蠕動。

「這是什麼東西……」

李琰還在好奇，卻看到有幾個鬼魂已經站在坡頂上最上頭，原來他們爬到山坡的頂端後，就要從這片吮舌地獄攀爬下來。

「吮舌地獄是專門用來懲罰那些嘴巴不乾淨的人，或是喜歡說三道四，亂傳八卦是非的人，在這裡給他們略施薄懲而已。」

「這總該與我無關了吧？」李琰說。

「你敢發誓，說自己這輩子從來沒罵過髒話？」

李琰咋舌：「罵髒話也算？」

只見從山坡上爬下來的幾隻鬼，忽然被增生的藤蔓給捲住腳踝，鬼魂一摔倒在地立刻就被更多藤蔓觸鬚扯住，再也動彈不得。他們想要大聲張嘴呼救，可是觸鬚攀行很快，竟然鑽進那些鬼的嘴裡，跟鬼魂口中的舌頭纏攪在一起，用力向外拉扯，讓他們發出痛苦的哀號，但四肢都被藤蔓纏住，根本無法動彈。

看著幾隻鬼煎熬地掙扎，舌頭被愈扯愈長，最後扯斷，一堆斷舌鬼慘厲不堪的樣子，李琰反胃地說：「這大概是我看過最噁心的畫面了。」

紀雪靈站在坡前籌思對策，想了半晌，她從包包裡取出幾枚銅錢，朝著坡下的那些藤蔓拋擲一枚，只見銅錢一落地，本來靜悄悄在等待獵物上門的藤蔓竟紛紛主動讓開。

見銅錢生效，紀雪靈高興地說：「銅錢這種東西，經過千萬人之手，屬於極陽之物，用紅線串成劍形，就是斬妖除魔的強大法器，但拆分開後，又不像銅錢劍那麼有威力，會容易引來鬼差注意，所以用在這裡剛好！」

說著，她叫李琰乖乖跟上，又接連拋出幾枚，果然銅錢所到之處，這些藤蔓快速退避讓開，騰出一個直徑大約一公尺的空間。

紀雪靈輕輕一躍跳進圈圈裡，接連幾下，已經登上近一半的山坡，而李琰跟在她後面依樣畫葫蘆，很順利地尾隨而上。

「沒問題吧？」紀雪靈回頭問。

「放心，跳格子可是我的強項！」李琰輕鬆以對。

到了半山坡時，不遠處有幾個被藤蔓纏住，舌頭被攪斷的倒楣鬼在掙扎。紀雪靈不忍心看他們受苦，於是將銅錢拋過去，趁著藤蔓鬆開，她將那些鬼魂一一拉起，讓他們站穩腳步。趁著拉起鬼魂的同時，她也逐一檢視，但都沒有發現李老黑。

這樣一邊跳一邊檢查，好不容易看完七八個倒楣鬼，已經離坡頂不遠，紀雪靈一回頭，卻發現山坡最底下還有一隻老鬼在那徬徨猶豫，竟企圖跟著他們逆行上坡。

「喂！你走錯路了吧！」紀雪靈連忙大叫。

在後方的李琰聽到叫聲，納悶地回頭看，發現那赫然就是他們在冰獒地獄幫助的老鬼，他趕緊也揮手大叫：「老人家，你跟過來幹麼！走錯了，你趕快回頭啊！」

紀雪靈訝異不已，那老鬼明明拿了半包糯米，可以順利閃過惡犬的攻擊，可是不知怎地居然跟著他們而來，走起了回頭路。

眼見老鬼痴痴傻傻，一腳踏進藤蔓，細小的觸鬚立刻蜂擁而上，將老鬼的腳踝纏住，紀雪靈又身在高處，來不及施以援手，李琰情急之下一路往下跳，想去幫那老人一把，然而銅錢雖然可以震懾藤蔓，但效果非常短暫，轉眼間陽氣消散，藤蔓迅速又長回來。李琰一個不小心，前腳剛抬起，後腳便被一根觸鬚纏住，扯得他重心不穩，摔倒在藤蔓堆裡。

見到這一幕，紀雪靈也顧不得自身安危了，抓起僅剩的幾枚銅錢朝著下方接連擲去，剛好打在李琰周遭的山坡上，將那些藤蔓逼開，自己則連續跳躍，趕到李琰的身邊。

「你沒事吧？」她話還沒問完，自己腳下忽然一緊，轉眼間藤蔓又湧上來，這回連她也被纏緊，而更遠的那邊，老人倒臥藤蔓堆中，已經快被吞噬了。

「別動，我來幫妳！」

李琰這時也慌了，一手抱著紀雪靈肩膀，深怕她若跌倒，會被更多藤蔓糾纏，另一手扯著如有靈性的藤蔓，猛力一拉，但看似柔軟的藤身卻無比堅韌，根本扯也扯不開，情急之下他更無暇細想，喝了一聲，單手掐緊，不知不覺間，竟好像有一股強大的靈力從胸臆間洶湧而出，直貫右臂，整隻手臂染上黑霧，只一扯，便將大片的藤蔓全都連根拔起。

一解紀雪靈之危，李琰乾脆一不作二不休，雙手並用，到處亂扯亂拔，將整片藤蔓扯得亂七八糟，連那誤闖進來的老鬼也一併救出。

紀雪靈看得傻眼，李琰的本事如何，她是一清二楚的，從來也沒見他這樣。

當終於脫困，看著原本爬滿藤蔓的吮舌地獄已經被硬生生清出一條路來，紀雪靈詫異地指著李琰的手臂問：「你這是怎麼一回事？」

從沒有過這樣的經驗，李琰也一頭霧水，看著筋脈鼓脹，肌肉紋理鮮明，而且還浮現著詭異煞氣的右臂，他搖頭說：「好問題，我也不知道。」

「我猜，這就是程東山最想知道的祕密吧。」紀雪靈皺著眉頭說。

坐地休息時，李琰這才告訴紀雪靈，打從進入陰間起，他就老覺得心口沉鬱，耳中似有隆隆之聲。起初他以爲自己本來就是鬼魂，到了陰間自然生出感應，可剛剛不顧一切，徒手去拔扯藤蔓時，那陣心口的震動卻猛然加劇，讓他險些承受不了，而現在更糟了，右臂上黑霧瀰漫，濃濃的都是陰煞之氣。

把那個老鬼又趕回頭後，紀雪靈擔憂地看著李琰的手臂，說：「我猜，程東山一直想招攬你，大概就是爲了這個。」

「問題是，連我都不知道爲什麼會這樣啊。」李琰苦笑。

「想知道答案，就只有找到黑仔伯才行了。」紀雪靈說：「沒記錯的話，前面出了烈風地獄，再過去就是三途川跟奈何橋，我們逆向前進，沿著路找回去，肯定可以遇得到他的。」

「那萬一要是遇不到呢？」李琰擔憂著問。

「就算把十八地獄都翻一遍，我們也得找到他。」看著李琰的手臂，紀雪靈咬牙切齒地說：「反正鬧都鬧了，也沒差了。」

好不容易又翻過一座山頭，遇到的鬼魂愈來愈多，他們遠遠眺見地平線上的風景，在那片接近漆黑的朦朧大地上，有一條倒映著天上紫色電閃的大河，波光粼粼，那自然就是三途川無疑。河上有一座細長橋梁橫亙，跨接兩端，那便是奈何橋。紀雪靈懷抱著既喜且憂的心情，想要加快腳步，但李琰這時狀況卻愈來愈差，他幾乎快要抑止不住手臂上所散溢的煞氣，整個人頭昏腦脹。

「你還撐得住嗎？」紀雪靈小心地攙著他。

「放心，我好得很。」李琰臉色慘白，勉強擠出笑容。

紀雪靈心裡擔憂，她扶著李琰前行，但山坡愈往下，前面不停颳來大風，讓他們腳步更慢。

「不行了，看來過了這山谷後，非得找地方歇一會了。」走著走著，已經不只右臂脹得難受，李琰連胸膛都鼓了起來，他摀著心口搖頭。

「這裡進去就是烈風地獄，照你這狀況根本不可能走得過的，還是先歇著吧。」

紀雪靈左顧右盼，發現山谷邊似乎有一道山壁裂縫，雖然不曉得裡面會有多深，但總是個可以避風的地方。他們挨近洞口，聞到濃濃鐵鏽味，但現在也顧不得許多，只能先找地方避避。

怪異的是他們愈往內走，縫隙竟然開始變得寬大，再前行十幾步後，不但變成一座小山洞，而且最深處隱約傳來人語聲。

紀雪靈皺起眉頭，不敢大意。山洞深處有個拐角，但她不敢再多踏上一步，因爲她看到了幾道綠光，除了有人說話，還能聽到腳步聲跟打嗝聲。

「錢四，你這塊糕的味道不錯！」邊吃邊說話的，是個長相奇怪的傢伙，他光是那張大嘴就占了半張臉。大嘴鬼卒左手提著綠燈籠，右手抓起一大塊糕點往嘴裡塞。

「省點吃，都不知道要在這等多久，你把東西全吃完了，萬一那廝遲遲不來，豈不連累我們在這餓肚子啃鐵板？」錢四的長相也是相當怪異，他的朝天鼻在講話時還會抽動鼻孔，他又說：「喂，陳七，你拿點給他吃吧，我看他都快餓死了。」

「他會餓死？他早就死了，不會再死第二次的。」大嘴鬼卒名叫陳七，他哼了一聲，旁邊還有幾個鬼卒都笑了。陳七又說：「放你八千個心吧，等牛爺把那人帶來，咱們交割了貨，到時候收到的錢夠你吃十年八年的糕！」

紀雪靈跟李琰攀在洞口偷看，只見裡面一塊偌大空地上，四五盞綠燈籠照耀，數數共有七個鬼卒，全都穿著上回見過的深藍色運動服裝，但每個鬼卒的武器各不相同，長相也是一個比一個奇特。

順著往內看去，除了鬼卒們環坐，角落邊還有一個縮成一團的身影，那人穿著黑色壽衣，披頭散髮，垂首無語，渾身髒兮兮的，就跟他們這一路上看到的，那些跋山涉水的鬼魂一樣，差別只是這隻鬼的身上綑著一圈圈的鐵索。

見到那個鬼魂，李琰兩眼一瞪，雙腿一軟，險些癱倒。被這反應嚇了一跳，紀雪靈趕緊攙住他，只見李琰手指向那個鬼魂，顫巍巍地說：「他……他……快點救他……」

「救他？」紀雪靈愣著，但隨即會意，問：「是黑仔伯？」

李琰表情痛苦地點頭，彷彿心口有一支大槌，不停猛烈敲擊，讓他快要承受不了，跟著一咬牙，右手黑氣綻放，血脈賁張，煞氣猛烈狂逸。

那股陰煞之氣太重，山洞內的鬼卒們立刻察覺，陳七嘴裡嚼著糕，反手拔出一把大剪刀，喝道：「誰在那邊！」

原本只是想找地方暫歇片刻，沒料到洞裡面會有鬼卒，更想不到李老黑竟會被這群鬼卒用鐵索捆著，而要命的是李琰還克制不了魂體的異變，劇烈的煞氣驚動了洞內所有鬼卒。

陳七抓著那把大剪刀，刃面鋒銳，閃著寒光，其他鬼卒的兵器也不惶多讓，一個比一個怪，其中一個長鬚鬼卒的手上，居然拿著一柄一公尺長的大扁梳子，但梳齒鋒利尖銳，看來頗為駭人。

「你們兩個是幹麼的！」錢四端著狼牙棒，惡狠狠地瞪著。

「我們……」靈機一動，也不及多想，紀雪靈挺胸傲然說：「是牛爺叫我們來的。」

「牛爺叫你們來的？」陳七明顯不信，問：「那牛爺呢？」

「他臨時有事，又趕著回去了。用不著懷疑，你們仔細想想，如果不是牛爺的指引，我們怎麼可能來到鐵圍山，又如何能找到這個山洞？」說著，她指指李老黑，說：「牛爺吩咐了，叫我們把人帶走，等銀子到手，還說三天之內，他會統一分派給大家。」

「眞有此事？」陳七皺眉。

「不信的話，你們也可以自己去問他啊。」紀雪靈輕蔑一笑。她其實根本不知道牛爺是誰，更不曉得牛爺原本要帶誰來，反正就是依據剛剛偷聽到的話，順水推舟地胡扯一通，只希望可以騙過對方。

那個牛爺大概也不是好惹的人物，一聽紀雪靈這麼說，陳七的氣勢消褪不少，雖然還有些半信半疑，但還是揮揮手，叫其他鬼卒們暫時放下兵器，然後自己提起了李老黑的鬼魂，對紀雪靈說：「好吧，人先給妳。但妳可別忘了，說好的銀子一毛錢都不能短了。」

「放心，只會多，不會少。」紀雪靈故作鎮定，伸手接過鐵鍊，拉著李老黑就要轉身。

「妳這個朋友是怎麼回事？」旁邊錢四忽然指著李琰問。

「這個嘛，大概是水土不服吧？」紀雪靈聳肩。

她根本不想多耽擱，又踏出一步，偏偏陳七走在最後面，又問了她一句：「對了，牛爺到底是黃牛頭還是黑牛頭啊？」

紀雪靈一愣，知道自己終究還是沒能完全取信於這些鬼卒，她腦子轉得飛快，心想從小到大看到的各種戲劇中，牛頭都是黃色的，於是回答：「廢話，當然是黃牛啊！」

她話一出口，鬼卒們全都臉色大變，陳七兩眼瞪大，叫著：「好妳個野丫頭！居然敢……」

他一句還沒喊完，胸口忽然一悶，一枚從紀雪靈手中擲出的銅錢不偏不倚地打在他身上，被銅錢的陽氣一震，陳七喊聲戛然中斷，向後摔飛出去，撞在山壁上，已經昏死過去。

見紀雪靈出手，李琰也將右手一抬，這時他臂上煞氣沸騰，比平常更加凶猛，竟然單手架住了長鬚鬼卒的大梳子，跟著一抓，扯過對方兵器，隨即一腳踢起，把對方踢倒在地。他救父心切，動起手來毫不遲疑，幾個鬼卒雖然手持兵器，但也奈何不了他，另一邊紀雪靈卻落了下風，因為不敢在陰間施展太君印，就怕太君神威會引來更多陰兵鬼卒，她只能左閃右避，還差點被錢四的狼牙棒給打中肩膀。

幾個回合後，李琰動作愈來愈快，他忽然發現，當激烈戰鬥時，煞氣不停散出，不但可以減緩右臂脹痛，連胸口也舒緩不少，而且還有一種通體暢快之感。於是他出手加快，先一拳打倒一個手執雙叉的鬼卒，接著勒住錢四的脖子，逼得他脫手狼牙棒，解除紀雪靈的危機，跟著再用力一甩，將錢四摔飛老遠，撞昏在山洞角落。

眼看洞中只剩兩名鬼卒，李琰奮勇衝上前，那倆傢伙嚇得只能拋戈棄甲，連滾帶爬地往洞外逃去。

「抓回來，別讓他們去報信！」紀雪靈大叫。

李琰一點頭，腳步輕盈，立刻趕上，他兩手齊伸，正要抓住那兩名鬼卒的運動服，突然間胸口一股沉重壓力撞了上來，他身子往後一顛，跟著頭一暈，喉嚨一緊，忍不住蹲低乾嘔起來。

「敢冒著牛老爺的威名招搖撞騙，你們膽子倒也不小哩。」

低沉的聲音隨著一群腳步聲傳來，當先進來一人，明明有著人身四肢，脖子上卻是一顆黑牛腦袋，兩耳擺動，鼻環叮噹，那對牛眼全是黑瞳，完全看不見眼白。

牛頭右手虛抓，遠遠地卻能掐緊李琰的脖子。他獰笑著：「小子看來挺可口的，信不信老子吃了你？」

「牛大哥，要想享受美食的話，小弟知道還有不少經典美味，隨時都能給你備辦妥當，至於這小子嘛……」走在牛頭後面幾步，夾雜在另一群鬼卒當中，一個熟悉的聲音說：「這小子不如就送我了吧？咱們再加碼，各位人人再多五千億，如何？」

「五千億？」牛頭睜亮大眼，興奮地問：「那，那個女的她值多少？你要再花多少錢連她一起買？」

那男人哈哈大笑，又往前幾步，一身西裝革履，頭髮梳得油亮，睥睨地站在紀雪靈跟李琰身前，搖頭說：「很抱歉，這個女的不值錢，我不想買。不過牛大哥如果願意的話，我也可以再付三千億，請各位替我把她收拾了。」

程東山講得稀鬆平常，一副是在陽間的菜市場買菜般，輕描淡寫地承諾。

「當然，也是每一位三千億。」

看著李琰，程東山說：「打從見到你的第一眼起，我就知道所有的答案，肯定都跟你有關，看來這一把是賭對了。怎麼樣，感受到那股力量了吧？那就是虎符。」

「虎符？」李琰皺眉。

「是啊。雖然我還不知道爲什麼你身上會有虎符的威能，但虎符能與我的黑羽箭互相共鳴，所以我知道那的確是虎符。」程東山走近一步，說：「看來，現在已經不是你要不要加入的問題了，而是，你就是我要的東西。」

「放你媽的屁，你以爲自己是誰！」

紀雪靈怒極，把李琰拉到身邊，劍指在左掌心裡迅速畫起太君印。事到如今已經鬧得驚天動地，不但把吮舌地獄給攪亂，現在還連牛頭都引來了，她也不用再多所忌憚。紀雪靈左掌金光泛起，陽氣大盛，她打定主意，乾脆就在這拚個魚死網破算了。

「妳敢在這用太君印，是不打算活著回去了嗎？」程東山看著她獰笑。

「反正黃泉路上大家好作伴，老娘也走得不孤單。」

紀雪靈冷哼一聲，她心裡盤算，只要動起手來一鬧，太君印神威赫赫，一定會成為滿陰間所有鬼差、鬼卒追捕的焦點，屆時李琰就有機會帶著黑仔伯趁亂逃走。至於這個程東山，如果可以在這一舉擊殺他，讓他魂飛魄散，那一切可就省事了，而要是被他逃脫，這傢伙人生地不熟的，沒了那些鬼卒的協助，隨便一個小地獄都闖不過，更是永生永世別想逃出鐵圍山。

「妳是不是天真地覺得，靠著自己一個人，既可以護著李家父子逃走，還能跟我拚個同歸於盡？可惜妳要失望了，這山洞與天地隔絕，妳的陽氣根本透不出去，偌大的陰曹地府中，根本沒人會知道妳的存在，我大可以在這先收拾了妳，再悠悠哉哉走出去。至於鐵圍山上這二十七個小地獄嘛，根本對我毫無阻礙，如果我高興的話，派輛車來接送都行。」程東山早就料到紀雪靈的這些意圖，他兩手一攤，猖狂地笑著，手掌攞向牛頭，笑說：「別忘了，這位牛大哥可是我的好朋友呢！」

「你……」紀雪靈已經語塞。

程東山得意至極，就連牛頭跟那群鬼卒們也都笑開了，在他們眼中，李琰跟紀雪靈儼然就已經是囊中之物了。

程東山對李琰說：「走吧，之前我答應過你的，一樣也不會少。你們父子倆身上還有很多我想聽的故事。等聽完後，我會盡最大能力，幫你們重新還陽，我保證。」

「還陽？連這種鬼話都說得出來，你真把地獄當自己家開的啦？」紀雪靈啐了一口。

「只要我願意，妳還怕我做不到嗎？」程東山笑著，手一揮，兩名鬼卒跑過去，就要跟紀雪靈搶奪手中那條束縛李老黑的鐵索。

便在這時，角落忽然傳來一道陰惻惻的尖銳怪笑聲，笑說：「我就是怕你做不到，那可如何是好呢？」

這聲音一出，不但程東山與紀雪靈錯愕，牛頭跟那群鬼卒更是驚駭不已，紛紛回頭，只見一個身穿白色西裝的中年女人，不知何時蹺腳坐在大石頭上，她以手支頤，欣賞眼前這一齣好戲，而她身邊站著另一個穿著黑色長版洋裝，頭戴一頂淑女帽的矮胖女人，膚色黝黑，怒氣沖沖，手插在腰間，裙襬下兩條肥短的小腿扭了扭，像在熱身似的，只等白無常一聲令下，隨時準備衝上來動手。

「老妹，妳說這該怎麼辦才好？家裡出了這麼多老鼠屎，收錢收到陽間去了，還把一些不三不四的東西供奉得跟大爺一樣，甚至帶到陰間來逛大街。這種醜事萬一傳出去，我們以後還怎麼在鐵圍山混？奈何橋頭那個孟老婆子，又會把我們瞧得多低啊？」白無常老氣橫秋，唉聲嘆氣地說：「我真是看不下去了，妳去幫我處理處理如何？」

聽白無常這一說，黑胖女人大喝一聲，結果她還沒動手，對陣那邊的牛頭早就嚇破了膽，連著一大群鬼卒竟一哄而散，沒命似地往洞口竄逃，混亂中也不曉得是誰扯住了程東山的衣袖，拉著他一起沒命奔逃，霎時間跑得乾乾淨淨。

「妳怎麼會來……」紀雪靈看得瞠目結舌。

「妳徒弟都快把三清鈴搖斷了，我能不來嗎？」白無常哼了一聲，回頭對黑胖女人說：「還有妳，妳也真是的，平常也不把那些傢伙管好，都無法無天成這樣了。」

黑胖女人被責備，臉上沒了剛剛的怒容，反而唯唯諾諾地低頭，露出認錯的模樣。

「順便介紹一下，這是我老妹，雖然是個啞巴，但看她這樣子，你們應該也猜得到了吧？她就是黑……」

白無常話沒說完，打了一個噴嚏，連著黑無常也是一哆嗦，好像觸電一般。

「糟糕，一山才壓一山，他老妹的又來另一山！」白無常急忙起身，也無暇再介紹了，她指著李老黑說：「那老鬼先借你們，記得要還啊！」

說著，反手拉過黑無常，姊妹倆朝石壁猛撞過去，同時消失在山洞中。

在短短幾分鐘內，情勢幾番驟變，讓紀雪靈有些應接不暇。眼看兩個無常一溜煙地跑了，雖然不明就裡，但她也曉得，在陰間，除了地藏王菩薩外，地位最高的當屬酆都大帝，以及轄下的六天官等，但這些可都是中央級主管，不會到處亂跑。自他們以下，才是十殿閻王，閻王手下的判官、鍾馗、孟婆，還有黑、白無常，跟其他負責各種差役的牛頭、馬面與無數鬼卒等。

換句話說，要能讓兩個無常亟欲閃躲，怎樣也不願多見一面的，那肯定是閻王等級的高級官員了。

如果有得選，紀雪靈當然也不想遇到那些大人物，畢竟她是私闖進來的，再加上還有李家父子在，要是遇上任何一個高階鬼官都是大麻煩。可眼下山洞出口只有一個，無論如何也只能硬著頭皮去面對。她讓李琰護著父親，自己窩在山洞邊仔細張望，外頭不時有猛烈的風刀颳入，但等了又等，卻什麼也沒看見。

「有什麼狀況嗎？」李琰見紀雪靈回來，急著問。

「根本什麼也沒有。」

「時間不多，你們還是先坐下吧。」這時李老黑緩緩開口。

已經許多年沒親耳聽他講話，紀雪靈跟李琰都是一愣。看著李老黑雙手被鐵索鍊住，滿臉血汙，眉心上卻有鮮明硃砂印，李琰心中不忍，幾乎就要落淚。

「黑仔伯，這裡實在不是什麼聊天的好地方，我們要不要……」

紀雪靈提議，但李老黑卻笑著搖頭，說：「妳覺得危險嗎？在我看來，這卻是全天下最安全的地方。我和琰琰已是鬼魅，而妳雖然是生魂，可是連白無常都賣妳面子，既然這樣，那還怕什麼呢？」

聽他這樣說，紀雪靈也不好勉強，見李琰坐下，於是也坐在地上。

「琰琰長大了。」李老黑對兒子露出慈祥微笑，他又看向紀雪靈，笑著點頭說：「正好，兩個一樣登對。」

紀雪靈臉上微微一紅。

還不知道怎麼應對，李老黑卻感慨說：「就是可惜，陰陽兩隔。」

「爸，別說了。」李琰也嘆息，他幫父親擦去臉上血汙。

「我知道你們爲什麼會來，本來也想盡早跟你們把話說清楚，這樣我的一生才算有個交代，但沒想到，都還沒走到橋邊，就先被他們給綁了。」

「您不是從奈何橋上過來的？」紀雪靈問。

「他們把我帶到三途川邊，用小船載過來的。」李老黑嘆了一口氣，又說：「本來我以爲，死後就能躲得開他，但沒想到，他竟然連鬼卒都能收買。」

「當年到底發生了什麼事？」李琰替紀雪靈開口，問：「程東山到底是個什麼樣的人？」

「阿東啊，」李老黑背靠山壁，雙手抓著鐵索，沉著嗓子說：「他是個比誰都可憐的人。」

第八章　三途平等

「除了紀長春老師，阿東就是我最重要的朋友。當年的神州中原，大江南北，我們不曉得闖蕩了多少回，只要哪裡有寶物，我們就往哪裡去。說眞的，就算後來跟他反目而死，我也一點都不恨他。要知道，當年阿東不知道救過我多少次。跟他相比，我只有魯莽的勇氣，但他懂堪輿、有學問，是個會用腦的人。本來除了我跟阿東，還有另一個朋友，叫做黃木山，我們三個搭檔。」李老黑問他們：「你們記得那位黃伯伯嗎？琰琰你應該記得吧？還有小靈，妳也見過他呀，記得嗎？」

紀雪靈點頭，她實在不願告訴李老黑，那位「黃伯伯」時至今日，魂魄都還住在太一宮供奉的瓶子裡。

李老黑遙想當年，說：「那時我們是這樣分工的，大家四方打探，哪裡有好東西，我跟阿東就親自出馬，等把貨帶回來了，就讓老黃出面。他人脈廣，總能找到好賣家，而每次第一個有興趣的客人，就是劉晏松，我們都叫他劉大哥。」

「就是那個劉老院長？」紀雪靈反應很快。

「劉大哥大我很多歲，我都這年紀了，他大概死了很多年吧？總之，那時我們最常聚會的地方，就是劉大哥的安養院。他挺有錢的，很愛蒐集古董。因爲常到他那去，我就覺得自己有天老了，或許也不需要麻煩任何人，只要能在他那有張床位安心老死，那好像也是挺不錯的。」說著，李老黑微笑對紀雪靈說：「還好這個心願總算實現了，多虧了紀老師。」

雖然知道夜路走多會容易碰到鬼，但他們都從窮困出身，靠著出生入死掙得一把把鈔票時，便逐漸忘記了所謂的報應之說，尤其幾次受人之託，專找些既邪門又稀奇的古物，回來還大受歡迎，他們更對此著迷，幾乎無可自拔。

後來隨著對岸逐漸開放，連這種生意也出現不少競爭對手。程東山在政商界逐漸培養出自己的人際管道，慢慢地不再需要二人性命相拚，有一段時間，他們幾乎金盆洗手。就是那時，李老黑去看了一個古物拍賣會，認識了紀長春。

紀長春在那買了一個古代羅庚，那羅庚做工粗糙，連指針都斷裂了，雖是古物，卻毫無吸引人之處。

當時李老黑有些納悶，不曉得那一身道裝的男人爲何會鍾情於那樣東西。

眼見對方拍到商品後，竟毫不留戀地離開，他也尾隨出來，結果在停車場邊，他咋舌地看著眼前的一幕：紀長春左手持著羅庚，右手劍指比劃幾下後，那個木羅庚竟然自焚著火，隨著火勢漸大，紀長春將羅庚拋在地上，任憑它焚毀成灰。

「你不是才花了不少錢把它買下來嗎？」在停車場邊，李老黑好奇地問。

「我買它，就是爲了毀了它。」紀長春口氣坦然，說：「這東西打從出土，就引來了一堆妖魔鬼怪，留它又有何用？」

李老黑嗤之以鼻，問他：「你看得見妖魔鬼怪？你知道這塊羅庚是什麼來歷嗎？」

「上清宗傳到陶弘景一脈，又收周子良爲徒。周某擅長通靈，憑藉的就是這東西。」看著地上灰燼，紀長春說：「後來周某自殺，陶弘景將這名弟子的所見所聞編纂成書，同時也將這枚名叫『司冥計』的羅庚深埋地下，就是不希望它再現世。」

李老黑訝異不已，他今天受邀而來，對拍賣會中的諸般物品早就預先知曉，此時聽對方說完，又見那人轉身要上車離開，他連忙問對方：「還沒請教貴姓？」

「我勸你最好別問，因爲我不想被你認識，更不想認識你。」紀長春笑著搖頭，看著李老黑愕然，又說：「你是一個惡貫滿盈之人，認識你，遲早拖累於我。」

人生歷險無數，本該見怪不怪，但李老黑自己都不曉得是爲什麼，對這人充滿一股難解的好奇，特別是剛剛他手中一指，羅庚竟起火自燃，那如果不是幻覺，大概就是世上眞的有鬼了。

他不讓紀長春上車，又問：「這位先生，你能回答我幾個問題嗎？只要答完了，我保證不攔你，可以嗎？」

有些無奈，紀長春只好看著眼前這個子高大、皮膚黝黑的壯漢。

「第一，你說我惡貫滿盈。請問這句話是什麼意思？」李老黑沒有惱怒，他眞切地問。

但紀長春搖頭，卻反問他：「你自己做過的事，還需要別人來提醒嗎？」

李老黑語塞，於是轉念又問：「那我的報應會是什麼？會不會連累到我的子孫？」

紀長春看著李老黑，猶豫半晌後才說：「首先，你的報應不出幾年，很快就會來，再者，報應會禍及後代，這也無庸置疑。」

看著李老黑錯愕，紀長春嘆氣搖頭，上了車，當引擎發動時，李老黑卻攀在車門邊，求他：「請問……我可以怎麼補償嗎？我……我兒子剛出生……」

「你只是爲了保護兒子而想贖罪，那跟誠心悔過不同。很抱歉，我幫不了你。」

紀長春又搖頭，他打了方向燈，準備把車開走。

但李老黑卻忽然跪下，喊了一聲：「我……我求你了！」

看著那男人卑微地跪在車外，紀長春默然良久，最後長嘆了一口氣，說：「李先生啊，希望你明白一件事：所謂的因果罪業，誰造下的就該由誰承擔，如果我幫了你，那些業障就會轉嫁到我身上，而我到底有什麼理由，要替你分擔呢？」

聽到這話，李老黑一愣，問：「你知道我姓李？」

直盯著李老黑眉心處，紀長春微笑說：「太一道有望命之術，很多東西，光用看的都能看得出來，如果你再不知悔改，一年之內必死。」

李老黑自此更無懷疑，即使紀長春再三搖頭，他卻朝著車門磕下了頭。

自那以後，李老黑經常出入太一宮，雖然紀長春都說了，孽債各隨人，誰也沒有替誰分擔的必要，但還是帶著他誦經參道，也鼓勵他多行善事，以求消業。

雖然對於紀長春的本領，李老黑已經相當崇敬，但多年來四處闖蕩，他畢竟還是有著骨子裡的一股桀傲，偶爾也有不服氣的時候。有一回他跟紀長春爭辯著輪迴一說，講到最後，紀長春也不耐煩了，說與其在陽間爭得面紅耳赤，倒不如親自看一眼，立刻就知分曉。說著，紀長春搖動三清鈴，把一位四處勾魂的大人物從百忙之中給請過來，當白無常憑空出現的瞬間，李老黑差點嚇得尿褲子。

透過紀長春的穿針引線，白無常雖然不情願，但終究還是答應了，帶著李老黑進入陰間，走了一趟三途川，越過奈何橋，看了大大小小的各種地獄。

「原來您以前就到過這些地方了？」紀雪靈訝異著。

「是啊，也算故地重遊了。」李老黑笑著點頭：「那次眞的是讓我徹底心服口服。」

他看著銬在手腕上的鐵索，晃動兩下，鍊條發出沉重聲響。

「後來我就想，光是自己修道懺悔還不夠，那老黃呢？劉大哥呢？還有阿東呢？於是我試圖把他們都找來，希望他們也看看我看到的東西。老黃跟劉大哥來了，但很可惜，阿東卻不肯，他那時事業正忙，根本沒空理我。倒是老黃跟劉大哥都很認同我的想法，我們後來賺到的錢，也都盡量捐出去給更需要的人，比如劉大哥的安養院。」

「原來如此。」紀雪靈點頭。

李老黑說：「本來我以爲，這或許就是最好的結局，可以一路走到盡頭了，但沒想到，過了幾年，阿東卻又找上我，要我再幫他最後一次。」

「是爲了黑羽箭跟虎符吧？」紀雪靈問。

「你們都知道了，是嗎？」看他們點頭，李老黑說：「其實我是不願意幫忙的，但轉念又想，這也許是個契機，讓我有機會把阿東帶回正途。說不定辦完這次的事情，他會給我個機會，願意跟我走一趟太一宮。」

「就憑他？恐怕很難吧。」紀雪靈冷笑。

李老黑搖頭苦嘆，說：「嗯，這個算盤不但落了空，甚至還讓我們徹底反目，最後連性命都丟了。」

知道故事終於要進入正題，紀雪靈屏氣凝神，等著李老黑繼續說下去。

「在出發前，阿東一直不肯告訴我到底要去帶什麼貨，直到我們抵達新疆，我才知道，原來要拿的，居然是幾樣非常邪門的東西。」他搖頭說：「不，要說邪門也不對，應該說，是很有歷史意義，也非常悲壯的東西。」

「您說的是安西都護府的故事？」

「嗯，看來阿東已經把來龍去脈都告訴過你們，那我就不用再多說了。」李老黑說：「那些東西上面有著郭將軍一脈忠魂，但也滿是餘恨，這東西最適合拿來煉法。阿東告訴我，他也得到一位高人指點，只要能得到這兩項唐朝遺物，將來除了榮華富貴，甚至可以心想事成，要什麼就有什麼。」

「天底下最好能有這樣的東西。」紀雪靈鄙夷說：「這根本是糟蹋先人的遺志，更是對一代名將的天大侮辱。」

「是啊，但人都到新疆了，就算想阻止，我也只剩下一個辦法。於是趁著阿東不注意，我偷偷報了警，心想就算拚著一起坐牢，也好過那樣的東西流落在外，被有心人當成造孽的工具。只是我沒想到，警察來是來了，但阿東卻逃脫了。」李老黑遙想當年，說：「還好，阿東當時不知道是我告的密，而我主動說要幫他保管東西，所以才有機會，將那兩樣邪靈之物帶走。」

「所以東西是您帶回來的？」紀雪靈問。

「沒錯。當紀老師看到那些東西時，他都傻眼了，說那根本是不應該出土的文物。擔心阿東來追討，於是我們幾個商量，決定兵分兩路，其一是讓老黃幫忙，把那些黑羽箭鏃帶走，日後再找個大廟寶剎將其渡解化煞。另一邊則是紀老師跟我一起帶走虎符，我們得找個絕對安全之處，讓他設法封印鎮壓，紀老師說那東西已經難以祭化，除了消滅，別無他法，而且這一切都要趕在阿東回來之前完成。」

「後那來呢？」紀雪靈急著問。

李老黑沒有立刻回答，卻黯然搖頭，緩緩地說：「但事情遠比我們想像得要困難，紀老師發現，虎符之靈歷經千餘年，根本不是我們所能對付的，要想將它徹底毀去，只有祭血爲引，就是要以命換命的意思。」

「所以我爸他……」紀雪靈愕然。

「當時我很堅持，東西是我帶回來的，本來就應該我來負責，但紀老師卻不肯，他認爲自己是修道之人，以身殉道才是責任，而我們還沒討論好，阿東就打電話來了，而且他用的是老黃的電話。」說著，李老黑嘆息，「我眞的沒想到，阿東做事比以前還要絕。」

「黃伯伯怎麼了？」

實在不願回想那段最讓他心痛的記憶，但此時不得不說，李老黑揪著心口，痛苦地說：

「阿東製造了一場車禍，讓老黃被一輛超載的砂石車撞得面目全非，隨後奪走了那些箭鏃，之後打電話告訴我，如果想拿回箭鏃，也想救回兒子的話，就把他想要的東西乖乖交出來。」

「我？」李琰驚訝著。

「你應該不記得了，對吧？」李老黑幫他們解開了一個疑惑多年的謎團，說：「因爲你死前，紀老師蓋去了你的魂魄，使生死簿上不留紀錄，也抹去了你生前最後幾天的記憶。那些對於你而言，太沉重也太恐怖了。」

這幾句話聽得李琰跟紀雪靈都默然無語，他們想像過無數個緣由，卻沒料到眞正的原因居然會是這樣。

「老黃的死，讓我眞的明白了，原來一個人在貪欲與執念之前，竟會變得這麼可怕，連自己要好的朋友都可以毫不猶豫地殺害。」李老黑摸摸兒子的臉頰，疼惜地說：「早在我們決定行動時，就已經約定好了，我不讓你像平常那樣去借住在紀老師家，而是把你託付給其他親戚，然而阿東卻派人在你放學時將你給擄走了。對不起，那時候就算看到你臉上被打得全都是傷，我卻連好好安慰你幾句的機會都沒有。」

李琰哽咽著搖頭，想起的卻是喜松安養院的工作人員轉述的，關於父親臨終前最後那一夜的喃喃自語，他強忍著悲傷說：「沒關係，爸。」

李老黑欣慰點頭，又說：「阿東拿到那些箭鏃，但並不滿足，所以他先抓了你，想約我們到他堂哥的別墅去見面，要逼我跟紀老師交出虎符。」

「就是那個藝術大師，是吧？」紀雪靈問。

李老黑嗯了一聲，說：「在那之前，紀老師還惦記著老黃，特地將他的魂魄收了回來，他說陽壽未盡而橫死，是違逆天道的不幸之事。老黃已經死於非命，絕不能讓他連魂魄都受苦。」

紀雪靈點頭，問：「那跟程東山見面之後呢？」

「那一夜是我報應的時刻，也是你們悲劇的開始。即使是這麼艱難的時刻，紀老師也沒有放棄希望，按照他的計畫，是我們老實地交出虎符，他料定以阿東的能力，就算再有本領也無法以凡人之軀去承載那麼強大的虎符之靈，所以我們一定還有機會能把東西搶回來。對紀老師來說，孩子的安全才是最重要的。」李老黑看著李琰，搖頭說：「但我卻不這麼想。對不起，琰琰。」

「你們後來怎麼做呢？」紀雪靈不想讓李琰在情緒中受煎熬，她拍拍李琰的肩膀，問李老黑。

「我告訴紀老師，既然麻煩是李家人惹的，李家人就必須承擔到底。他拗不過我，只好答應用我的方法。」李老黑說：「那天我帶進別墅的木匣子裡，其實只裝著一顆石頭。」

「你們想騙程東山？」紀雪靈詫異。

李老黑苦笑說：「那是我情急之下，唯一想得到的辦法了，只是也沒料到，居然會這麼快被識破。一到別墅，阿東剛把琰琰放開，而我將匣子放在地上，他身邊竟然帶著鬼卒，一眼就看穿了匣中的祕密，結果沒等琰琰跑回到我身邊，他就出手了。」

聽到這，李琰跟紀雪靈都心口一震，不知道程東山是怎麼出手的。

「他手上的幾枚箭靈何其凶猛，那瞬間我根本來不及遲疑，只想保護琰琰，結果被一枚箭靈打在這。」李老黑指指左肩，說：「還好紀老師也早有準備，在我護住琰琰的同時，他用銅錢布陣，先阻絕了對方，然後一掌打在我肩膀的傷口上。我還記得，那時有股熱辣的感覺燙進了傷口裡，他用太一道的本領，幫我先壓抑了箭靈，這才帶我們逃走。」

「他們沒追上嗎？」紀雪靈連忙問。

「追了呀，但紀老師神通廣大，早在我們踏進那別墅之前，他就跟附近一座小廟的神明借了兵將來護衛。」李老黑讚嘆說：「眞的太神奇了，他借來的天兵天將不但將阿東手下的那些妖魔鬼怪都擋下，還提早布好結界，要把他們都困死在內。」

紀雪靈聽得如痴如醉，她當然知道那座「小廟」，那是一座隸屬於太子元帥的五營兵將，儘管神威赫赫，但兵微將寡，自那一戰後，營中兵馬從此衰敗，可是任務未解，一直還肩負著守護結界的責任，直到多年後又有一天，紀長春的後人再次到來，才算眞正了結了這段故事。

「我們逃出來後，躲到河邊的舊工寮裡，紀老師拿了兩枚銅錢，一枚給我，再把另一枚塞在草人的肚子裡，然後作法幫我拔除箭靈。」李老黑摀著左肩，餘悸猶存、渾身發抖地說：「不，那根本不是什麼靈，那簡直就是惡魔，是飢渴了上千年的惡魔。我覺得全身的血液跟精氣好像都被那東西給緊緊纏住，當紀老師動手將那東西從我身體裡抽離時，我好像連魂魄都被一起抽了出去，耳朵裡聽到一陣又一陣的哀號，那種滋味……那種滋味我現在回想起來都還會害怕。」

「所以他成功了？」紀雪靈好奇地問。

「算是成功一半吧。紀老師費盡了力氣，雖然將那個惡靈從我身上拔除，但當時我已經半昏半醒，只記得紀老師對我說，惡靈雖除，但我的魂魄因此受損，下半生恐怕會有問題。」李老黑仰望著黑黝黝的山洞頂端，喟然長嘆：「或許，這就是老天爺給我的報應吧。」

這段話聽得紀雪靈不寒而慄，她從來也沒聽說過，會有這麼頑強且後遺症如此嚴重的惡靈纏身。她看了看李琰，又問：「那他呢？他又是怎麼……」

「我是怎麼死的？」李琰並不介意那個字，他開口問。

李老黑凝重說：「阿東背後還有一個高人。」

「您是說，那個指使他，還教他操控邪靈的人？」紀雪靈說：「程東山曾告訴過我們，那是一個綽號叫做『遠哥』的人。」

李老黑點頭說：「我以前從來沒有見過那個人，也不知道他是怎麼旁觀一切，還一路跟蹤我們。紀老師在幫我拔除箭靈時，他早就埋伏在外，靜靜等著我們出去自投羅網。那個人非常厲害，能夠屏除一切痕跡與氣息，讓我們完全無法察覺，一出了門，他立刻出手，制住了紀老師。」

「他怎麼制住我爸的？」

「很簡單，也很粗魯，那個人從後面偷襲，將紀老師打倒在地上，搶走了老師藏在口袋裡的虎符。那時天色很暗，再加上我又昏昏沉沉，實在沒能看清楚對方的長相，但我卻記得他接下來做的每件事。」說到這兒，李老黑咬牙切齒，看著李琰說：「那個人也不知道是施了什麼法，竟能輕而易舉地將虎符中的惡靈給召喚出來，而且用手指輕輕一劃，就把那團迷漫著邪氣的惡靈給一分而二，然後當著我們的面，他將其中一半的惡靈往自己心口拍了進去，至於另一半，則拍在了你身上。」

「我？」李琰瞪大雙眼，一瞬間恍然大悟，終於明白自己爲什麼有著那些戰火離亂的怪夢，或像現在這樣，手臂黑氣瀰漫，滿身一團團難以控制的煞氣翻騰。

「爲什麼他要這樣做？」紀雪靈眉頭緊鎖，完全無法理解，她問：「按理說，他既然得到了虎符，拿走也就算了，何必要將一半惡靈之力送給李琰？」

「就是啊！他跟程東山既然是一夥的，那要免費贈送，也應該送給自己人才對，確實是沒理由送給我。」李琰也茫然。

李老黑說：「所以我要提醒你們，眞正得小心提防的，其實是那個遠哥才對，他的邪術才是最可怕的。」

「放心吧，黑仔伯，那個人已經死了。」紀雪靈嘆口氣，對李老黑說：「當程東山奪回黑羽箭後，他就暗算了遠哥。這是他自己親口告訴我們的。」

李老黑吃驚地問：「他死了，那虎符呢？那人如果死了，那剩下一半的虎符，不就也落入阿東手上了嗎？」

這問題讓紀雪靈跟李琰都沉默了，半晌後，紀雪靈搖頭說：「恐怕沒有。程東山自始至終都沒有得到虎符，否則他就不會三番兩次，威脅利誘著想要李琰去投靠他。」

李老黑忍不住苦笑，嘆息著：「阿東呀，阿東，他殺死那個人的時候，一定也沒想到自己竟然毀了夢寐以求的至寶吧。那人身上帶著虎符，卻死於阿東之手，這不正巧應驗了紀老師所說的，祭血爲引，誅滅虎符的方法嗎？」說著，他感慨萬分地搖搖頭。

「那我呢？」李琰問：「我是被虎符殺死的嗎？」

「是，卻也不全然是。」李老黑給了一個模稜兩可的答案，看看李琰，又問紀雪靈：「妳現在的本領，應該也有當年紀老師的一半了吧？妳知道如何窺探人的魂魄嗎？」

「窺探魂魄？」紀雪靈愣了一下，這樣的能耐她固然有，但從沒對李琰施用過，畢竟他們相識數十年，對彼此早已熟悉透徹，又還有什麼好窺探的？然而李老黑雖然沒說，眼神已經示意得很明顯。

半信半疑著，紀雪靈伸出手掌，按到李琰胸前，凝神感知了起來，只見她臉上從原本的納悶疑惑，不到一分鐘，忽然變得詫異，睜大雙眼，看著李老黑。

「妳感覺到了吧？」李老黑緩緩點頭，說：「太君印。」

「爲什麼他的魂魄中也會有太君印的傷痕？」紀雪靈大聲地問。

李老黑看著兒子，說：「是我讓紀老師殺死你的。我們誰也不知道，爲什麼那人要這樣做，更想像不到他的本領竟如此高強。那時一看到他把惡靈種入你的體內，我跟紀老師都嚇壞了，眼看著他要帶走你，紀老師眞的是拚了命要救你，他本來就已經負傷，卻還是奮力跟那人搏鬥。那時我昏昏沉沉的，根本幫不上忙，只看到紀老師像不要命了一樣，什麼法器都不用了，抓著那個人的頭髮，扯著對方去撞牆，還拿起磚塊，朝著那個人的腦袋上砸，最後才把他打倒在地上。」

李老黑一字一句地說著，往事歷歷在目。

他撫著李琰的肩膀，說：「後來我們總算脫困，逃了出來，可那時我已經神智不清，連誰是誰都快分不清楚了。我只記得，當時看著你臉色發黑，一時竟瘋狂地掐著你的脖子，我只想著，要趁那魔物占據你心智之前直接將你殺死。紀老師急著把我拉開，不讓我衝動行事。但那時我還能怎麼辦呢？我還能怎麼辦呢！」

李老黑情緒激動。他佝僂著，仰頭看向兒子。

記憶中最後那一幕，是他哭號著對紀長春大叫：「殺了他！殺了他！快點，我叫你殺了他啊！」

那時紀長春淚流滿面，怎麼也動不了手，他們兩個大男人，抱著一個孱弱的男孩，男孩臉如濃墨，雙唇卻泛白，已經吊著眼，喃喃著也求紀長春：「殺了我……春伯……拜託……」

紀長春舉起手，卻怎麼也難以舉措，李老黑痛哭著抓住紀長春的手腕，含糊又急切地替紀長春唸出太君印的咒詞：「玄宗天地，道印無極……玄宗天地，道印無極……」他沒有修行，就算曾看過紀長春施展術法，但又怎能光憑自己唸出這八個字，就輕易驅動太君印？只能大哭大叫著：快點殺了他！

李老黑扯著自己頭髮，露出焦慮惶恐的無助眼神，哽咽著。

「那時不只是我，連只剩一口氣的你，也痛苦地抓著紀老師的衣袖，求他殺了你……到最後，我們父子都求他做這件事。琰琰……爸爸眞的不是故意不幫你想辦法，但那時候……那時候我是眞的不曉得還能怎麼辦……」

「沒事，沒事的。」李琰抱著父親，忍著悲傷，溫言安慰他：「現在一切都過去了，都好了，好嗎？」

「我只記得，最後紀老師迫於無奈，只好將太君印打在你的身上，然後又設法將你魂魄掩蓋，不讓你在生死簿上留名，以免阿東或任何人有機會可以收買鬼差找到你，然後他還將你記憶抹去，希望讓你把這些不堪的過往都忘了。」說到這，李老黑終於忍不住痛哭失聲，在他的嗚咽聲中，李琰只聽懂父親哭著說：「琰琰，爸爸對不起你……」

事情更後來的發展，因爲李老黑魂魄受損，神智混亂，所以全都記不清了。當他們聽完李老黑講述的一切後，沉默了良久，對於那些已然發生，且再也無法挽回的一切，心中都各有感慨，也只能感慨。

許久後，李老黑長嘆般地聳了聳肩，慢慢站起身。

李琰疑惑地問：「爸，你……」

李老黑微微一笑，說：「所有應該告訴你的，終於也都說完了，接下來，我還有好長一段路要走呢。」

「你不跟我們回去嗎？」李琰錯愕。

「如果要跟你們回去，我又何必在這說了那麼久的話？」李老黑疼愛兒子，拍拍他額頭說：「兒子呀，你難道還不懂嗎？這就是我的報應啊。」

李琰一急，幾乎又哭出來，但李老黑緩緩搖頭。

「我這一生的罪業太重，不能牽連到你身上。有些不能挽回或改變的，爸爸對你很抱歉，但正因爲這樣，所以剩下的，我更不能讓你陪我承擔。」李老黑面向紀雪靈，又說：「小靈，妳應該懂我的意思。」

紀雪靈搖頭說：「就算有罪，用您跟李琰的生命來償還，也早就足夠了。跟我們回去吧？黃伯伯也在，您住在太一宮裡不會寂寞，早晚聽經，就算晚了點，遲早也能證果的。」

「你們兩個眞是傻孩子啊。如果老天爺眞的願意赦我的罪，又何必讓我來到這裡呢？今天還能見你們一面，就已經是上天的恩惠了。做人也好，做鬼也好，都應該懂得知足。」李老黑笑了，他晃動手上的鐵索，竟好像半點不留戀似的，轉身就要往山洞外面走。

「爸……」李琰雙膝跪倒，看著父親走出去的背影，恭恭敬敬地，給李老黑磕了一個頭。

「你是一個好孩子。」李老黑回頭微笑，「今生我欠你的，來世如果還能再當父子，我會還你。」

李琰滿臉是淚，早已一句話都說不出來。直到此刻，他才終於感受到父愛，也體會到父子之間眞正的牽絆，那是他長久以來始終不曾相信的，卻在此時此地，眞切明白地領受到了。

當李老黑蹣跚著走出洞口，鐵鍊碰撞之聲漸遠，李琰這才緩緩抬頭。

「他或許曾做過不少糊塗事，但用後半生贖罪，其實也付出得夠多了，閻王不會爲難他的。」紀雪靈安慰李琰，說：「正如他所說，如果有緣，來生總會再遇到的。」

他們收拾起情緒，步出山洞，此時歷經一番際遇，心情已然全然不同，李琰一邊壓抑魂魄中那股四竄的煞氣，紀雪靈則陪著他，朝三途川的方向慢慢走。

從山洞再過去不遠，紀雪靈告訴他，此去還有鐵圍山上的第一關，名爲烈風地獄，凡貪婪無度、不知滿足者，都會被風刀刮去血肉，將一生中所有非分所得都盡皆刨去後，才能留下乾淨之身，繼續前往下一程。

「這總該與我無關了吧？」李琰努力擠出笑容。

「放心，你這一生，老天爺欠你的，遠比你欠別人的要多上太多。」紀雪靈點頭。

他們小心翼翼地沿著山壁穿越谷地，在烈風強勁，讓人幾乎無法承受時，李琰反而保護著紀雪靈，他高舉右手，任憑黑霧肆漫，那股煞氣竟像牆面一般，擋隔著風刀颳襲。他們花費好長時間才走出山谷，並沿著較爲平緩的坡道，一步步踏出鐵圍山。

當兩人發現腳下所踩的總算不再是硬邦邦的黑鐵地面，而是軟泥時，三途川已然不遠，還能聽到些微的水聲。

「妳覺得，我爸能順利走過鐵圍山嗎？」途中，李琰問她。

「一定可以的。」雖然很多事還無法釐清，連紀長春的死因也沒有解答，但李琰的這個問題，紀雪靈倒是萬分肯定。她握著方向盤，微笑說：「黑仔伯除了有硃砂印護身外，再加上那一位的幫忙，一定會非常順利的。」

出了鐵圍山後，他們望著遠處有無數鬼魂排隊，準備踏上奈何橋，但橋頭還有另一道關卡，有個人正在忙碌不已，那應該就是忙著給大家倒湯的孟婆了，他們沒有過去參觀的興趣與勇氣。李琰問：「這條河可不是說游就能游過的，我們該怎麼辦？」

其實紀雪靈也沒有辦法，畢竟上回有白無常帶路，可以簡便進出，但現在可好，她根本一籌莫展，眼看大河漫漫，河面倒映天上暗紫色電光，一圈圈霧氣盤桓，且漣漪四起，水中好像有不少惡獸潛伏，她也躊躇了起來。

「不如先往下游走走，看有沒有其他辦法？」紀雪靈只能提出這樣的建議。

三途川沿岸都是上回所見的人手怪樹，他們踩著爛泥，小心翼翼地避開，又要注意河面上有無渡河的機會，但前行了幾里路，始終看到相同的風景，好像再往前千萬里也不會有任何改變。

紀雪靈正想找地方休息，李琰卻眼睛一亮，望向河中央，他小聲地說：「快看，那是船嗎？」

聽到有船，紀雪靈也振作精神，只見河面上似乎有個小點，正朝他們緩緩接近，但水面上霧氣濃密，非得等對方靠得極近，才確認那的確是一葉扁舟，船上有個頭戴斗笠，雙手撐篙的老頭。

紀雪靈一見大喜，正要搖手叫喚，李琰卻急忙拉住她，壓低聲音說：「傻了嗎？這裡是什麼地方，難道還有接駁船隻的服務？來者是敵是友都還沒搞清楚，妳忘了我爸也是被綁著坐船過河的嗎？」

紀雪靈愣了一下，趕緊蹲低身子，但同時她又覺得有些異樣，側頭看看李琰，不知怎地，她有一種難言喻的感覺，總覺得經歷了這一場後，李琰好像脫胎換骨，整個人頓時成熟了不少，已經不像以前那樣時而天眞、時而散漫，反倒有了眞正的男人氣概。

「怎麼了？」查覺到紀雪靈的目光，李琰好奇地問。

「沒事。」紀雪靈微笑。

那艘船來得很快，船上的老頭好像早就知道這裡躲著兩個人，他坐在船尾，伸出手掌來。

「二位要渡河的話，公定價，四千億。」頓了一下，他還補一句：「一隻鬼四千億。」

紀雪靈一聽可就笑了，她現在已經相當清楚，陰間的公務員們上至白無常，下至一般鬼卒，甚至連眼前這個老鬼都一樣，沒有一個是不愛錢的。既然愛錢，那一切就好商量了，況且他們這趟下來，各種法器帶得不多，但紙錢可預先燒了不少，現在包包裡還有大把沒用到的冥幣。

她知道此時不用避諱了，大方地走過去，從包包裡掏出了無數的冥幣。她將全部的錢都給了老鬼，說：「就一句話，老人家，麻煩你載我們兩個渡河，所有錢都是你的。」

老鬼一看金額如此巨大，他沒有見錢眼開，反而搖頭說：「說好了一個鬼要四千億，少了不收，多了也不收。」

見他這麼固執，紀雪靈笑了，她指指自己說：「那您可得睜開眼睛看清楚，我旁邊這位確實是鬼，但我卻不是呢。」

這時老鬼將斗笠抬高，露出蒼老臉龐，小眼睛端詳許久，才恍然大悟說：「原來妳是陽間來的。」

「沒錯。」紀雪靈點頭，「所以這些錢剩下來，我帶回陽間也沒用。既然如此，不如就給您當酬勞，您也可以少划幾趟船，早點歇息，這不是很好嗎？」

老鬼嘴角微微揚起，像是很滿意這個提議，於是把手一擺，讓紀雪靈跟李琰一起跳上來。當他們上了那艘搖搖晃晃的小船，老鬼把竹篙一撐，扁舟如箭離弦，飛快地飄向河中央。

從頭到尾，李琰都沒有說半句話，他除了留神右臂的變化，更凝神戒備，就怕那老鬼不懷好意，會在河面上使詐。

果然，到了河中央時，船隻速度漸慢，老鬼看著李琰，問他：「年輕的，你煞氣怎麼這麼重？我瞧你也不像喝過孟婆湯的樣子，從這邊過去可就前往陽間了，你去陽間做什麼呢？」

李琰正猶豫著如何回答，紀雪靈卻先替他開口，說：「老人家，這您就別多問了，知道太多，怕對您也不好吧？」

「我在這渡了千百年船，還能有什麼不好？就只是聊個天。」老鬼嘿嘿一笑，撐得愈慢，船隻幾乎都快不動了。

知道這老鬼應該也不是什麼省油的燈，紀雪靈有些提防，但還是恭敬地說：「好吧，那我就跟您說了，這位是陽壽未盡的冤鬼，所以從來也沒下過陰間，這次也是陪我一起來的。

既然事情辦完，理當跟我一起回去，等日後他陽壽盡了，白無常自然會把他領來的。」

「你們認識哪個白無常？」

「這個嘛……」躊躇了一下，紀雪靈也不知道該怎麼說。雖然陰間擔任「白無常」一職的鬼差有成千上百，但她就只認識一個，因此當然更不知道白無常的本名。於是她只能形容：「就是那個有點胖的，講話又很刻薄，都自稱『無常老娘』的那一個。」

老鬼聽著呵呵地笑了，點頭說：「原來是她。」

正在笑著，後面忽然一陣陰風颳起，水面頓起風浪，小船顛了幾下，跟著煞氣瀰漫，沿著水面陣陣襲來。

「糟糕！」李琰一皺眉，立刻握拳，說：「他們追來了！」

紀雪靈也是臉色一垮，她對老鬼說：「老人家，今天怕要連累您了。可不可以行行好，咱們下次有機會再聊，您還是趕快把我們送到對岸吧，好嗎？」

老鬼嗯了兩聲，手上卻沒有動作，只是朝著船尾後方，那股煞氣傳來的方向張望著。

「老……」

紀雪靈很想叫他別看了，但老鬼卻依然微笑，自顧自地說：「我還以爲是誰呢，原來是司徒牛頭跟他那群不長進的東西，成天給我丟人現眼。」

說著，他莫可奈何地嘆了口氣，回頭用平靜的語氣，叫紀雪靈跟李琰稍安勿躁，還要他們乖乖在小船上趴好。

對這船夫老鬼一連串莫名其妙的舉動，紀雪靈和李琰都感到不明就裡，但兩人也察覺到了，這老鬼只看了幾眼，竟然就連追兵的身分都能辨明，肯定不是什麼泛泛之輩，於是也只好乖乖趴下，準備靜觀其變。

老鬼見他們趴低，微笑說：「承蒙二位高價賞賜渡資，又在冰豥、吭舌兩地善心相助，陸某銘感五內，現在算是一點小小回報，以不負我『平等』之名。二位此去平安，珍重，但最好不要再見。」

說著，也沒管紀雪靈他們的瞠目結舌，他單手揮起又粗又長的竹篙，一把甩開，繞了大半個圈，重重砸在水面上，力道之強勁，竟掀起十幾丈高的巨大水花，跟著巨浪排空，宛如海嘯擴大，朝著船尾方向湧去，那些追趕而來的什麼司徒牛頭之類的傢伙，連跟紀雪靈見上一面的機會也沒有，已經全被洶湧滔天的大浪吞噬，全都葬身在三途川的深處，灰飛煙滅。

「半晌炎炎半晌風，榮辱高低日夜逢，功果不離隨身業，平等自在一掌中。」舉手間盡殲強敵，老鬼笑著吟了一首沒人聽得懂的詩，他看著痴痴傻傻的紀雪靈，莞爾說：「陸某在這兒做了多少年的平等買賣，渡資不多，卻也分毫未少，卻聽說老娘媽在陽間，有個專門拿命去做賠本生意的女兒，真可奇哉怪也。今天偶然相逢，才知道名不虛傳，讓我大開眼界。雖說那是妳心甘情願的，但若任憑妳自生自滅，那將來到我案前來審斷時，不免又要讓我燒腦傷神……也罷。」

他忽然一笑，左手輕揚，也不知道使了什麼法子，紀雪靈左腰瞬間微燙，嚇得她渾身一抖。

這時小船剛好漂到岸邊，老鬼微笑：「都到岸了，兩位還不下船嗎？」

「為什麼平等王會出現在鐵圍山上？他可是十殿閻王之一啊！」

「我也不知道。」紀雪靈邊開車邊搖頭苦笑說：「或許那就意味著，無論我們多麼自以為小心，其實一切的一切，都還是看在老天爺的眼裡吧？」

「要是老天爺眞的有眼，又怎能坐視這麼多狗屁倒灶的怪事發生？」李琰感慨。

想起李老黑轉述紀長春曾說過的，認為無論是黑羽箭或虎符，這種滿載怨恨與執念的強大靈物，固然可以快速地幫助許願者，讓他們心想事成，但反噬之力也會極爲可怕，所以還是該盡早將其毀滅或封印，不可流落在外。

「那些人簡直瘋了。」李琰想著想著，說了句沒頭沒腦的話。

但紀雪靈跟他相處多年，卻完全能夠理解，還細數了起來：「何文新應該是第一個死者，他供奉箭鏃，雖然財大氣粗，卻莫名其妙死在我手上；再來就是鼠妖，牠靠著箭靈來壯大妖氣，如此霸道的修行，結果也沒好下場；接著就是黎什麼的變態，他大概是心性最弱的，整個人都瘋了。」

「還有一個呀。」李琰說：「那位藝術大師。」

「這位大師的死因跟箭靈是否有關，只怕已經無從查證，但他家的院子裡藏著一枚煉法的箭鏃，那倒是不爭的事實。」紀雪靈說：「就像你爸講的，程東山那隻老狐狸既然知道虎符現世，一定不會放過你，接下來只怕才是難關的開始。」

他們還在討論著，紀雪靈的手機響起。來電顯示雖然是徐小茜，但接起來卻是一個尖聲尖氣的男人聲音，紀雪靈愣了一下。

「你們耽擱了好多時間。」那人陰陽怪氣地笑著說：「怎麼樣，陰間好玩嗎？」

聽到這句話，紀雪靈整顆心都涼了，車子在快速道路上急停，讓李琰嚇了一跳。

「怎麼了？」李琰問。

「小茜有危險。」她說。

第九章　太君娘媽

她加速急馳。途中打了電話給徐嘉甄。當對方接起時，那邊傳來一堆人語聲喧，徐嘉甄顯然不在家。紀雪靈懊惱地嘆口氣，問她人在哪裡。

「還在上班呢！怎麼了嗎？」徐嘉甄是個非常敏銳的人，立刻問她是不是出了什麼事。

當他們回到家，太一宮外已經面目全非，一堆回收物被扔得亂七八糟，待在門邊的老莊都傻眼了，他推著板車來，驚訝得不知該如何是好。

沒時間理會了，紀雪靈隨便掏張千元鈔給老莊，讓他先行離開。踏進屋內，發現裡面更加混亂，被人搜得徹底，連娘媽神像都倒了。紀雪靈先把神像扶正，然後直奔臥房，果然床頭櫃的暗格也被搜了出來，那只匣子丟在地上，貼住匣蓋的符咒被撕破，裡頭的幾枚箭鏃全都拿走了，但存摺之類的都還在，可知竊賊不是爲財而來。

「一團亂。」李琰皺著眉頭，從後面的小房間飄出來，背後跟著一堆孤魂野鬼，全都是瓶子被打破後，在房裡擠成一堆，無處可去的鬼魂們。

那當下，紀雪靈只能無助地癱坐，眼淚流了下來，爲的不是箭鏃被竊，也不是宮廟被毀，而是屋子裡少了徐小茜的聲音。就在此時，她的手機鈴聲又響起。

「眞不知道我那些助理們是怎麼搞的，話都不能好好講，非得把事情弄得這麼複雜就對了？爲了他們的無禮，我向妳道歉。」程東山輕鬆自在的笑語傳來，說：「怎麼樣，回到家了吧？休息夠了嗎？要不要先喝杯水？噢，對了，我忘了，妳家已經沒有完整的杯子了吧？」

「去你媽的王八蛋，你敢動徐小茜一根寒毛，老娘肯定把你碎屍萬段！」那瞬間的怒火突然爆發，紀雪靈再也忍不住了，對著電話破口大罵：「東西都拿走了，媽的爲難一個小丫頭做什麼！」

「冷靜點，美女不應該滿嘴髒話。」程東山好整以暇，笑說：「那幾枚箭鏃本來就是我的，現在也不過是物歸原主而已。接走徐小妹妹，是因爲想交換另一樣東西，妳應該明白吧？」

「徐小茜呢？我要跟她說話！」

「她很好，不用擔心，買賣未完成之前，我不會損壞商品的。」程東山說：「所以我想問妳，如果休息夠了，明晚要不要賞個臉，出來看看夜景？我堂哥那棟舊宅院的二樓，其實有不錯的風景，不曉得妳之前來時，有沒有特別注意過？來一趟吧，兩代人的所有恩怨，咱們就一次結清了。」

「看來還是免不了要正面對決。」等紀雪靈掛上電話，李琰苦笑道。

「約了明晚碰面。怎麼樣，你還行嗎？」紀雪靈問他。

「陪妳胡鬧，一直都是我的天職，不是嗎？」李琰笑著說。

隔天傍晚來到那幢舊宅院附近，一下車，就有兩個身穿黑色西裝的魁梧男人走過來問她姓名。

「這種鬼地方除了跟鬼有約的人，還有誰會想來？廢話少說，程東山在裡面吧？老娘就是為他而來的。」紀雪靈沒好氣地說，對那兩人看也不看，逕自朝著巷子走了進去。

一段時間沒來，這裡沒有多大變化，唯一的不同就是巷子邊停了幾輛土木工程車。紀雪靈昂首踏進大門，庭院不如以往荒蕪，已經有了小規模整復，院子中央還擺了一張雕花圓桌，桌上擱著紅酒，程東山斯文地坐在椅子上品嚐，見紀雪靈進來，他親切地招呼貴客落座。

「我實在沒辦法跟你這種人喝酒。」紀雪靈看著他，厭惡地說：「這麼多年來，你居然半點長進也沒有，只會擄人勒索這一招。你怎麼可以不要臉成這副德性呢？」

「妳提這個問題，是眞心想知道答案嗎？如果是，那我就認眞回答妳。」程東山搖晃酒杯，輕描淡寫地說：「四十年前，當我一無所有，到處受人冷眼，只能在社會最底層討生活時，我就知道了，什麼仁義道德、誠實善良都是假的，當一個老實人的下場是什麼，難道妳看得還不夠多？就拿常去妳家買賣東西的老莊來說，他應該算是個老實人吧？但妳瞧瞧，他過得是什麼破爛日子。這種人的存在，跟一隻水溝裡的蟑螂有何差別？哪天等他嚥了氣、死在路邊都沒人會感到可惜，反而還覺得處理他們的後事，會是天大的麻煩吧。妳告訴我，當一個老實人，生命有何價值，千百年後，誰會記得他們曾經活過？」

「所以你是立志要以一個雜碎的姿態，來名留青史嗎？」紀雪靈哭笑不得地問：「這就比較值得高興？」

程東山聳肩說：「漢高祖劉邦、明太祖朱元璋，他們在當皇帝之前，也跟雜碎沒有分別。這些人都是明白了生命的價值後，才開始懂得追求的。力量可以決定世界運轉的方式。自古以來所有偉大的人物，都握有這樣的力量。」

「你如果不是好萊塢電影看太多，就是腦子燒壞了。」紀雪靈嗤之以鼻，問：「就為了你想要的力量，所以才幹了無數爛事，把這世界弄得亂七八糟。」

「有能力的人，在糟蹋了世界之後，也會有能力將它再次重建。」程東山睥睨地說：「秩序，就是留給強而有力的人來制定的。」

「神經病。」紀雪靈搖頭，努力按捺情緒，說：「你所謂的建立秩序，說穿了只是利用別人來滿足自己的私欲罷了。」

「我承認是在滿足私欲。」程東山得意地說：「但在滿足私欲的同時，難道我沒有造福他人？伸張民意、促成多項政策、協助社會發展，這些都是有目共睹的，不信妳去看看民調結果就知道。」

「你說的都是檯面上的，但那些見不得光的呢？那些幫你一起供奉箭靈，最後卻遭到反噬，最終死於非命的人呢？你帶給他們的，難道不是魂飛魄散的下場嗎？」

「妳說這話可就本末倒置了。」程東山笑得很真心，說：「首先，讓他們魂飛魄散的人是妳，不是我。如果不是因為妳，無論何文新也好、黎凱勤也好，哪怕是那隻小老鼠，大家都能如願以償，得到想要的一切，是妳中斷了他們的性命，所以造下罪惡的是妳才對。」

「算了，我們眞的無法溝通。」紀雪靈已經聽不下去了，她擺手說：「所以你到底想幹麼？」

「何必急著談價碼，多花點時間聊聊不好嗎？畢竟爲了重新找回虎符，我可是花了不少心力在妳身上呢。」

「還眞是不好意思，辜負了你的投資。」紀雪靈翻個白眼。

「放心，一切都是有價値的。」程東山說：「始終一無所獲的幾年裡，我原本都快絕望了，但就是因爲妳愛管閒事，才讓我重新燃起希望。當我知道世上竟然還有太君印的傳人時，妳一定想像不到我有多麼激動。儘管如此，當年紀長春死時，妳也才不過十來歲，所以妳到底知道多少關於虎符的事，我很懷疑，也因此即使知道妳的存在，我也沒有貿然打擾，反而又多花了一段時間觀察妳的生活，想知道在妳的身邊有沒有虎符的蛛絲馬跡。」

「你是變態吧？」紀雪靈皺眉。

「當然不會是我親自觀察呀，而是派人去進行的。」程東山笑著說自己平常很忙，確實沒有這方面的嗜好。

聽到這，紀雪靈都快吐了，她搖頭說：「眞感謝程議員願意撥冗，爲我們發表這麼偉大的言論。我只能說，有些我們從小聽到大的道理，如果不是因爲認識你，還眞的是從來沒機會親眼見證。」

「喔？妳聽過什麼道理會與我有關的？程某人願聞其詳。」

「我爸以前常說，無論那些妖魔鬼怪有多麼可怕，但眞正讓人噁心反胃的，終究還是骯髒的人心。現在我可總算是明白了。好了，屁話都說完了吧？如果說完了就快點站起來，老娘早就迫不及待想扁你了。」紀雪靈輕蔑地哼了一聲，她看著程東山背後一直站著一個助理，那人身材瘦小，尖嘴猴腮，模樣比程東山更惹人討厭。紀雪靈指著那助理說：「還有你，你就是那個跟我講電話的王八蛋吧？老娘保證待會連你一起扁。」

「有本事妳就來啊。」那助理陰險地笑著，一副有恃無恐的模樣。

「連紀小姐你都敢得罪，眞是死不足惜。」

沒想到程東山在嘆氣的同時，忽然揮出右手，那瞬間奇變橫生，一股煞氣掠過，那個助理兩眼直瞪，眉心上多了一個黑色小點，連哼都沒哼一聲，整個人直挺挺地往後倒，當場沒了命。

「箭靈合一，原來就是這種感覺啊。」程東山深吸一口氣，滿意地看看自己的手掌，又喜又嘆地說：「眞可惜，要不是當年紀長春跟遠哥各毀了我一箭，今天只怕威力更強大呢！」

本來李琰都跟在紀雪靈身邊，程東山對他始終不聞不問，他也就默不作聲，小心警戒著，見程東山猝然發難，竟然將自己的助理一擊斃命，用的還是如此強大的邪術，他凜然一驚，右臂黑霧頓生，煞氣湧起，護衛在紀雪靈身前。

「看來你進步得很快啊！」程東山露出驚喜表情，手一擺，宅院前的遮雨棚下，不知何時已經列著一排人，紀雪靈立刻認出當中兩個，正是牛頭與馬面。

她曾聽紀長春說過的，牛頭、馬面是同一職級，負責拘役鬼魂的工作，地位略低於無常，上回在三途川遇到的一個牛頭還複姓司徒，就不知道眼前這兩個叫什麼名字。除了他倆，其他奇形怪狀的傢伙則一律穿著運動服，揹著千奇百怪的兵器，正是標準的鬼卒裝扮。

「你眞以爲自己可以陰陽兩界都操控自如嗎？」紀雪靈厲聲問他：「我再給你最後一次機會，交出徐小茜，我放你一條生路！」

「權傾天下，超脫生死，連秦始皇都辦不到的事，我卻可以，妳認爲我還需要妳放一條生路？妳想找的人就在上面，有本事可以上去接她，但是這個……」程東山狂妄大笑，手指二樓，又指向李琰，說：「這是我的。」

「作夢！」

紀雪靈呸了一聲，速度飛快地直奔過去，她揚起手中的太君印，神威赫赫，幾乎就要拍上程東山的額頭，但程東山側身閃避，左手一抬，雙掌相觸的瞬間，兩股正邪靈力撞擊，紀雪靈感到胸中一滯，腳步虛浮，往後倒退數步。太君印竟擋不住黑羽箭靈，一招就被擊退。

李琰毫不遲疑，縱身而上，然而程東山卻不與他交手，反而向後退開，屋簷下那一夥鬼差、鬼卒們一齊湧上，將李琰圍困在內。雖然有半分虎符在身，但畢竟控制不易，李琰幾拳幾腳都沒辦法傷及那些進退靈動的陰間鬼差，只能靠著機智，躲開蜂擁而來的攻勢。

他剛躲開馬面的長叉，又閃過鬼卒的快刀，迎面卻是牛頭頂著銳利的雙角衝上來，連忙揮出右拳，帶著虎符煞氣的拳頭橫掃，一聲悶響，竟將牛角打斷一截，碎角噴飛了出去，連著牛頭腳步踉蹌，摔倒在地，但李琰揮拳過猛，自己重心不穩，正好被一名鬼卒踹倒，要不是他們奉了程東山之命，非得生擒不可，早就刀槍齊上，將他砍得魂飛魄散了。

見李琰打得辛苦，紀雪靈本想上前幫忙，然而轉念又想，真正的對手其實就在眼前，要讓那群鬼差收手，也唯有制服真正的賊首。於是她左手從口袋裡抓了一把，漫天揚起香灰，跟著劍指橫過，口中唸起咒詞，可是幾句召喚的咒語一過，四下卻毫無響動，不由得讓她一愣。

程東山得意地笑說：「怎麼，很意外嗎？實在是抱歉啊，敝公司收購附近的一片土地，整地時不小心拆了一座無人供奉，斷了香火的小廟呢。」

「王八蛋，你居然連南營將軍的神龕都敢拆！」紀雪靈大罵。

「這老把戲，當年紀長春玩過一次，現在妳想老調重彈嗎？」

程東山冷笑，兩手一張，十指指尖同時綻出冷冽煞氣，跟著揮動雙臂，煞氣揚起，竟像有生命似地，朝著紀雪靈而來。

紀雪靈還沒看清楚，煞氣已到身前，她以太君印擋下一道，另外兩股煞氣卻繞過脅下，直接打中後背，讓她往前撲倒。

程東山毫不客氣地抬腳踩在紀雪靈的背上，笑說：「我勸妳還是乖乖地陪我看戲就好，免得連命都沒了。」

「有本事你就殺了我！」紀雪靈臉頰貼著泥地，依然高聲喝罵。

「妳以為我不敢嗎？」程東山獰笑著，那幾道還在漫天飛旋的煞氣根本不需要任何指令，完全隨著他的心念而動，如箭射下，釘上紀雪靈的四肢與後頸，劇痛鑽心刺骨，讓她忍不住慘叫出聲。

那邊李琰剛被一輪圍攻打得手忙腳亂，退到院子的榕樹邊，卻見紀雪靈受制，他又急又怒，然而牛頭、馬面圍了上來，不讓他輕舉妄動。

程東山不慌不忙，對李琰說：「小老弟，當初我說過了，你有不能拒絕我的三個理由，看來，果然還是最後一個理由最有效。你還是乖乖投降了吧？」

被壓制在地，紀雪靈咬著牙問：「什麼最後一個理由？王八蛋你又想使什麼詭計？」

「怎麼，他沒告訴妳嗎？我還以爲你們人鬼相戀二十幾年，早該無話不說了呢！我告訴過他，只要跟著我，不但有機會還陽，可以再世爲人，而且最重要的，是能保全他心愛女人的一條小命。」程東山看著腳下的紀雪靈，問李琰：「老弟，這是你最後的機會了，答不答應，就等你一句話。」

聽他這麼說，紀雪靈忽然笑了，雖然滿嘴是土，但還是忍不住笑出聲音來。

「很好笑嗎？」程東山問她。

「對我來說是很好笑，但對你可就慘了。」紀雪靈冷笑說：「程議員啊，我看你要麼是民意代表當太久，被盲目的自信給沖昏了頭，再不就是天生的蠢，蠢得無以復加。」

「我蠢？我蠢嗎？」程東山獰笑，煞氣如釘，釘得更深，讓紀雪靈痛得眼淚都滾出來。

「我勸你最好趕快把她放開。」冷冷地，李琰盯著程東山說。

「還記不記得很久很久以前，我們去眷村後面的方伯伯家偷荔枝的事？」

紀雪靈望著李琰，忽然提起一件久遠的往事。

那時他們年紀還小，有一回紀雪靈看見方伯伯家的荔枝已經結果，於是帶著李琰去偷摘，結果不但沒偷到，反而還被逮住。方伯伯打了紀雪靈一巴掌，罵她是沒娘管教的小孩，當時李琰怒極，抄起地上的磚塊把方伯伯的腦袋給打破，還好紀雪靈急忙阻止，不然可就打死人了。

聽到她提及往事，李琰也愣了一下。紀雪靈看著他，微笑說：「這回我不再阻止你。」

那瞬間，李琰也笑了，他對旁邊的包圍看也不看，一步步朝著程東山走去。兩名離他最近的鬼卒見他如此目中無「鬼」，一個舉起大斧，一個抓緊鐵鎚，全都朝他身上招呼，李琰完全沒瞧上一眼，他渾身煞氣沸騰，兩樣兵器根本碰不到他一根寒毛，兩名鬼卒已經不明不白地被化爲炭末，飛灰散盡。

「那天我就告訴過你，只要你敢再提那個理由，我一定不會放過你。」李琰看了紀雪靈一眼，惡狠狠地對程東山說：「而現在，你不但提了，還眞的做了。」

見他來勢洶洶，程東山也不敢輕敵，手一揚，黑羽箭靈拔釘而起，轉朝李琰飛射過去，只見李琰左掌立起，一道薄薄黑霧如牆，竟將那些箭靈一一格擋，跟著右掌一劈，瞬間將一枚箭靈打得粉碎，然而其他箭靈依舊飛竄，繞著李琰不停尋找空隙，轉眼又纏鬥在一起。

趁著束縛消失，程東山又分神觀戰，紀雪靈翻身一滾，脫離了程東山又臭又重的大腳。她一滾到牆邊，抓起自己剛剛丟在地上的小背包，用力甩了幾下，包包裡的法器發出清脆悅耳的鈴鐺聲響。

紀雪靈大叫：「兩個老女人快點出來，再不出來就只剩我的魂魄可勾啦！」

她一聲還沒喊完，牆邊立刻有個人回話，罵著：「什麼老女人！誰是老女人，妳全家才都是老女人！」

三句未完，兩道身影顯現，一白一黑，一高一矮。白無常沒好氣地瞪著牛頭、馬面跟那群鬼卒，黑無常則捋起洋裝裙襬，已經準備開打。

「哈，妳就只準備了這種程度的幫手嗎？」程東山大笑，對著他收買來的眾多鬼卒們喊道：「不過就是官職大你們一階而已，有什麼了不起的？不用怕，宰了她們，日後我給你們買官，想當閻王都可以！」

一聽大老闆許下承諾，鬼卒們的眼睛都亮出光芒了，他們興奮地怪叫起來，居然連尊卑也不管了，朝著兩位上司舉起兵器。

「簡直就是反了！」白無常喝了一聲：「給我打！」

黑無常等的也就只有這句話，她將頭上那頂寫著「天下太平」四字的黑色淑女帽一扯，披頭散髮，張著大嘴，露出駭人的兩根獠牙，竟然硬生生擋下當頭一刀，鬼卒手中的大刀已然折損，黑無常圓滾滾的身材撞上去，把那鬼卒撞翻在地，直接跨坐在對方身上，宛如瘋魔一般趴下去就是一陣拚命亂咬，吃得滿嘴血肉模糊。黑無常用粗暴而原始的方式，將那名鬼卒咬得哀號慘呼，終至化為炭末。黑無常剛吃完一個，隨即抬頭，也不管滿嘴血汙，看馬面離她最近，於是一個蹦躍又衝上去，馬面雖然官位略低，卻一點也不畏懼，兩條腿連踢，擋下了黑無常的攻勢，轉眼纏鬥在一起。

「怎麼，你也想跟老娘比劃比劃嗎？」白無常看著牛頭。

「比劃就免了。」牛頭哼了一聲，掰下自己頭上僅存的一角，抓在手上當武器，他指著白無常說：「我對妳的那頂帽子比較有興趣。」

說著，身子猛然前傾，竟是說打就打。白無常抓著勾魂用的涅槃筷，筷子與牛角碰撞格打的聲音，連綿成不絕如縷的敲擊聲響。

「看來妳的救兵好像不太夠用啊？」院子裡已經打成一團，那邊是李琰纏鬥紛飛的黑羽箭靈，再一邊則是兩個無常在對付牛頭與馬面，而旁邊還有一群插不上手的鬼卒們，正朝這邊虎視眈眈。程東山冷笑對紀雪靈說：「快點，我現在非常期待，妳能不能再變出什麼來，讓我更興奮點呢？」

「媽的，你眞的很有病。」紀雪靈拎著小背包，滿臉嫌惡鄙夷，卻轉頭對著別墅樓上又扯開嗓子大叫：「喂，那個老女人！最後就輪到祢出馬了，到底還要讓我等多久？不要說話不算話啊！」

聽她又叫老女人，白無常錯愕了一下，筷子架住尖角，也好奇地轉頭看看別墅，想知道今晚到底還有多少個老女人要登場。

紀雪靈喊聲一落，別墅二樓的落地窗應聲爆裂，碎玻璃滿天噴濺，徐小茜兩眼迷茫，卻好端端地站在窗邊，她手上拎著兩個已經癱軟的男人，那本來負責看管人質的傢伙，現在成了兩灘爛泥。徐小茜也不知道是哪來的力氣，一手一個，竟將他們都往一樓拋了出來，摔在地上。

「拜了祢那麼多年，第一次看祢顯靈，挺不錯的出場架勢啊！」紀雪靈笑著，手指程東山，卻對徐小茜說：「剩下的都交給祢，唯獨這個留給我，可以吧？」

「徐小茜」答也不答，輕跨一步，直接跳落院中。她臉上沒有任何表情，卻朝著那群錯愕的鬼卒們張開嘴，微微呵出一口氣，滿院子瀰漫淡淡清香，如春季盛開的花園一般，香風拂過，鬼卒毫無反抗之力，已然盡數灰化；接著她慢慢抬起右手，掌中似有無限壓力，將本來在跟黑白無常纏鬥的兩名鬼差同時壓制，牛頭與馬面都驚詫不已，他們不但手腳被困，難以挪動半分，甚至連脖子都無法轉過來一探究竟，還在掙扎時，不約而同地，竟從外皮開始，像兩座被烈風颳過的沙雕一般，逐漸成灰化散，轉眼滅盡。

這番變故都只在眨眼之間，看得程東山目瞪口呆，完全不能理解，何以那個手無縛雞之力的小女孩竟然搖身一變，不但能徒手撂倒兩個大男人，更能不費吹灰之力，將一眾鬼差鬼卒全數掃清，半個也不剩。

與此同時，像是感受到了徐小茜身上透出的太君娘媽威儀，李琰體內的虎符之靈突然大盛，他猛喝一聲，撤開防備，任憑環繞的黑羽箭靈從四面八方朝他射來，就在點點黑氣碰觸到他的身體之際，李琰仰聲長嘯，如平地落雷，煞氣暴起。原本以迅疾之速射來的箭靈，此時被煞氣掩覆，竟燃起藍色火光，不但勢頭被阻，再不能刺傷李琰分毫，還在火光之中閃閃顫動，最後全被焚化殆盡，散成點點星芒，殞落在夜空之中。當箭靈焚滅，本來充斥在庭院中的邪靈之氣也隨之一空。

「現在你還覺得我的救兵不夠用嗎？」紀雪靈看著庭院中只剩己方的人馬，她冷笑著問程東山。

「沒想到，就憑你們幾個人不人、鬼不鬼的，居然可以壞了我的大事。」苦笑著，程東山眼睜睜看著黑羽箭靈被消滅，他既沒有驚慌，也沒有害怕，反而嘆口氣，說：「我花費數十年才蒐集到的東西，原來這麼不堪一擊。」

「不是他們不堪一擊，而是因爲你的無知與自大，才使得人神共憤，自找的天誅地滅。」紀雪靈冷哼一聲。

「是嗎？」程東山抬頭問。

「難道不是嗎？你……」

一句還沒講完，紀雪靈只覺得眼前一晃，本來站在她面前的程東山，竟然形如鬼魅，飄忽著已經閃到她的背後，跟著她感受到背心有個冷硬的東西抵住。

「但妳一定想不到，其實黑羽箭靈還有這樣的用法吧？」程東山惡狠狠地笑著說：「多虧我堂哥當年的貪心，還以爲靠著箭靈煉法，可以人靈合一，讓他追求更崇高的狗屁藝術境界，結果搞得走火入魔。嘿，他到死都沒能做到的，我這個堂弟倒是替他完成了。」

「你把自己跟箭靈煉在一起了？」紀雪靈皺眉，猜得到對方手上握著什麼，她不敢稍有妄動。

「再過不久，我還會跟虎符之靈煉在一起。」程東山賊笑說：「可惜，妳看不到那一幕了。」

說著，他將原本抵在紀雪靈背後的東西挪出來，指向她的太陽穴。從眼角餘光，紀雪靈看到那是一把槍。

「小子，這次你又想怎麼救自己的心上人呢？你的動作再快，難道還能快過一顆子彈嗎？」程東山厲聲高喊。

「欸，程議員。」紀雪靈又笑了，她一點都不激動，反而輕鬆愉快，說：「我說眞的，以後如果有人再罵你腦子壞掉，你眞的不可以生氣啦，剛剛你說我老調重彈，但你自己不也一樣？你會的永遠都只有這一招，而且每次都天眞得以爲會成功，拜託，這種反派很失敗耶！」

「妳說什麼？」程東山愣了。

「當然啦，我確實是看不到你跟虎符人靈合一的一天，也看不到你下次再耍笨了，因爲一切也就到此爲止了。」紀雪靈自顧自地點頭。

被她這話一激，程東山只覺得腦門一空，恨意沖天，連自己怎麼扣下扳機的都不知道，劇烈響聲一震，奇怪的是卻沒有鮮血與腦漿噴濺，程東山本來環住人質的手上突然一空。納悶低頭，只見地上有個冒出青煙的草偶，草偶上貼著一張符，而偶頭已經被轟得稀爛。

程東山瞠目結舌，才剛會意過來，肩膀忽然被拍了一下。他猛然回頭，紀雪靈的左掌還搭在他肩上，笑著說：「歡迎品嚐太君印的滋味，程議員。」

「妳跟娘媽是怎麼談的，爲什麼祂會降駕在我身上？」回家的途中，徐小茜依偎在紀雪靈身邊，小聲地問。

紀雪靈笑而不答。回想起出門前，她看著擺放板凳上的娘媽神像。

那時她心煩意亂，幾乎不假思索，念頭所至，對娘媽開口說道：「對我來說，祢就像我媽一樣，但從小到大，其實祢也沒有教過我什麼，總是讓我自己跌跌撞撞地摸索。這麼多年來，求祢的事情，祢一樣也沒有應驗過，不管是當媽還是當神，祢這種態度總是有點說不過去吧？哼，後來倒好，我都還有一口氣呢，祢就急著找接班人，這根本就是過河拆橋了。祢說，神明當成這樣，祢合理嗎祢？我在徐小茜那個年紀時，祢都還沒教過我東西呢！而且既然祢這麼疼她，那現在怎麼不幫忙？她被人抓了，難道祢還打算袖手旁觀嗎？祢可得搞清楚狀況，萬一她出了事，連我也會受牽連，這家宮廟可就得收起來，太一道也會從此斷絕，祢知道後果的嚴重性吧。」

紀雪靈瞪著娘媽，數落著娘媽還不夠，甚至提出了一個交易。

「這樣吧，看在相處幾十年的份上，我們打個商量，祢這一回好好出馬，幫忙把人救回來，只要順利成功，我就答應祢一個條件，如何？」

一直坐在車頂上的李琰，還能聽到紀雪靈和徐小茜在車內的對話，他一彎腰，腦袋穿過車頂，倒著問：「所以妳當時答應了娘媽什麼條件，好說服祂降駕救人？」

「其實也沒什麼。」紀雪靈淡淡一笑，說：「我說只要能把人救回來，以後太一宮就換個廟祝。」

「祂真的答應啊？」徐小茜訝異著，李琰也瞠目結舌。

「聽完提議後，我一連擲出九個聖筊。祂大概是很高興終於可以擺脫我了吧？」紀雪靈哭笑不得。

一個小時前，程東山被打倒在地，太君印造成的傷勢極重，到了熔肌蝕骨的地步，痛得他再也裝不出斯文派頭，只能崩潰哀號，就像當初何文新一樣。當槍聲一響，立刻有警笛聲大作，一群警察衝了進來，當先的自然是全副武裝，連防彈背心都穿在身上的徐嘉甄。

紀雪靈出門時就先知會了徐嘉甄，她一聽到紀雪靈竟然要去跟程東山談判，訝異地問：「爲什麼妳會跟那種人扯上關係？」

「程東山是哪種人？」紀雪靈反問，然後徐嘉甄一時就忘了女兒被綁，正危在旦夕的事情，她在電話中叨叨絮絮，說起了警方正在偵查，即將收網的案子。

「妳知不知道那個王八蛋到底幹了些什麼事？他媽的卷宗都快比百科全書還厚了，兩宗教唆殺人案、四宗傷害案，還有一堆綁標、圍標，連同走私等等。這種人要是不用坐牢，還選上立法委員的話，我們都不用活了！」徐嘉甄滔滔不絕，又說：「噢，還有綁架我女兒！媽的！」

程東山倒地後，本來紀雪靈以爲救女心切的徐嘉甄，應該會急著檢查女兒是否受傷，結果出乎意料，徐嘉甄看女兒好端端的，也就沒來多問，反而扯著還在地上打滾的程東山，硬是將他拉了起來。

「你居然敢綁她？知不知道她是誰的女兒？」

說著，徐嘉甄對著程東山的臉，狠狠給了一拳，把這位現任議員打得鼻血直流，接著手腳並用，將人按在地上一頓狠揍，要不是其他同事阻攔，程東山大概連上法院的命都沒了。

警察將程東山跟他手下們帶走了，他們看不見李琰與黑白無常，自然更不曉得剛才在外面埋伏時，別墅裡的喧鬧到底是怎麼回事，紀雪靈也懶得多說，反正筆錄什麼的，自有徐嘉甄處理，她唯一關心的就只有徐小茜而已。

慶幸的是徐小茜雖然被擄走一天一夜，卻沒受什麼傷害，比起當年凌虐李琰，這次程東山算是比較尊重女性一些，他只是打了徐小茜幾個巴掌，但有吃有喝，還讓她在別墅二樓睡了一覺。

好不容易回到家，他們都有一種恍如隔世的感覺。看著滿地凌亂，誰也沒有收拾的力氣，只能枯坐在太一宮前的板凳上。

「你現在還好嗎？」剛剛在警車上不好開口，現在她總算可以問李琰，「你右手怎麼樣？」

「我也不知道。」李琰面帶憂愁，看著右臂，說：「但我忽然覺得很悲哀。所有人都想得到的東西，最後居然誰也沒成功，而最不想要獲得它的人，到頭來卻甩也甩不掉。」

紀雪靈搖頭說：「或許就是命中注定吧。現在的問題是，我們不知道有什麼方法能將虎符毀掉。當初以爲祭血爲引，就能將虎符消滅，現在你都變鬼了，這玩意卻還卡在魂魄中。」

「還記得我爸說的嗎？他說當年那個遠哥將虎符之靈化成兩半，自己帶走一半，另一半卻拍在我身上。我好像有點明白，爲什麼他要那樣做了。」李琰沉吟說：「就算只有一半，我都無法抑制它的躁動，要是那人將虎符整個帶走，以他凡人之軀，不管有多大能耐，他都不可能承受得了的。」

「但他為什麼選擇了你？當時在現場有三個人，他不選黑仔伯也不選我爸，偏偏挑上你，為什麼？」

「因為全世界都會保護我呀，不是嗎？」李琰笑了，「本來我也想不通，但剛剛一邊吹風一邊想，我們大夥不計生死地去救小茜，這就跟當年一樣。如果當時那人將一半虎符之靈打在我爸或春伯的身上，他們為了遏止妖魔亂世，都會做出一樣的選擇，對吧？」

「他們會自我了結。」紀雪靈點頭。

李琰說：「所以他只能選我。我猜，他當時一定也是權衡過的，既然兩個大人都有犧牲自己的勇氣，那就挑個軟弱的孩子，起碼父子連心，我爸再怎麼堅決，也不至於對自己的親生兒子下手，讓兒子跟惡靈同歸於盡。」

「可惜他錯了。」紀雪靈笑得很苦。

「是啊。」李琰嘆息說：「但我喜歡我爸的決定。」

徐小茜一頭霧水，好奇開口：「你們到底在說什麼？」

「妳接手太一宮，應該要有一個全新的開始，所以這些往事，妳也就別問了，知道太多，對妳一點也不好。」紀雪靈微笑，看徐小茜一臉疲倦，她說：「今晚別待在宮裡了，妳回家去睡覺，等明天再來幫忙收拾，然後我們挑個日子，舉辦交接儀式。」

「妳真的要把宮廟交給我？」徐小茜很認真地問。

看了娘媽慈祥的笑容一眼，紀雪靈點頭說：「人可以騙自己，但不能騙神騙鬼。」

打發了徐小茜上樓，紀雪靈伸個懶腰，眼看天色將亮，正是黎明之前最黑暗的一段時間，她神情困倦，腦子卻還停不下來，轉頭問李琰：「你覺得他眞的死了嗎？如果沒死，他會知道今晚發生的事嗎？」

「誰？」李琰愣住，還沒會意過來，紀雪靈卻先搖頭，自顧自地說：「算了，沒事的，或許只是我太累了，才這麼疑神疑鬼而已。」

「妳是應該好好休息了，打從陰間回來，妳都沒好好睡過一覺呢。」李琰安慰她。

「是啊。可能是一連串的波折太多，才讓人在塵埃落定後，反而又隱約有股不安。」紀雪靈對李琰說：「你不覺得嗎？如果仔細想想，其實所有的恩怨都是從那個遠哥開始的，就連程東山也是受他挑撥，才會去找黑羽箭跟虎符，才把黑仔伯拖下水的，他……」

紀雪靈話還沒說完，李琰微笑著晃到她身邊，猝不及防地給了她一個吻。這個吻很輕很淡，還帶著一股涼意，讓紀雪靈瞪大雙眼，難以置信。

「親愛的，妳需要的不是胡思亂想，而是去洗澡，然後睡覺。」李琰溫柔地說。

「你是不是因爲太一宮要換老闆，以爲以後沒人罩我了，所以才這麼帶種的？」紀雪靈瞄著他。

「我只是不想再錯過任何一秒鐘。」李琰微笑，正想再給她一個吻，偏偏煞風景地，在這天亮之前的黑夜深處，手推板車的車輪咿哦轉動，經常沒日沒夜到處收破爛的老莊，緩緩地來到太一宮前。

「我的媽呀，大半夜的，你去哪弄來這麼多東西啊？」

紀雪靈嚇了一跳，只見板車上全是層層疊疊的舊紙箱。她連忙撇開李琰，過去幫著將那些東西搬下來。

「跟你說過多少次，就算再缺錢，性命還是要顧啦！你都不好好休息，就算賺到錢又怎樣呢？你啊你……」紀雪靈苦口婆心地說，彎腰捧起紙箱。

「我就是怕多耽擱幾天，妳心裡的結解不開，日子過得也不開心啊。」本來喑啞殘疾的老莊在她背後笑著說。

那瞬間，紀雪靈背脊一涼，心臟差點就要停住了。

第十章　水落石出

當紀雪靈終於悠悠醒轉時，天上雲翳濛濛，不見月色，一段距離外的路燈昏黃，她怔忪著不知道自己處在什麼時空中。

「妳很久沒有好好休息過了吧？真出乎我意料，一張靜魂咒居然有這麼大效用。」老莊依然佝僂，看著她微笑。

一見到這個人，紀雪靈猝然一驚，急著要起身，卻又全身一緊，才發現自己被綁在一張破椅子上，雙手也被反剪在背後，完全動彈不得。她看到老莊也坐在破板凳上，旁邊還有張舊木桌，桌上擱著一支又髒又舊的玻璃瓶，雖然沒有瓶蓋，瓶口卻貼著符。

知道紀雪靈在想什麼，老莊溫和而緩慢地說：「放心，他好端端地在裡面待著，聽得見也看得見，只是出不來而已。」

「還眞是感謝你。」果然瓶子裡傳來李琰沒好氣的聲音。

老莊沒理會那句嘲諷，慢條斯理地揭開那道符，讓李琰飄出瓶子，但他一出來就覺得渾身乏力，虛弱不堪，本想立刻發難突襲，這下也一籌莫展。

「周圍已經布妥結界了。」老莊替李琰解開疑惑，說：「結界去除前，得委屈你乖乖待著了。」

紀雪靈觀察四周，發現自己待在一個屋頂坍塌的夯土破房中，屋內沒有照明，只能仰賴破牆外的那盞街燈。這裡滿地凌亂，顯然荒廢已久，定了定神後，紀雪靈聽見了從更遠一點的地方傳來海潮聲。

「當年我從這裡開始，走出自己的人生，今天恰好也從這裡結束。你們與我的交匯點也是從此處開始的，我們就選這裡做爲終點，似乎也挺浪漫。」老莊臉上竟然有一股慈祥。他起身，瘸著腿走到門邊，將破門推開，外頭海風灌入，帶有些許鹹味。

不知怎地，紀雪靈腦子裡一閃，問他：「這裡是河口寮？」

老莊點頭說：「不愧是紀長春的女兒，更不愧是太一道的傳人，妳的確很聰明。」

「爲什麼要把我們帶來這裡，你到底是誰？」李琰皺眉問。

「我？我是老莊啊。」老莊從門邊走回來時，本來瘸腿的步伐卻變得自然而正常，駝背也挺直了，雖然還是滿頭白髮，臉龐與手背都是老人斑與皺紋，但聲音卻顯得年輕有活力，他說：「抱歉啊，在你們面前演久了，太習慣那個樣子。但嚴格來講我也沒有騙人，我母親姓莊，所以我確實算得上是莊家的人。至於我的身分，你難道還沒猜到嗎？」

「你就是那個人？」李琰其實早就知道了，打從在太一宮前，本來瘖啞的老莊忽然開口講話，還從懷裡掏出一張符紙貼在紀雪靈背上，讓她恍神癱倒時，李琰就已經猜到了。

「那個人？」老莊又笑了，「我的名字又不是什麼不能說的祕密，何必給我取這樣的綽號呢？我本姓何。你們應該從程東山那認識過我了吧？雖然，即使是他也並不了解我。在他眼裡，我雖然懂得些術法，但還是個只會研究古文物的書呆子。」

「為什麼你還活著？」紀雪靈瞪著他。本以為只是自己胡思亂想的不安，此刻印驗眼前，她還是難以置信。

「我是死過呀，只是死得不夠徹底。」老莊聳肩說：「天不絕我，我也無可奈何。」

「你跟何文新是什麼關係？」知道自己置身在河口寮，又聽對方姓何，紀雪靈立刻聯想。

「妳好聰明啊。」老莊由衷讚嘆，說：「那我就做一次正式的自我介紹吧，等介紹完，我再跟你們講一個漫長的故事，好嗎？」

「有屁你最好快點放，放完後，我也有很多問題需要你乖乖回答。」紀雪靈瞪著他。

老莊微笑點頭，說：「我姓何，名叫何文遠。曾經，河口寮是我的故鄉，那時我還有一個弟弟，也就是後來死在妳手上的那個人，他叫何文新，是力宇建設的大老闆。」

「你想替他報仇？」紀雪靈咬牙。

何文遠搖頭說：「不。何文新死有餘辜，並不值得報仇。事實上，在天地之間自有其輪迴與因果，根本也沒有什麼仇好報的。」

「那你到底想幹麼？」

「這就是我要說故事的原因，不然你們確實很難理解。」何文遠坐回椅子上，悠悠地說：「當年我以為考取公費留學、出國深造之後，未來就會改變，然而那場車禍卻顛覆了我的觀念。從此之後我總算是知道了，有些真正可貴的東西，只有死過一次的人才了解，也才懂得珍惜，後來程東山讓我死了第二次，我就更確定了自己的想法。先說說最初的事情吧！當年剛離開河口寮，我聽人介紹過一位很會算命的老師，所以出國前就特地去拜訪，想請那位老師給些指點，一見到他，我果然被他吸引了，那位老師確實仙風道骨，談吐也頗有哲理，那時我都想拋棄學業，乾脆拜他為師算了。」

「拜託，我不想聽什麼神棍的故事。」紀雪靈翻了白眼。

「那個人不是神棍，他是妳父親。」

「我父親？你見過我父親？」紀雪靈詫異著。

何文遠點頭說：「是啊，那時我可是一心想要求道呢！對我來說，留學固然是為了謀生，但同時也是一種逃避，我要逃離河口寮村、逃離貧困的生活，尋找一個眞正的解脫之道。所以當妳父親與我論道時，我就非常動心，希望可以投拜在他門下。」

「居然有惡魔想要求道，未免太荒謬了吧？」紀雪靈嗤之以鼻。

何文遠沒有在意她的譏諷，又說：「可是妳父親拒絕了我，他否定我的想法。即使對於我所抱持的理念，他沒有完全反對，但卻拒絕告訴我方法，也不肯讓我投拜太一道，我問他原因，他只說是時候未到。抱著遺憾與無奈，我踏上留學的旅程，但心裡始終放不下，對任何學術也不感興趣。直到出了那場嚴重車禍我才眞正領悟，原來什麼時候未到之類的，都只是推托的理由，一個人無論想要達成什麼夢想或心願，最終還是得靠自己，而不是寄託於別人。於是我放棄了一切，隱姓埋名好一段時間，告訴自己，哪怕走遍天涯海角，就算沒人幫忙，我也要靠自己來成功。幸虧皇天不負苦心人，四處尋覓，也研究各種文獻後，最後在一個古籍收藏家的遺物拍賣會中找到了方向。我買下那些文本，苦心鑽研，發現其中一本古籍竟是來自一個明朝末年的道家派系，書中記載了許多祕術與科儀，更提到了以古物煉法的祕訣，讓我非常心動，因為那些祕法只要能煉成，箇中的神奇妙用可是非常驚人的。」

「不過就是邪門歪道，有什麼驚人的？」紀雪靈哼了一聲，「煉到最後，頂多就是像程東山那樣瘋狂而已。」

「那妳就錯了。程東山只是個自以為是的無知小人，根本沒有遵照我教他的方式，他煉法的過程與目的全都是錯誤的。」何文遠搖頭說：「還是先讓我把故事說完吧，好嗎？等我說完，你們一定可以明白的。兩位想必聽過郭將軍的故事吧？一般人怎麼可能理解，當年郭將軍據守孤城、滿腔憤恨的心情？又何曾了解過，那些箭矢被反覆撿回來，一再射向敵人後，究竟染上了多少鮮血與怨恨？當然他們更不可能明白，那一枚虎符當中，承載了多麼偉大的守護之責，以及被拋棄的憾恨？我知道這是緣分，是上天賦予的使命，要讓我參透真正的劫難，要讓我印證修為與超脫的真諦。」

何文遠說得興奮，嚥了口唾沫。

「妳懂了吧？這些年來，我一不求名二不求利，像黑羽箭那樣的東西，對我絲毫沒有用處，當然也任憑所有人你爭我奪，都與我完全無關。我所追求的，是更有意義，也更偉大的層面。」

說完後，何文遠滿心期待地看著紀雪靈，想聽聽她的看法。

「我不想懂。」紀雪靈搖頭說：「我只覺得，媽的又一個神經病。最近遇到的瘋子太多，而你算得上是最嚴重的。」

何文遠哈哈大笑，搖頭說：「我是不是神經病，妳不已經親眼見證了嗎？」

「見證個屁，我只看到一個老頭在自我吹捧。」紀雪靈啐了一聲。

「不，妳應該看得更清楚一點。」何文遠搖頭。

「你到底要我看什麼……」

紀雪靈皺眉，但話還沒說完，只見何文遠緩緩起身，滿臉悠然，兩手垂下，仰頭深吸幾口氣後，也不知道使了什麼術法，他原本童山濯濯，只剩幾根白髮的光禿腦門上竟開始長出黑色的髮絲，轉眼頭髮變得茂盛濃密；跟著他抹了抹臉，那張布滿皺紋的老臉也隨之變化，皮膚逐漸光滑，所有的斑點與皺紋都消失了，雙眼更炯炯有神。轉眼間，何文遠從一個身體殘缺又虛弱的老人，竟蛻變成三十歲左右的年輕人，讓紀雪靈看傻了眼。

「其實還遠不只於此呢。」

何文遠傲然地站直身，本來彎腰駝背，就算拉直了也不會超過一百六十公分的瘦癟身材，瞬間偉岸英挺，更襯托出他眉宇間的英氣勃勃。

「現在妳懂了吧？爲什麼我不去搶那些沒用的箭靈。因爲權勢也好、財富也好，全都是些生不帶來、死不帶去的東西，而虎符之靈的奧妙之處，卻是超脫一切，能永恆不滅的，這是天底下只有我才知道的祕密，也是只有我才能辦到的奇蹟。」

不只是紀雪靈，李琰也瞠目結舌，半句話都說不出來了。

「道之所在，即永生之所在。」何文遠笑著說：「程東山無知，只知道煉法來謀取權勢，卻不懂『道』之眞諦。試問，世間還有比這更迷人、更偉大的修行嗎？應該沒有了吧？」

此時破屋內一陣沉默。何文遠滿是睥睨，他苦苦經營一生，終於如願以償，可偏又只能以老莊的形象示人，壓抑直到今天才能痛快宣洩。紀雪靈跟李琰則是震驚駭然，久久不能相信眼前所見。

在靜默中，唯有風聲呼呼，海潮遠遠不斷。紀雪靈只覺得眼前這人早就瘋了，他扭曲的人格與理念，都超乎了常人的想像，而採取的行動更無一不是需要漫長時間的安排與蟄伏，這種驚人的毅力及決心，不但一般人難以理解，就是放眼百家修道之法，也沒有人會這樣做的。

「既然你有自己的修行方式，那你愛怎麼做，就儘管去做了，又何必非得把所有人牽扯進來呢？」紀雪靈感慨地問。

「因爲要取得那樣的法器，並不是我單獨一人所能辦到的。」何文遠說：「就算我讀懂了古籍，知道了修行之法，但總要有人幫我把東西帶回來才行。」

「這就是當年你跟程東山合作的原因？」

何文遠點頭說：「雖然已經找到古文物的下落，但人生地不熟，我也無法取回，光是爲了找誰去辦這件事，就讓人煞費苦心。我物色很久才終於選定了程東山。就算是這樣，我也不敢把一切都託付給他，非得再經過一段時間的觀察，確定人選的可信度才行。」

「會看上那種人，表示你的眼光也不過爾爾。」紀雪靈哼了一聲。

「要論人品，他當然是不及格的。程東山這個人野心勃勃，貪婪而殘忍，當時他幾筆大買賣雖然都做得有聲有色，但風評卻很糟。我感到非常不放心，所以又去調查他的背景，結果出乎意料地發現繞了好大一圈後，竟然又繞回了原點。」何文遠笑了，他看向李琰，再看看紀雪靈，說：「我查到程東山以前還有個老搭檔，那搭檔後來退出江湖，經常出沒在一間曾將我拒於門外的小宮廟。」

聽到這，紀雪靈跟李琰都是心頭一凜。

「是我建議程東山找人幫忙的，爲了讓他更容易鑑別古物是否有靈，我還幫他開了眼，讓他通透天理。某個意義上來說，程東山也算我的徒弟了。那時我還暗示他，要找搭檔，就要找個絕對信得過，且本領與膽識都不能太差的人。但怪就怪我太過自信了，以爲機關算盡，必能穩操勝券，卻沒想到李老黑那天晚上壞了我滿盤計畫，而程東山更卑鄙，他想著要獨呑法器，簡直到了無所不用其極的地步。如果不是我一路追蹤，或許虎符、黑羽箭都會被他搶走。」何文遠邊說邊搖頭：「不過儘管如此，後來他終究還是跟我翻臉了，甚至還暗算我，想要滅口。」

「可惜他下手不夠狠。」紀雪靈冷笑：「要換作是我，我就把你切成八段，永絕後患。」

何文遠笑說：「最毒婦人心，果不其然。不過這些年過去了，有時我也會想，甚至好幾次都差點忍不住，想要告訴程東山那個笨蛋，他居然以爲拿到黑羽箭就可以從此縱橫天下？嘿嘿，這個傻瓜眞的是從頭到尾都搞錯了方向。看他那種自信滿滿的樣子，實在是奇蠢無比。你們知道吧？他把黑羽箭靈分給別人，說穿了只是想從他人身上斂取怨氣而已，更愚笨的是那些被他利用的人，有人求名、有人求利，卻不知道自己只是一枚棋子而已。」

「程東山何嘗又不是你的棋子呢？」紀雪靈冷笑。

「我只是僱請他去將文物帶回來而已，除此之外，他過他的，我過我的，何來利用之說？妳看我像是一個熱中名利權勢的俗人嗎？程東山會找上你們，那是他貪心，咎由自取。他知道黑羽箭雖然厲害，但終究不比虎符，可他只迷信權力，以為一切都在掌握之中，卻不知道我非但沒死，而且就在他咫尺之處，更不知道我身上其實有著他想要的東西。那個可悲的蠢貨，還以為只要抓住李琰，就能得到完整的虎符。所以事實證明我是對的，幸虧當初對他處處防備，否則以他的狼子野心，我早就死無葬身之地了。」

「既然你對程東山這麼防備，為什麼任憑自己的兄弟跟他合作？何文新可是你的親弟弟，看他被人糟蹋利用，難道你忍心見死不救？」紀雪靈質問他。

「當然可以。」何文遠噗哧一笑，說：「妳都知道他是何文新，而我是何文遠了，我們本就是不相干的個體，我幹麼要救他？當年程東山剛拿到黑羽箭，卻不知道該找誰來用，還是我把何文新推薦給他的。」

「他是你兄弟！」紀雪靈厲聲說：「還有，看著何文新迫害河口寮的鄉親，你也不應該袖手旁觀！」

「每個人都有自己的天命。」何文遠哼了一聲，「世人沒有同情過我，我也沒有同情他們的必要。」

聽到這，紀雪靈氣得發抖，連李琰也咬牙切齒。

「用不著生氣。就算我再怎麼鄙夷天下人，但經過這些年來的觀察，在我心目中，你們倆，還有那尊太君娘媽，三位還是天地之間，我無比欽佩景仰的人物。」何文遠認眞地說，他看著紀雪靈：「要說娘媽吧，一個神當得這麼任性，對所有的膜拜祈求，有時完全置之度外，超然得無以復加，有時又恣意妄爲，罔顧人命天道，這個性我喜歡。而妳身爲一個凡人，尤其是女人，能有多少青春？但妳居然棄自己的人生於不顧，只爲了追求一個幾乎不可能重見天日的眞相，這種執著的態度跟我很像，讓我佩服不已。」

「誰他媽稀罕跟你很像啊！」紀雪靈翻著白眼。

何文遠沒理會她的髒話，卻對李琰說：「至於你，一個幾十年前就死了的小男孩，竟然能爲了喜歡的對象，每年讓自己變得更老一些，只爲了能匹配上她，這是多麼偉大的愛情！所以你也非常了不起，佩服，佩服。」

「夠了，我眞的不想再聽下去了。」紀雪靈嘆口氣，扯了扯還牢牢捆紮的繩索，她問：「你現在到底想怎樣？」

「這裡沒有警察，沒有黑白無常，沒有你們最依賴的娘媽，連附近的孤魂野鬼都被我收拾得一乾二淨，天地之間只剩我們。今晚只要拿回屬於我的東西，我就會徹底消失在妳眼前，妳可以安心去追求自己的人生，再也不必跟鬼神爲伍了。」何文遠淡淡一笑，他對李琰又說：「至於你，你也可以獲得解脫，不必再飄盪人間。」

紀雪靈一驚，急著大喝：「敢傷他一根寒毛，我不會放過你！」

何文遠笑著，伸手輕撫李琰的額頭。李琰雖是虛體，但在他掌中卻好像能被觸摸似的。

「這些年來，讓你幫我藏著虎符，也眞是辛苦了。本來嘛，那樣威力強大的東西，就不是一個凡人的軀體所能駕馭的，即便是我也得花費多年才能將一半的虎符之靈控制自如。所以在謀劃之初，爲了解決這個難題，我就傷透腦筋，還好古籍中記載著分靈之法，而我歷經無數次練習終於學會。這過程可艱辛啊，用一堆貓貓狗狗做好多次實驗。難，眞的很難。但無妨，只要能學會就好。」何文遠自顧自地說：「那時我就在想，我帶走了一半，那另一半該怎麼處理呢？要知道，那樣的東西一旦甦醒，就非得仰賴活人的血肉來作爲容器，我該把它交給誰呢？於是我就決定了，給你。一來你最年輕，可以當好長一段時間的容器，二來你是李老黑的兒子，又是紀長春他女兒的青梅竹馬，他們總不會讓你跟虎符之靈同歸於盡才對。只是我沒想到，是眞的沒想到，他們居然狠得下心動手。但你一靈不滅，而且還將虎符牢牢封印在魂魄中，而你也應該慶幸，若不是有虎符護身，你這樣的孤魂野鬼恐怕早就墮落輪迴，不曉得投胎幾次了。」

「不要說得好像是你幫了我一樣。」李琰被何文遠手掌按住前額，頓覺全身一癱，完全失去了反抗能力，只能咬牙切齒。

「當然是我幫了你。」何文遠說：「總之，這就是虎符之靈與箭靈最大的不同。黑羽箭是凶煞之物，修煉者必遭反噬，但虎符可是皇帝御賜兵權的憑證，何等莊嚴正大。這些年來，你看我絲毫沒受影響，還能修成正果，而你若不是因爲擅自進入陰間，亂了陰靈之氣，多年來也能與虎符相安無事，對吧？好了，故事說完了，來，是時候該把東西還我了。」

說著，何文遠將右手食指輕抵住李琰的額頭，雙唇微微顫動，像是在吟唸咒詞，指尖也綻出微光，跟著手指向下一劃，指上寒光落處，李琰的胸口竟被他輕輕劃開，裂縫中透出五彩繽紛的異光。那瞬間，李琰雙眼空無，身子不停顫抖，只能張著嘴巴，不停發出唔唔的痛苦呻吟。

「放開他！不准你動他！」紀雪靈急得流淚大叫，不停亂扯亂搖，但綑綁她的麻繩非常牢靠，竟是紋絲不動，而何文遠右手前探，手指插入李琰的胸口中抓撓，彩光煥然流淌。

只見何文遠不停施咒，而李琰渾身抽搐，過不多時，奪目的彩光終於褪去，破屋內又一次歸於黯淡，何文遠呼出一口長氣，手指緩緩收回，此刻李琰手臂上的煞氣頓時消散，反而何文遠的掌心裡，掐著一團泛出黑霧的靈體。

「終於都回到我手上了，終於。」

何文遠臉上露出陶醉的神情。他右手捧著那團煞氣橫溢的靈霧，左手揭開破舊的衣領，只見他壯碩的胸膛上有著一個黑點，像是什麼東西嵌在胸口上一般。何文遠抓著那黑色的東西，用力一拔，一滴血也沒流出。他將那東西扯出來，隨手拋棄在地上。紀雪靈仔細一看，竟是一枚黑羽箭鏃。

「當年程東山何其無知，不懂得操控煞氣，居然用這玩意來捅我，白白損失了一枚箭鏃。」何文遠啞然失笑，「這東西在我身上放了二十多年，我日夜看著它，用來提醒自己，千萬別再輕易相信任何人。現在終於可以擺脫這個夢魘了。」

「多少人夢寐以求的東西，你居然棄之如敝屣？」看著箭鏃，紀雪靈問。

「當然。從頭到尾，我都沒想要這種東西，當初叫程東山去拿，也只是順便而已。有了完整的虎符，我不但能永生不滅，更能呼天喚地，宰制天下，要什麼就有什麼，我還需要這種邪靈之物何用？」說著，他腳尖一踢，竟將那枚箭鏃踢到紀雪靈身前，嘲笑著說：「怎麼樣，妳想要嗎？想要就拿去啊！我不稀罕。天地萬物，都是如露如電的夢幻泡影，唯有這個才是真理，我才是真理。」

說著，舉起手上的虎符之靈，他深吸一口氣，將那團煞靈往自己胸前輕送，只見破屋之中，何文遠身上漾起詭異的光芒，瑰麗煥彩，讓人眼花撩亂，但同時也有一陣陣叫人窒息的壓迫感從何文遠身上如浪般湧出。費了多年工夫，他才能順利駕馭體內的一半虎符之靈，而現在要將另一半虎符之靈匯聚，何文遠更不敢輕忽，他屏氣凝神，小心翼翼，唯恐出了任何一絲差錯。

李琰此時已無煞靈護身，難以承受這種壓迫感，可是即使跪倒在地，他雙目中依然灼燙著仇恨，直盯著何文遠，而紀雪靈呼吸困難，險些就要昏厥，只能勉強支撐。

何文遠張開雙臂，口中吟頌咒詞，並感受著兩半虎符之靈緩緩重新歸一融合，他心中暗喜，奮力鼓動氣勁。他知道這就是自己畢生所期待的，最重要的一刻，所有的掙扎與等候，多少暗夜中的蠢動或壓抑，終將在此畢其功於一役。

他卻突然感到背上傳來微微刺痛。

「妳……」

「你是不是忘了一件事？一千多年前，這幾枝黑羽箭的主人，也曾經遭到背叛與遺棄，而那將他們拋棄在荒漠中的，就是親手將虎符賜給安西都護府的人。」紀雪靈嘴角淌著血漬，吐出一口殷紅血沫，冷冷地說：「聽說，黑羽箭靈只要以血供養，就能有求必應？我倒挺想見識看看的。」

何文遠詫異地睜大眼睛，反手想去觸摸背後，但那股刺痛卻在兩手搆不著的位置。他轉過身來看著紀雪靈時，本來在何文遠對面的李琰則瞧見了，何文遠的背中不偏不倚地插著一枚箭鏃。

此時紀雪靈站起身，甩甩剛才因爲抓住箭鏃割斷繩索，又被捆縛許久，還有些血氣不通的手腕。

「所以我咬破舌頭，吮了一大口血來餵它，反正看你耍了一整晚猴戲，看也看膩了，不如自己也來玩玩看。我挺想知道，如果代表郭將軍英靈的黑羽箭，終於有機會向虎符的主人討個公道時，它們會不會手下留情呢？」紀雪靈突然嫣然一笑，又說：「剛剛是你自己講的，要把它送給我，還眞是感謝了。」

說著，紀雪靈猛然張開左掌，一道剛剛畫好的太君印正綻露青光，她大喝一聲，手掌前按，抵住何文遠的胸口，同時以血所驅使的箭靈也瞬間暴起煞氣，一前一後，貫穿了何文遠的心口。

何文遠又急又怒，怎麼也沒料想到自己居然會輸在那麼微不足道的一個小動作上，他雙眼滿是血絲，張開大嘴，眼中如欲噴出火來，大吼了一聲，任憑壯大的虎符之靈灌注全身，將太君印與黑羽箭一正一邪的靈力全都抵擋開來。

在護心的同時，他用力抬起雙臂，朝著紀雪靈的脖子抓去。這一抓勢道極強，即使是太君印的法力也難以抵禦壓制，眼看著何文遠的十指就要碰到頸子，不知怎地，力道卻慢了下來，終至凝於半空，任憑何文遠再怎麼鼓盡全力，手指就是無法往前移動半分。

此時，何文遠感受到了一股來自體內深處，從未有過的靈氣，正源源不絕地鋪展開來。靈氣壓抑著他好不容易才融合的虎符，讓他呼吸一滯，全身無力。何文遠臉上露出驚詫，多年來苦修虎符也從未有過這種情形；而紀雪靈手掌貼在何文遠的心口，同樣也察覺了那股靈氣的存在，且發現其中又透著一股熟悉感，那赫然是太一道的天罡正氣。

宛如墜入一個虛幻之境，紀雪靈看見了那天的最後。

當紀長春抹去了李琰記憶，又對他施了望鄉咒，讓那孩子的一縷魂魄離去後，他已經筋疲力盡，扶著李老黑，蹣跚地走到小路邊，攔了一輛路過的貨車。

紀長春掏出身上所有的現金給那個憨厚的司機，央求他將李老黑送到指定地址，當貨車開走後，紀長春幾乎半點餘力都不剩，只能回到舊工寮附近的小樹林裡，陪伴著早已沒了氣息的李琰。癱坐喘息中，聽到何文遠的腳步聲再度傳來。

雖然滿頭鮮血，狼狽不堪，但何文遠目光冷峻，飽含殺機。他看著李琰的遺體，冷然問：「你殺了他？」

紀長春沒有回答，臉上只有慘然的笑。

何文遠愣了一下，急著問：「我不信，你怎麼可能殺了他！他的魂魄呢？魂魄呢？」

他大怒地問，但紀長春卻只是緩緩搖頭。

「姓紀的，今時不同於往日，你應該知道，即使現在你不說，我總有辦法讓你開口吐實。」何文遠咬牙說：「識相的，就把那小子的魂魄交出來。」

「他都已經死了，你還要他魂魄何用？」

「別以為我不知道。」何文遠冷笑，「他雖然死了，但沒有祭血，封印就不算完成。魂魄中必定還嵌著我要的東西。把他交給我，我會放你一條活路。」

「就算你得到了完整的虎符之靈，也修不成仙家之道的。」紀長春嘆氣說：「我早告訴過你，時候未到，在你的命數中，並沒有那一天到來的可能。」

「我不想聽你廢話。我就只想聽你說一聲，那小子的魂魄在哪裡？」何文遠說話極慢，一字一句滿是冷酷。

紀長春哈哈大笑，說：「看得出來，這幾年你學會了不少旁門左道的邪法，但就是不知道，你學會怎麼讓死人說話了沒有？」

說著，紀長春一咬牙，右掌翻起，掌心泛著太君印的光芒。

何文遠以為他要拚盡全力做最後一搏，連忙往後退一步，但沒想到紀長春舉起右掌，竟朝著自己心口狠狠一拍。

那一幕讓何文遠錯愕不已，但他很快回神，瞬間明白紀長春這是以自殺封口的做法，他又驚又怒，連忙縱身向前，口中唱咒，朝著空無處狠狠一抓，竟扯住紀長春的魂魄，隨即往自己心口一按，將那道魂魄硬生生塞入自己體內。

「你以爲這樣就算贏了嗎？我告訴你，沒有那麼容易。」滿是恨意，何文遠獰笑著，「你就算是死了也難以超脫。從今以後，我要讓你永遠待在我體內，看著我是怎麼重新找回虎符，終有一天萬壽無疆，號令蒼生！」

紀雪靈不確定自己眼前所見的是否爲眞，在那片朦朧中，多年來她最想找到的人，終於再次出現眼前。父親穿著當年離家時的衣服，那件舊夾克曾讓她魂牽夢縈。此時父親盤腿端坐，宛如以往在太一宮中靜修的姿勢，但右手掩心，像在護持著什麼。

紀雪靈有些難以置信，一步步緩緩走近，到了父親面前。

「我一直在等妳，但又希望永遠等不到妳。」紀長春抬起頭，對她微笑。

若干年來有太多想問的話，紀雪靈很想知道當年究竟發生了什麼事，想知道父親爲何出門時還好端端的，回來時卻成爲一具冰冷遺體。

她想著，如果父親還有話要交代，大概會講些什麼？這些年來，她沒有乖乖依循囑咐，反而繼承了太一宮，幹著那些違逆天道，動輒減損陽壽的事情，父親要是曉得了，會不會很生氣呢？她想了很多，太多太多，以至於此時站在紀長春身前，竟什麼也問不出口。

「來，來爸爸旁邊坐好。」紀長春依然右手掩胸，左手對她招了招，他微笑著又補了一句：「乖，爸爸不罵妳。」

紀雪靈忍不住鼻酸，淚水模糊了視線，靜靜坐到紀長春身邊。當年個子矮小，身形瘦弱的少女，而今長高許多，跟父親同坐時都能並肩等高了。

「妳長大了。」

「爸……」紀雪靈聽見自己的哽咽。

「我一直期待著，希望有朝一日還能再見妳一面，想跟妳說聲抱歉。爸爸原本以為可以陪伴妳長大的，結果我失約了。」

紀長春看了看女兒，拍拍她的肩膀，見女兒搖頭，表示並不介意父親的缺席，紀長春欣慰一笑。

「但我卻也非常非常希望，希望見面的這一天，能夠永遠不要到來。因為我知道，倘若我們還能再聚，那就表示妳跟何文遠有了靈動交會的時刻，然而跟他鬥法，只怕妳凶多吉少。我寧可妳安安分分，不認識天道為何物，過著平凡但又充實的每一天就好。」紀長春撥女兒額前的頭髮，就像從前一樣，感慨地說：「但我低估了妳的天分，也低估了娘媽對妳的期待，還以為只要自己從中作梗，就能讓妳置身事外，讓妳一生平安。」

「其實，過現在的生活，我並沒有不開心。」紀雪靈努力擠出笑容，說：「我有聽你的話，每天都很認真吃飯，我也很愛逛街、很愛花錢，我跟平常人一樣，我……我還有談戀愛。」

紀長春莞爾地笑了，但又黯然搖頭，說：「李琰那孩子啊，苦了他了，那時若非出於無奈，我實在不願出此下策。我毀了他，也毀了妳的一生。」

「但他不介意，我也不介意，真的。」紀雪靈認真地說。

「我知道，我都知道。這些年來，何文遠三天兩頭都到太一宮賣東西，其實我都聽得見。我聽得見他，也聽得見妳，更感受得到妳是真心地在照顧每個人，妳很棒，真的。」說著，紀長春左手抬起，指骨輕敲女兒的額頭，笑罵：「我連李琰在抱怨，說妳亂秤重、亂給錢，還說妳在什麼網路購物的地方亂買東西，這些都聽得一清二楚。」

紀雪靈也笑了，她壓根沒想到，何文遠雖然心機極深，經常藉由買賣回收物來太一宮探聽消息，但卻也在無意間幫了大忙，那些李琰自以為沒人聽見的嘮叨，反而讓紀長春可以了解女兒的生活。

「你爲什麼要一直待在這裡，我帶你出去好不好？」看著周遭一片朦朧虛無，陰暗又滯悶，紀雪靈擔憂地問：「這裡究竟是什麼地方？」

「這裡？這裡本來不存在，就跟我一樣。」紀長春搖頭說：「虎符之靈已與何文遠共生共滅，而我的靈魄又被種在虎符之中，彼此相依相存。這裡本是虛無，而我更是虛無中的虛無。這就是我最最不願妳來到此處的原因，因爲當這一天到來時，就是何文遠撕下了面具，妳與他交手的那天，也是我們父女之中，必然有一人要神形俱滅的時刻。」

「爲什麼？」紀雪靈大驚。

看著自己掩心的右手，紀長春說：「這些年來，我的靈脈直繫虎符，而虎符又與何文遠的靈魂相融，三者彼此交關，無一可以獨存，當年他自以爲禁錮了我的魂魄，殊不知反而埋下隱患，讓我掐著他的命脈，彼此相互制衡。這樣妳明白了嗎？」

聽到這話，紀雪靈愕然，她怎麼也沒想到，期盼了二十多年，終於再見父親，但緊接著就要面臨永生永世的分離。別人的家屬亡故，還有三途川前再相會的可能，但她與父親卻得從此眞正天人永隔。

「不可能，一定有辦法的，我……」她急忙搖頭。

「傻孩子，要眞有辦法，我還需要等到今天嗎？」紀長春微笑說：「妳又何必執著不放呢？生死寂滅，往復春來，那才是天理循環之道，像我這樣不死不生，根本就是不對的。比起我這樣的一抹殘靈，蒼生不是更重要嗎？」

「我才不管什麼天理不天理！我要你馬上回家！」紀雪靈急了，她哭嚷著：「蒼生又怎樣？我只要救你一個就夠了！」

「乖，聽爸爸的話呀。」紀長春沒有因爲女兒的任性而動怒，他繼續說著：「妳也聽到何文遠的話了，他這樣的人，就算獲得永生，也無法造福於世。他眞正想要的，只是在得到不滅的肉身之後，再圖妄想著宰制天下而已，而我們豈能任由他遂了心願？乖女兒，我們父女倆能再有此刻的相會，就已是上天的恩賜，也該知足了呀。」

「知足個屁！我才不要！」紀雪靈咬牙說：「別人愛長生不死，那就讓他們去吧，誰要爭權奪利，那也是他們家的事，我才不管那麼多！憑什麼別人可以禍害蒼生，而我只想要讓你回家，這樣的心願就是違逆天道？如果天道就是這麼不公平，那我也不要把它放在眼裡！」

「如果這樣，那妳跟何文遠或程東山，豈不就沒有區別了嗎？」紀長春溫柔地撫著女兒的臉頰，慈藹地說：「我知道，我紀長春的女兒不是那種人。」

這句話讓紀雪靈安靜了下來，她看著父親與當年殊無二致的面孔，又從父親眼中瞧見了靈魂的滄桑與衰老，忍不住流下眼淚，卻不知道還能怎麼辦才好。

「這裡。」紀長春將左手按在一直掩護心口的右掌上，說：「一切的盡頭就在這裡。」

他看著紀雪靈，口氣平緩，眼神堅定。

「這麼多年來，我始終不願讓妳碰觸本宗道法，就是怕妳性子衝動，爲了一口氣做出悖逆天道的事，但天意既然安排，那我也只好認了。現在，是我唯一一次，允許並要求妳動用太君印，爲我做一件我無法自己辦到的事。」紀長春緩慢而沉穩地說：「幫我拔靈吧，讓這一切塵埃落定。」

「我……」紀雪靈啞口無言，眼睜睜看著父親雙肩垂軟，她無論如何也抬不起手來，但紀長春牽起女兒的手，將她的左掌按上自己右手背，抵住心口。

「爸爸這一生無愧於天地，唯有對妳虧欠，恐怕永遠償還不了，妳不要埋怨我，好嗎？」

紀長春溫言說著，而紀雪靈早已模糊了雙眼，半句話都說不出來，只能不停搖頭，她不想結束一切，不想永遠失去她最愛的家人。

「玄宗天地，道印無極。」紀長春緩緩唸出咒詞，然後望著女兒哭紅的雙眼，「要乖乖的，要幸福，要做個好人。」幾句交代後，紀長春點頭。

「急急如律令……」用幾乎連自己都聽不見的聲音，紀雪靈敕了靈動。

尾聲　遺願相談所

本該悠閒的秋天下午，唯獨屋裡的那人例外。她買了一組新櫃子，重新設計燈光照明，更添購大批的全新玻璃瓶，把供奉堂布置得明亮整齊，接著淘汰掉大部分老舊的家具。除了供桌不能動、太君娘媽神像依舊慈祥外，原本那兩盞破燈籠也沒了，此時鮮紅的大瓦數電燭光映照，漂亮的新燈籠頗能吸睛。

忙了半天後，屋內傳來她的聲音：「怎麼這樣也不行、那樣也不行啦？黃伯伯，我跟你說，人都死了，個性就要改啦，不能與人為善，你起碼也與鬼為善嘛！幹麼老跟鄰居吵架啊？大家都是可憐鬼，互相一下啦。」

說著，她把幾支瓶子擺好，走出供奉堂，先點了兩柱香，分別插在兩盤蛋糕上，一份供給娘媽，另一份則擺在全新的小木桌上。

同時她又嘮叨：「我講過很多次了，桌子是放東西的，不是放屁股的，你可不可以有點教養，不要老是坐在桌上？再講不聽，以後不准吃蛋糕！」

「妳確定這樣眞的好嗎？我已經死過一次，眞的不想再被煩死一次。」無可奈何，李琰只好乖乖下桌，飄到門邊來，看著對一切充耳不聞，還在整理回收物的紀雪靈。

「那是答應過娘媽的，我也沒辦法。」看著徐小茜儼然以太一宮的廟祝自居，此刻剛忙完，盤腿坐在蒲團上，專注地看起經文。紀雪靈嘆氣說：「我看，以後咱們都得認命點了。」

這個夏天過去，按照規劃，徐小茜很順利地讓自己在會考中高分落榜，只能就讀鄰近學校，放學後方便處理宮廟的大小事。她甚至突發奇想，也擲筊得到娘媽的允許，要把「太一宮」的招牌拿掉，換一個她自己命名的字號，叫做「遺願相談所」，顧名思義，就是要服務天底下所有的可憐鬼。

這個提議讓紀雪靈很崩潰，但徐小茜理直氣壯地說：「妳平常做的不就是這樣的工作嗎？況且娘媽都答應了！」

「要麼我死，要麼妳買下我這房子，否則免談，絕對免談！」紀雪靈惡狠狠地說：「妳幹什麼都好，改名字就是不行！」

不久前的那一晚，當紀雪靈依照紀長春的吩咐，哭著敕動太君印化滅虎符，霎時也讓何文遠心脈俱碎。在何文遠跪倒時，李琰奮盡最後一絲陰氣，向前撲躍，朝著插在何文遠後心上的黑羽箭鏃用力一拍，讓那個蟄伏多年後，幾乎大功告成，差點就可以天下無敵的何文遠圓睜雙眼，露出滿臉不甘。何文遠抬頭仰望破屋外的星空，卻只能隨海風灰化，終至消滅。

那一刻，紀雪靈與李琰癱坐在破屋中。紀雪靈腦海裡有父親最後的溫言，心裡卻是驚險之後重歸平靜的餘悸感，交織成誰也說不出話的氛圍。她的手在地上摸到異樣，低頭發現自己手腕上配戴多年的青玉佛珠不知何時已經斷裂，黯淡光線下，看見珠子掉了一地，有好幾顆都摔碎了。她看得怔然，眼淚流了下來。

那是紀長春當年送給女兒的最後一份生日禮物，李琰沒有多說什麼，他抱著紀雪靈，給她無聲的安慰。雖然靈體透來的是冰涼觸感，紀雪靈心裡卻感受到溫暖。

「眞的過去了。」李琰輕輕地在她耳邊說：「從今以後，不會再有這樣的事了。」

「眞的嗎？」紀雪靈望著破碎的青玉佛珠，眼裡有無限悲傷。

李琰微微點頭說：「我保證。」

回想起這一場既驚且險，又充滿奇異與感慨的遭遇，許多苦苦追索的謎底雖然揭曉，卻一點也讓人開心不起來，反而更多添了傷感與遺憾。如果有什麼値得高興的，大概就是在三途川的水面上，平等王手掌一揮的作用了。

當那一掌拂過時，紀雪靈曾感覺到腰間刺燙，但當時無暇細看，之後又爲了程東山與何文遠的事情大鬧了兩三天，等諸事都塵埃落定了，她才有機會仔細檢查，發現腰間原本蔓延的怪異斑紋上，竟生出了一層薄痂，再過沒幾天，痂褪而新皮重生，那些斑紋竟然全都不見了。

李琰爲此高興了好久，大大稱讚平等王果然平等，可見上天還是有公理的，但紀雪靈翻個白眼，說：「不過就是把欠我的陽壽還來而已，天經地義的事，有什麼了不起的，哼！」

對他們而言，塵埃落定這固然是喜事，但對徐小茜來說，可讓她生氣到不行，那場與何文遠對決的重要一役，她身爲太一道的最新傳承者不但缺席，而且大反派更不能被她親手消滅，為此她可是生了好幾天悶氣。

不過年輕人終究還是年輕人，雖然還在不高興，但當小宮廟的改造計畫啓動，那些脾氣也就隨風而去，取而代之的，是從紀雪靈的銀行戶頭中不停支出，終於讓宮廟煥然一新。如今宮廟改名風波尚未落幕，徐小茜又把目光動到門口的回收物上。

「我就說這樣不行，妳一天到晚彎腰洗東西，脊椎骨都扭曲了。」徐小茜讀完經書，走出來又嘖了一聲，搖頭說：「依我看，還是需要在這裡裝個洗手台才行。」

「拜託妳行行好，門裡面的事歸妳管，門外面是我做生意的地方，妳就不用費心了吧？」紀雪靈哭喪著臉。

「胡說什麼鬼話！妳把門口弄得髒兮兮，鄰居們避之唯恐不及，誰還要來我這兒燒香拜拜？到時候連鬼都不來，我的遺願相談所做不成生意，根本就是妳害的吧？」

徐小茜還要繼續碎念，李琰也受不了了，說：「妳啊，妳就不能好好當個高中生，也當妳媽的乖女兒就好嗎？」

「乖女兒？徐嘉甄要是偶爾能記得自己還有個女兒，那就算她功德無量。」徐小茜哼了一聲，接著她拿出一張傳單給紀雪靈，又說：「行程我挑好了，也詢過價了，比來比去，這個行程最適合你們。」

紀雪靈愣了一下，李琰則探頭過來，發現那是一張日本半自助旅遊的旅程規劃表，行程中除了古蹟探訪，更重要的當然是不可少的購物行程。

「這是？」

紀雪靈還在錯愣，徐小茜說：「這是妳一直想要的，不是嗎？」

徐小茜瞄了李琰一眼，又從口袋掏出一個小玻璃瓶。

「去日本那幾天，你就住在這支瓶子裡吧，體積很小，你忍耐點，但起碼是不用託運，可以跟靈姨坐在客艙裡。」沒理會眼前這一人一鬼的瞠目結舌，徐小茜說：「蒼生很重要，但幸福更重要，懂嗎？」

說著，她忽然往旁一瞥，皺皺眉頭，從一堆還沒整理的回收品中，挑出一支壓扁的寶特瓶。

她端詳兩眼後，搖頭說：「哪裡不好待，怎麼跑到裡面去了？」

沒讓紀雪靈有機會湊過來，徐小茜已經轉身逕自走回宮廟。

徐小茜邊走還邊搖頭嘆氣說：「唉，都是可憐鬼，來吧，歡迎來到我們『遺願相談所』，把你的故事告訴我，我會幫你作主的。」

全文完

後記　宿命，都在文榆街上

當我從電腦資料匣中，打開寫作故事期間所聽的主題曲時，隱約有種不妙的感覺，彷彿誰掌中的法印有靈光泛起，將整條文榆街籠罩，不遠處狗螺嘶鳴，注定了又有一夜腥風血雨。

停，我說的不是《文榆街的遺願相談所》的靈姨或徐小茜，而是街底靠近廢棄加工園區，那所學生人數很少，眼看即將退場，而總在天黑後透著一股迷離氛圍的老舊校園中……這就是不妙的感覺之所在——腦海中迸出的念頭永遠比手指敲打鍵盤的速度要快上百倍，而我最缺的就是做這件事的時間。

這兩年的文榆街很不平靜。打從二〇二〇下半年起，無論想的是什麼故事、跟哪位編輯大人在閒談，那些連環命案也好、妖魔鬼怪也罷，不知怎地竟都集中在文榆街的巷弄中，而詭異的是所有登場人物們還全扯得上邊。

但這或許也是創作最迷人之處，當一份教育局公文層層推進，你永遠在等待不知所蹤的簽核、學生三天兩頭考驗你的腦神經承受極限，又或者特教中心再次發來善意通知，請「務必」派員參加一個我根本學不會的某某研習……起碼我還能決定，文楡街到底還要發生多少怪事或鳥事，且編輯們只會哭笑不得地提醒：夠了，篇幅爆了，麻煩請刪減一點章節。

這世上會有無數光怪陸離，而我喜歡自己能控制，順便也讓編輯大人陪我一起控制的那一種。

本來故事沒有篇名，靈姨就只是靈姨，她連名字也從缺，且靈姨應該在故事的最後印驗輪迴而死，讓故事從頭到尾都充斥著令人悲傷的宿命觀；而最好是她也別太年輕，雖然不到魔法阿媽的程度，可至少也得五十開外。不過這些都跟你手上這本書的現況不太一樣了。

我剛剛說什麼來著？編輯是非常有控制力的，而我就是一個乖巧的作者。

但故事的主軸始終都在。我們活在顛倒錯置的年代，這輩子要麼對別人勾心鬥角，要麼被別人勾心鬥角，然而曾幾何時，我們考慮過所謂的因果或報應？又或者咱們已經忙著鬥爭，早已無暇再想那些？

這不是一篇用來論道的後記，我只想藉由一個碰巧又發生在文楡街的故事，提醒你更提醒自己，平常多存善念，難保將來哪天能收一點善果。大家千萬別像我，以前我是一個壞學生，所以現在活該當老師，而且是那種一邊教書，還要一邊被編輯提醒該交稿、修稿跟補一篇後記的國文老師。

至於後記之後，則是另一個故事的展開。我樂意沉浸在這樣的報應中，而我相信始終不曾離去的你們，也會喜歡用我的報應來報應你們。這就是咱們相愛相殺，無限循環的宿命，都在文榆街上。

東燁 2022.10.10

國家圖書館出版品預行編目資料

文榆街的遺願相談所／東燁著. -- 初版. -- 臺北市：城邦原創股份有限公司出版：英屬蓋曼群島商家庭傳媒股份有限公司城邦分公司發行, 2023.01
冊；公分. --

ISBN 978-626-7217-07-8（平裝）

863.57 111018307

文榆街的遺願相談所

作　　者／東燁
企畫選書／楊馥蔓　　行銷業務／林政杰
責任編輯／林修貝　　版　　權／李婷雯

副總經理／陳靜芬
總 經 理／黃淑貞
發 行 人／何飛鵬
法律顧問／元禾法律事務所　王子文律師
出　　版／城邦原創股份有限公司
台北市中山區民生東路二段 141 號 6 樓
電話：(02) 2509-5506　傳眞：(02) 2500-1933
e-mail：service@popo.tw
發　　行／英屬蓋曼群島商家庭傳媒股份有限公司城邦分公司
聯絡地址：台北市中山區民生東路二段 141 號 11 樓
書虫客服服務專線：(02) 25007718・(02) 25007719
24小時傳眞服務：(02) 25001990・(02) 25001991
服務時間：週一至週五09:30-12:00・13:30-17:00
郵撥帳號：19863813　戶名：書虫股份有限公司
讀者服務信箱 email：service@readingclub.com.tw
城邦讀書花園網址：www.cite.com.tw
香港發行所／城邦（香港）出版集團有限公司
地址：香港灣仔駱克道 193 號東超商業中心 1 樓
email：hkcite@biznetvigator.com
電話：(852) 25086231　傳眞：(852) 25789337
馬新發行所／城邦（馬新）出版集團 Cité(M)Sdn. Bhd.
41, Jalan Radin Anum, Bandar Baru Sri Petaling,
57000 Kuala Lumpur, Malaysia.
電話：(603) 90563833　傳眞：(603) 90576622
email:services@cite.my

封面設計／Gincy
電腦排版／游淑萍
印　　刷／漾格科技股份有限公司
經 銷 商／聯合發行股份有限公司
電話：(02)2917-8022　傳眞：(02)2911-0053

■ 2023 年 1 月初版　　Printed in Taiwan

定價／340元

ISBN　978-626-7217-07-8

城邦讀書花園
www.cite.com.tw

本書如有缺頁、倒裝，請來信至service@popo.tw，會有專人協助換書事宜，謝謝！